).Luchterhand
new voices

TONE SCHUNNESSON

REA LITY REA LITY

Roman

Aus dem Schwedischen
von Hanna Granz

Luchterhand

ALS ICH im Sommer nach dem Erfolg meiner ersten Reality-Show das Sprechzimmer meines Mediums betrat, guckte Marite mich an und sagte, ich sähe anders aus. »Schlank?«, fragte ich hoffnungsvoll, aber Marite antwortete: »Nein, etabliert.« Seit drei Jahren überwies ich ihr alle zwölf Wochen zehn Riesen und durfte sie dafür so oft besuchen, wie ich wollte, und sogar anrufen – wenn ich nach vier anrief. »Du hast dich in der Sauce verloren«, war einer der letzten Sprüche, den sie mir Jahre später mitgab; meine Fingerknöchel waren wund, weil ich mit den Fäusten gegen die Tür in der Slipgatan gehämmert hatte. Baby sollte mich eigentlich zu einem Whisky-Event begleiten, fand das aber plötzlich albern. Wir fingen an, uns auf der Straße unter unserer Wohnung zu streiten, und dann kam auf einmal wie ein Gespenst die Obdachlose aus Riddarholm zu uns rüber. »Hast du mal 'ne Zigarette?«, fragte sie. Ich hielt die Schachtel fest und kehrte ihr den Rücken zu. »Ich kann auch dafür bezahlen«, sagte sie. Okay, das kostet zweihundert, sagte ich, ohne sie anzusehen, denn ich wollte wieder zu meinem Streit zurück, dem Streit, der das Einzige war, was mein Baby an mich binden konnte. Baby sagte: »Scheiße, Bibbs. Gib ihr eine Zigarette«, und ohne nachzudenken, drehte ich mich um und warf ihr die Schachtel ins Gesicht. Baby sah mich an und sagte, du kranke Sau. Die Zigaretten fielen aus der Schachtel und rollten über den nassen Asphalt. Es war der letzte Tag im Jahr mit Laub an den Bäumen, und die kahle Welt der kommenden Monate war nur ein paar Stunden entfernt. Baby gab den Code ein, und als die Tür vor meiner Nase zufiel, mit Baby auf der anderen Seite der Scheibe, schlug ich mit den Fäusten dagegen. Mit etwas Verspätung begann es zu bluten, als hätte die Wunde zunächst gezögert. Hast du Feuer?, fragte die Frau, und meine Knöchel brannten, als ich in meiner Handtasche danach kramte. Ich dachte, ich hätte aus Wut an die Scheibe gehämmert, aber es war wohl eher ein Flehen gewesen, in mein Leben zurückkehren zu dürfen. Ja, ich hatte mich in der Sauce verloren, besser kann ich es nicht erklären. Ich hatte gehofft, einen stärkeren Charakter zu haben. Klar, das hoffen wir alle. Alle mit schwachem Charakter hoffen das. Alle mit schwachem Charakter haben irgendwann mal davon geträumt, einen starken zu besitzen.

Die Zeit mit Marite hatte etwas in mir ausgelöst, aber nachdem sie zu mir gesagt hatte, ich hätte mich in der Sauce verloren, fuhr ich nicht mehr zu ihr nach Årsta. Und natürlich, weil sie ihr gesamtes Einkommen sowie ihr Erspartes in die Entwicklung einer App investierte, für die niemals jemand bezahlen würde. Es war eine App, mit der man in Slow Motion filmen konnte. Marite trug Bernsteinketten, und als sie mir von ihrer

Idee erzählte, wollte ich sie nicht verletzen und sagen, dass das eigentlich jeder konnte. Wirklich jeder konnte in Slow-Mo filmen, außer Marite, die lediglich ein Prepaid-Handy besaß und ihren fünfzigsten Geburtstag allein in Peru gefeiert hatte. Nachdem sie ihre App auf den Markt gebracht hatte, rief sie mich öfter an als ich sie, und sie klang dabei immer verzweifelter. Sie schuldete ihrem Team in Polen viel Geld, und statt die Leute nach und nach auszuzahlen, gab sie ihnen jede Woche neue Aufträge. Die Summe wurde immer höher. »Bibbs«, sagte sie, wenn sie anrief, um mir weitere Séancen zu verkaufen, »du kannst gar nicht genug in deine Gesundheit investieren.« Wie bist du denn auf die Leute in Polen gekommen?, versuchte ich herauszufinden, und Marite erzählte, sie habe einen Button angeklickt, der beim Googeln aufgepoppt sei. Verstehe, sagte ich, aber ich hätte kein Geld mehr. Vielleicht kannst du Werbung für die App machen?, fragte sie bei jedem Telefonat hoffnungsvoll. Ich wollte keine Werbung für ihre App machen. Die App hätte mich viel zu offensichtlich mit ihrem Misserfolg verbunden.

Ich hatte mir die Besuche bei Marite angewöhnt, als mir das Geld noch ohne Anstrengung zugeflossen war. Mein Anfängerglück hielt jedoch nicht lange an, und unsere Termine wurden irgendwann zu einer Ausgabe unter vielen, vor allem nachdem sie begonnen hatte, mich mit einer Schärfe zu betrachten, auf die ich verzichten konnte. Ich antwortete ihr also nur noch sporadisch und rief nicht mehr zurück, ohne zu erklären, warum. Ich konnte ihr nicht sagen, dass ich schon jahrelang in Slow Motion gefilmt hatte und dass es mir schlechter ging, wenn es ihr schlecht ging. Und dass ich mir die Termine nicht mehr leisten konnte. Ich hatte nicht den Mumm, ihr zu sagen, dass alles so super ausgesehen hatte, bis es irgendwann nicht mehr super aussah.

ICH WERDE mir nie verzeihen, dass ich nicht kapiert habe, dass Baby mich verlassen wollte. Im Nachhinein erkenne ich die Zeichen, aber sie ließen sich vorher nur schwer deuten. Als ich vor einiger Zeit zu einem Auswärtsauftritt musste, war er zum Beispiel richtig angepisst gewesen, aber ich achtete nicht darauf, wie ich oft nicht weiter auf ihn achtete.

»Du willst also durch irgendwelche Bars touren und dich feiern lassen wie so ein Reality-Star.«

Ich verteidigte mich zerstreut. Ich wollte nicht »durch irgendwelche Bars touren«. Tat man das heute überhaupt noch? Es war einfach nur ein Auftritt, der zufällig in einer Bar stattfand, und ich sollte ein Interview über lineares Fernsehen geben.

»Bist du die Einzige?«

»Weiß ich nicht genau.«

Aber ich war nicht die Einzige. Da waren noch eine ehemalige Eurodisco-Sängerin, der Typ, der den abgerundeten Billardqueue in Schweden eingeführt hatte, sowie ein fünfzigjähriges Pornosternchen.

»Und das Ganze wird von irgendeinem Kunststudenten arrangiert?«

»Nein, kein Student, beziehungsweise es ist seine Abschlussarbeit.«

»Komm mir nicht mit ›Abschluss‹, Bibbs, als wäre Saufen mit abgefuckten *Has-Beens* eine Wissenschaft.«

»Entschuldige.« Baby hatte keinen Abschluss, er hatte auch keine Hochschule besucht, bekam aber jeden Monat zur gleichen Zeit den gleichen Lohn, auch wenn er mal krank war. Das verlieh ihm eine Autorität, gegen die ich schwer ankam.

Ich konnte zehn Riesen berechnen, weil der Student das Ganze in Kooperation mit irgendeinem Finanzunternehmen machte. Fahrtkosten und Hotel wurden bezahlt. Der Auftritt fand in einer Bar in Göteborg statt, und ich sollte im Hôtel Eggers schlafen. Baby liebte es, im Eggers abzusteigen, wenn wir zusammen in Göteborg waren, ein Traditionshotel mit schweren blauen Vorhängen und alten Schränken. Vielleicht war er deshalb so sauer. Er hasste es, wenn ich allein verreiste, und stritt vorher jedes Mal mit mir, sodass ich es nie schaffte, ihn wirklich zurückzulassen, ich trug ihn bei mir wie einen manischen Gedanken, auch wenn ich längst am Reiseziel angekommen war. Baby liebte Hotelaufenthalte, aber er hasste es, dafür zu bezahlen. Ich bezahlte gern, wenn ihn das glücklich machte, aber weil ich es war, die für diese Ausgaben zuständig war, hatten wir es uns schon eine Weile nicht mehr leisten können.

Ich packte immer mehrere Outfits ein, weil ich mit meiner Kleidung gleichzeitig kommentierte, was ich machte – egal was das war. Bevor zum Beispiel Baby von der Arbeit kam, schminkte ich mich alltagsdezent und zog mich eher bequem an, und eins der ersten Dinge, die ich an Baby attraktiv gefunden hatte, waren seine durchdachten Outfits gewesen. Nachdem wir ein paar Jahre zusammen waren, fing er an, zu Hause Jogginghosen zu tragen, und da stichelte ich so lange, bis er wieder damit aufhörte. Trotz seines verhältnismäßig geringen Lohns besaß er teure Rollkragenpullover und Schuhe in Limited Edition. Baby achtete sehr – zu sehr – auf seine Kleidung, und im Winter machte er deshalb auch mich auf jede Laufmasche aufmerksam, und abends amüsierte er sich damit, die Fuselknötchen von seinen Mänteln zu zupfen. Die meisten teuren Teile in meinem Schrank waren mir einfach zugeschickt worden, und ich hing nicht besonders an ihnen. Ich war mir nicht einmal sicher, ob ich sie mir gekauft hätte, wenn ich gekonnt hätte, genauso wie ich nicht wusste, ob ich mich (wenn ich die Wahl gehabt hätte) mit den Cremes eingecremt hätte, die im Schrank standen oder mir das Haar so geschnitten hätte, wie der Friseur es mir für Fotos, die er dann für Werbezwecke nutzen durfte, schnitt. Baby rannte ständig wie ein nervöses Hausmädchen hinter mir her, hob die Kleider vom feuchten Badezimmerboden auf und hängte sie auf Bügel. »Viertausend kostet das Ding«, konnte er dann etwa sagen, »viertausend!«

Es war Samstag, als ich von meinem glorreichen Auftritt in der Bar zurückkehrte, und ich hatte Babys Einwände dagegen längst vergessen. Ich fühlte mich leicht und glücklich, hatte mich in Göteborg endlich mal wieder beachtet gefühlt und seit zwei Tagen keine Kohlenhydrate gegessen. Als ich ins Schlafzimmer trat, saß Baby aufrecht auf dem Bett, er trug ein langärmliges weißes Shirt und die knappe Thom-Browne-Shorts, die ich ihm gekauft hatte, als wir einen Sommer zusammen im Soho House in Berlin gewohnt hatten. Noch bevor ich ihm einen Kuss geben konnte, sagte er: Jetzt verlasse ich dich.

Dass er mich verließ, kam überraschend für mich. Es überrascht mich auch jetzt noch, wenn ich daran zurückdenke. Nie hätte ich gedacht, dass er so mutig wäre, und er wollte schnell Abschied nehmen, ohne Drama. Ich wusste sofort, dass die Tage gezählt waren, denn er sprach in normaler Lautstärke. Dieses Verlassen war anders als sonst, wenn ich ihn verließ, aufgebracht und laut, als Finale eines Streits. Immer wenn ich wütend die Tür hinter mir zuknallte, hörte ich seine Stimme hinter mir, die mich anflehte zu bleiben.

»Es ist so weit, Bibbs.« Zum ersten Mal seit geraumer Zeit dachte ich, dass er mir gefiel. Lange Arme und Beine, ein Goldring im Ohr. Wie oft hatten wir einander schon verlassen, hysterisch. Okay, normalerweise war nicht er es, der aus der Wohnung lief, aber verlassen zu werden, kann ja völlig unterschiedlich aussehen. Als ich vor seinen Augen sein gutes Hemd zerschnitt und er mir die Schere aus der Hand schlug, sodass ich mich an der Spitze verletzte – hatte er mich da nicht auch verlassen? In so einer Situation tatsächlich zu gehen, ist allerdings für beide unmöglich. Oder das andere Mal, als uns die Polizei auf der Straße fragte, was los sei, nachdem ich einen Schlüsselbund nach Baby geworfen hatte und wir uns sofort wieder vertrugen, in frischer Loyalität vereint. Jetzt aber, meinte Baby also, wäre es so weit. Ich stand vor ihm und wusste nicht, was ich machen sollte. Gerade noch hatte ich überlegt, mich hinzulegen und ein bisschen zu schlafen, aber das passte jetzt nicht mehr. Gewohnheitsmäßig begann ich im Kopf nachzurechnen, wie ich jedes Mal im Kopf nachrechne, wenn ich mit einer größeren Ausgabe konfrontiert bin. Ich konnte es mir nicht leisten, verlassen zu werden. Babys Oberschenkel in den weißen Shorts waren gelblich gebräunt. Der Muskel oberhalb des Knies, der sich anspannte und wieder entspannte, war heiß begehrt, das wusste ich. Ich konnte mir allerdings auch nicht leisten, vor Baby zuzugeben, dass ich es mir nicht leisten konnte, verlassen zu werden. »Nenn mir einen guten Grund, weshalb du gehen willst«, sagte ich, statt mich aufs Bett zu legen. »Nenn mir einen einzigen Grund.«

Wir haben keine gemeinsamen Interessen
       (Aber du hast doch überhaupt keine
       Interessen)
Du machst tagsüber nichts
       (Warum stört dich das, du bist doch
       sowieso arbeiten)
Du lügst ständig
       (Nein)

Unsere Auseinandersetzungen sind zu brutal
(Ich dachte, du magst das)
Du willst kein Kind mit mir
(Aber ich will mit niemandem ein Kind)

Baby rieb sich mit den Händen, die er zu klein fand, sein Gesicht. Es war frisch rasiert, wie zu allen feierlichen Anlässen. Er hatte Komplexe wegen seiner Hände. Aber er fand, er wäre richtig gut in Oralsex. Das war er nicht, aber das hatte ich ihm absichtlich nie gesagt, um das mit den Händen zu kompensieren. Als wir uns kennenlernten, erzählte er immer Geschichten von Frauen, denen er es mit der Zunge besorgt hatte, und wie toll sie es gefunden hätten. Manchmal, wenn ich durch die Wohnung ging und in diesen meditativen Zustand geriet, der so typisch für alltägliche und repetitive Tätigkeiten ist, erwischte ich mich dabei, wie ich mir diese Frauen vorstellte und überlegte, wie sie sich wohl angehört hatten. Die Bilder in meinem Kopf, auf denen Baby mit anderen Frauen zu sehen war, waren genauso deutlich wie das von Baby, wenn er in mir kam.

»Okay, Bibbs, vielleicht habe ich gar keinen anderen Grund als den, dass ich es einfach nicht mehr schaffe, mich um dich zu kümmern.«

Etwas in mir verhärtete sich, und ich spürte, wie sich die Öffnung zu einem Gespräch schloss. Ich wollte meinen Koffer nehmen, rausgehen und noch mal nach Hause kommen. Noch mal verreisen. Was auch immer rückgängig machen, was Baby dazu gebracht hatte, die Seiten zu wechseln. Mir gefiel nicht mehr, wie er aussah. Die Landschaft, in der wir standen, war karg.

»So was darfst du nicht zu mir sagen«, sagte ich.

»Ich weiß, dass du es nicht hören willst. Aber es ist so. Da hast du es. Ich kann nicht mehr.«

Wie hatte ich nur so blöd sein können, zu glauben, dass Hilfe nicht an Bedingungen geknüpft ist? War das hier eine Art – ich weiß auch nicht – Schikane? Ich hatte ihm so oft erklärt, dass es sich bald ändern würde, dass ich mich bald ändern würde. Es war leichter, mit mir zusammenzuleben, als es aussah.

»Ich werd schon bald wieder richtig Geld verdienen.«

»Scheiße, Bibbs, es geht nicht um Geld.«

Klar ging es um Geld, es ging immer um Geld, um Freunde oder die Ex-Partner oder -Partnerinnen. Ich kehrte ihm den Rücken zu und suchte im Schrank nach einem weißen Baumwollhemd, um Zeit zu gewinnen. Geld konnte man nichts entgegensetzen, es gab keine gleichwertige Antwort auf diese Antwort. Ich hörte, wie Baby hinter mir vom Bett aufstand, wo er gesessen hatte, seit ich nach Hause gekommen war.

»Wo willst du denn überhaupt hin?«, fragte ich.

»Wie meinst du das?«

»Ich dachte, du willst gehen.«

Mit einer Stimme, die zu einer anderen Zeit gehörte, einer liebevollen, liebevollen Zeit, sagte Baby: »Nein, ich will nirgendwohin.«

Ich hörte, wie er sich wieder setzte, wollte mich aber nicht umdrehen. Wenn er mein Gesicht sah, würde er etwas sehen, was ich nicht zeigen wollte.

»Es geht nicht um Geld, Bibbs. Du hast schon seit Jahren kein Geld mehr.«

»Doch, ich hab ein bisschen was gespart.«

Diese Lüge hielt ich seit unserem Kennenlernen vor vier Jahren aufrecht, damit Baby annahm, dass ich ein selbstständiger Mensch war und gehen konnte, wohin ich wollte, wann ich wollte. Leider hatte niemand etwas für mich gespart, was ich meiner Mutter jedes Mal vorwarf, wenn wir ein paar Gläser Wein getrunken hatten, bis sie sagte: »Du bist eine Frau mittleren Alters, Bibbs, du musst schon selbst für dich sparen.« Aber ich habe es immer schon gehasst, bei null anzufangen, egal worum es geht. Baby fand es, im Gegensatz zu mir, lächerlich, an dieser Lüge festzuhalten, gleichzeitig fehlte ihm die Sprache, um ihr was entgegenzusetzen. Und so ließen wir sie zwischen uns stehen wie eine Halbwahrheit. Als ich die Lüge zum ersten Mal aussprach, vor vielen Jahren, da war es keine Lüge gewesen. Es war eine Intention. Ich konnte jederzeit anfangen zu sparen, dachte ich, und dann würde die Lüge Wahrheit werden. Wenn das ersparte Geld zwischen uns doch einmal zur Sprache kam, war uns das immer peinlich und wir waren nicht in der Lage, uns des Themas wirklich anzunehmen. Er könnte mir doch wohl helfen, dachte ich manchmal, er hätte doch sagen können, ich weiß, dass du kein Geld hast, oder er hätte was für mich sparen können. An anderen Tagen wieder dachte ich: »Bibbs, wenn du sofort angefangen hättest zu sparen, als du darüber nachgedacht hast, dann hättest du jetzt schon eine ordentliche Summe beisammen.«

»Okay, wenn du wirklich was gespart hast, ist es aber merkwürdig, dass du das ganze Frühjahr nicht drangegangen bist und ich fast alle Fixkosten allein bezahlen musste.«

Ja, das stimmte. Baby hatte die Miete allein bezahlt. Aber alle Möbel und jedes einzelne Kunstwerk in der Wohnung hatte ich persönlich ausgesucht, weil ich in all den Nächten, bevor ich ihn kennenlernte, die Augen zugemacht und mir mich selbst so angestrengt vorgestellt hatte, dass mein Gesicht ganz verspannt war. Als es so weit war, diese Fantasien zu verwirklichen, wusste ich genau, wie ich vorgehen musste. Der Art Déco-Spiegel im Flur. Das Samtsofa. Die Glasuntersetzer aus Marmor, der silberne Servierteller, von dem wir Kokain schnupfen konnten, wenn wir mal von einer rauschenden Hochzeit kamen und weiter wach bleiben, weiterquatschen, nein, miteinander *reden* wollten, aufgeputscht und neugierig. Ich richtete alles bis aufs letzte i-Tüpfelchen nach meiner Vorstellung ein, und manchmal, wenn ich auf dem Sofa lag und beim Scrollen durch die Pornos innehielt, mich umsah und die Einrichtung betrachtete, fragte ich mich, ob es nicht doch einen wichtigen Unterschied zwischen Fantasie und Begehren gab. Man brauchte nicht zwangsläufig alles umzusetzen, was man sich vorstellte.

Den Glastisch, auf dem der silberne Servierteller stand, hatte ich nachgekauft, weil Baby über den ersten gestürzt und dieser in tausend Stücke zersprungen war. Das Blut vermischt mit dem Glas, vermischt mit seinen wirren, betrunkenen Worten. Da hatte ich ihn nicht verlassen. Auch all die anderen Male hatte ich ihn nicht verlassen, so bezahlte ich nämlich meinen Mietanteil. Der getrocknete Salbei auf der Fensterbank war ebenfalls meine Idee gewesen, ich verbrannte jedes Mal Kräuter, wenn ich einen hartnäckigen Kater vertreiben wollte. Nach der Sache mit dem Tisch hatte ich außerdem Räucherstäbchen gekauft, die ich in den teuren Kaktus steckte.

Baby war inzwischen aufgestanden und schaute von der Tür aus ins Schlafzimmer, das ich wie ein Hotelzimmer eingerichtet hatte. Ich setzte mich auf den lammfellbezogenen Stuhl. Wir schwiegen beide, was eine Abweichung vom üblichen Protokoll des gegenseitigen Verlassens darstellte. Dieses Gesicht hatte ich so oft betrachtet. Hatte ich jemals einen Mann kennengelernt, der so bis zur Selbstverleugnung eitel war? Wohl kaum. Ich bekam einen Kloß im Hals. Wie viele Stunden hatte ich ihn angesehen, wenn wir uns in der Bahn gegenübersaßen, oder in all den Nächten, wenn er schlief und ich wach war. Baby störte es nicht, dass ich nicht schlafen konnte, was mich verletzte, aber er behauptete, so sei es nicht gemeint. An der Stelle, wo er eben noch seine Hand gehabt hatte, war sein Hals rot gefleckt. Das war immer so, wenn er gestresst war oder getrunken hatte. Ich wusste nicht, ob Baby getrunken hatte. Vielleicht brauchte mich das auch nicht
mehr zu kümmern.

Baby sagte immer, ich würde zu leichtsinnig mit Geld umgehen, aber als wir gerade zusammengezogen waren, war ich fest davon überzeugt, wirklich hart zu arbeiten, und handhabte die Ausgaben dementsprechend. Jeden Morgen informierte ich mich auf den Auktionsseiten, was über Nacht reingekommen war, und verglich Exemplare und Preise mit dem, was neu gekauft werden musste. Ich kaufte das Sofa zinsfrei (im ersten Jahr) auf Babys Kreditkarte, weil meine drei Kreditkarten längst überzogen waren. Außerdem hatte ich jedes Zimmer für Erotik eingerichtet. Das war naiv, Baby hätte schließlich niemals in der Küche mit mir gevögelt. Zu Spontanficks war Baby nur in der Lage gewesen, als wir uns noch nicht richtig kannten, als er noch wie jemand anders als er selbst fickte, und ich nur ein weiteres Frauengefäß war, das alles enthielt, von dem er sich wünschte, dass ich es enthielte. Da konnte er seine Fantasie und sein Begehren zusammenspielen lassen; meine Lust war noch keine Bedrohung für sein idealisiertes Bild von mir.

Nachdem wir eine Weile zusammengewohnt hatten, ging die Sexualität jedoch verloren. »Komm hoch, komm hoch«, zischte er gestresst im Dunkeln, wenn ich ihm einen blies. Warum, war es unangenehm?, fragte ich. Ich mag das Würgegeräusch nicht, es fühlt sich respektlos an, antwortete er und wehrte meinen Kuss mit einem freundschaftlichen Küsschen ab. Natürlich nervte mich seine Impotenz auf Dauer, aber sein pathologischer Hure-Madonna-Komplex machte gleichzeitig, dass ich mich wichtiger fühlte als irgendjemand sonst. Ich war seine brave kleine Frau. Ich weiß nicht, woher er diese bescheuerte Idee hatte, aber sie machte mir Spaß.

»Wir schlafen nicht mal mehr miteinander«, sagte Baby.

»Du bist es doch, der nie will.«

Baby meinte, es spiele keine Rolle, wer wolle und wer nicht.

»Wir haben doch erst letzte Woche miteinander geschlafen«, sagte ich. »Wir können jetzt miteinander schlafen«, bettelte ich.

Das Schlafzimmer hatte diese Diskussion schon viele Male mit angehört.

»Ich unterstütze dich, bis du wieder auf die Beine kommst«, sagte Baby, statt sich mir mit lüsternen Händen zu nähern, »und du kannst hier wohnen bleiben, bis du was anderes gefunden hast.«

Das war fast noch unbegreiflicher, als dass er mich verlassen wollte.

»Wie, bis ich was anderes gefunden habe? Das ist meine Wohnung.«

Über uns warf der Nachbar seine Tür zu, dass die Wände in unserem Schlafzimmer zitterten, und wir hörten ihn rufen, er sei jetzt zu Hause. Wir hatten keine Ahnung, wo er gewesen war. Baby fuhr sich mit der Hand über den Schädel, eine Angewohnheit aus der Zeit, als er noch Haare gehabt hatte. Er war fünf Jahre älter als ich. Das dichte Haar war eine Legende, die immer wieder erzählt werden musste, um nicht in Vergessenheit zu geraten, und Baby hatte mir viele Fotos davon gezeigt. Was, wenn ich Baby gerade zum letzten Mal sah? Ich streckte die Hand nach ihm aus, überlegte es mir dann aber anders.

»Schöne Männer, hässliche Frauen«, so hatte meine Rede für ihn zu seinem vierzigsten Geburtstag begonnen, und Baby hatte gelacht, genau wie seine Freunde. Dann war ich also anscheinend wirklich hässlich, denn es war ein Lachen, das den Witz als Wahrheit anerkannte. Babys Freunde wussten natürlich, wer ich war, und weil so viele von ihnen nicht in Stockholm wohnten, kannten sie sonst niemanden, der beim Fernsehen war. Einer hatte mich mal bei seiner Freundin auf dem Cover einer Zeitung gesehen, aber da hätte ich so anders ausgesehen, meinte er, dass er kaum glauben konnte, dass wir ein und dieselbe Person waren.

Baby sah so gut aus, dass es beinahe gönnerhaft wirkte, wenn er behauptete, er sei mir noch nie untreu gewesen. Inzwischen nervte es mich eher. »Das ist das erste Mal, dass ich treu bin«, sagte er ständig, eine Drohung, die als Kompliment daherkam. Dieses Erinnern an seine Großmut hing über mir und führte dazu, dass ich niemals so hässliche Jogginghosen anzog, wie die, in denen er rumlief. Die Schönheit, wollte ich ihm sagen, ist einfach nur da. Du hast nichts getan, um sie dir zu verdienen. Du kannst sie nicht wie eine Medaille vor dir hertragen. Und wenn du sie doch wie eine Medaille vor dir herträgst, ist es eine Medaille, die du verlieren wirst. Das Verlieren war bereits in vollem

Gange. Baby war weit entfernt von dem Mann, der er mal gewesen war, und als ich nun die Fältchen um seine Augen betrachtete, wusste ich, dass sein Wunsch, mich zu verlassen, damit zusammenhing. Mit Geld und mit der welkenden Schönheit, denn Baby ahnte bereits den Verfall. Baby hatte nur ein Kapital, und das war das Erotische. Er war weder begabt, noch reich oder gebildet. Er war weder besonders lustig, sportlich oder nett. Baby war erotisch, und Frauen legten sich gern neben ihn, und bald würde er bankrott sein.

Im Vertrag für die Wohnung stand nur Babys Name, aber wir waren beide unter der Adresse gemeldet, und ich hatte die Wohnung gefunden. Dieses Leben in Kontakten und Abkürzungen war nie seins gewesen, und ich konnte ihn zwar gehen lassen, aber dann musste er dahin zurück, wo er hergekommen war. Ins normale Leben, ins Leben der normalen Leute. Keine Chance, dass er behalten konnte, was meins war, nachdem er mich los war.

»Okay, Bibbs, du hast die Wohnung organisiert, aber ohne mich hätten wir sie nicht mehr.«

Der Ton zwischen uns war jetzt feindselig, ich ging umher und suchte etwas, und Baby folgte mir. Sein Gesicht war das unmögliche Gesicht. Das machte mich streitlustig.

»Wie lange hast du das schon geplant?«

»Lass es, Bibbs. Ich habe keine Lust mehr, mich mit dir zu streiten. Du kannst hier wohnen bleiben, bis du was anderes gefunden hast, ich kann dir suchen helfen. Die Miete ist doch sowieso zu hoch für dich allein.«

»Die Miete ist nicht ›zu hoch für mich‹, du Idiot. Ich habe was gespart.«

Baby, der die Tageszeitung vom Flurteppich aufgehoben hatte, warf diese an mir vorbei gegen die Wand.

»Okay, *fine*, Bibbs, wenn du es tatsächlich so dicke hast, kannst du mich ja aus dem Vertrag auslösen.«

»Das ist illegal«, sagte ich, hob die Zeitung auf und ging damit in die Küche.

»Ich schlage dir doch gerade eine Lösung vor. Du hast Geld. Dann nutz es. Für einhunderttausend Kronen überschreibe ich dir den Vertrag und ziehe aus.«

Ich biss mir auf die Innenseite der Wangen und suchte nach einem anderen Streitthema, aber es war keins mehr da. Der Tag war gekommen, an dem es keine Uneinigkeiten mehr gab, über die man diskutieren konnte. Außer der letzten: Wer würde wen verlassen. Baby sagte: Mein Gott. Mein Gott, gib doch einfach zu, dass du keine einzige Krone gespart hast.

»Du kriegst das Geld in einer Woche«, sagte ich und ging wieder an ihm vorbei, ins Badezimmer. Sein Arm streifte meinen. Ich wollte mich an ihn schmiegen, schloss stattdessen aber die Badezimmertür und drehte den Wasserhahn auf, genau wie Baby es jedes Mal gemacht hatte, wenn er in unseren vier gemeinsamen Jahren auf die Toilette gegangen war. Sofort nachdem ich »eine Woche« gesagt hatte, hätte ich es am liebsten wieder zurückgenommen. Eine Woche war *tight*, aber ich hatte mir meine Deadline gesetzt, und Baby wankte bereits. Einen Rückzieher zu machen, war unmöglich. Wenn ich, wie ich behauptete, Geld hatte, gab es keinen Grund, die Sache aufzuschieben. Eine Woche reichte, selbst wenn man für die Übertragung von Fonds wahrscheinlich etwas Zeit brauchte. Ich kam da jetzt nicht mehr raus. Ich musste einhunderttausend organisieren, damit die Lüge sich in Wahrheit auflöste. Mit kaltem Wasser wusch ich mir das Gesicht, dabei lösten sich zwei meiner künstlichen Wimpern und blieben auf den Wangenknochen kleben. Okay, er konnte mich verlassen, und er konnte mir die Slipgatan nehmen, aber er würde mich niemals dazu bringen einzugestehen, dass ich keinen Ausweg hatte. Ich würde ihm keine Chance geben, den Helden zu spielen, schließlich war er es, der alles kaputtmachte.

Am Abend von Babys vierzigstem Geburtstag hatte uns keiner was gekonnt, und es war einer der unzähligen Abende gewesen, an denen er wieder zu trinken begann. Wir hatten in der Mitte des Tischs ungefähr zehn Kerzen angezündet, und das Wachs rann in schwer zu deutenden Mustern über die weiße Tischdecke. Vor der verschlossenen Badezimmertür war Baby nicht mehr unbesiegbar. Das wenigstens ist mir gelungen, dachte ich schadenfroh. Da stand er mit seiner knochigen Nase, sonnengebräunt, beinahe verbrannt, die Krähenfüße waren tiefer und die Schultern schmaler als damals, als wir uns kennengelernt hatten und er sich noch um jugendliche Energie bemüht hatte. Aber seine Lippen waren immer noch voll. Rot. Geil. Ich trocknete mir vorsichtig das Gesicht ab, um meine Wimpern nicht noch mehr zu beschädigen. Ich wollte, dass er an derselben Stelle Schmerzen hatte wie ich. Ich wollte meine Kopfschmerzen nehmen und sie in seinen Schädel stopfen. Ich wollte ihm sagen, dass ich ihm nie etwas wirklich Wichtiges erzählt hatte, dass ich, auch wenn ich tausend E-Mails geschrieben, nie eine Antwort erwartet hatte. Ich wollte ihm sagen, dass die Schönheit nie seine Medaille gewesen war. Sie gehörte mir, denn es war die Schönheit, die mich für seine Impotenz sowie seine selbstmitleidige Art, seinen schlecht bezahlten Job und sein Trinken entschädigte. Ich wollte außerdem sagen: »Ich sehe deine Gedanken voraus, ehe du auch nur anfängst, einen zu fassen.« Aber dann beschloss ich, nichts zu sagen, denn dass er mich verlassen wollte, war ein Gedanke, den ich nicht vorhergesehen hatte.

In einem Plexiglasbehälter über dem Waschbecken standen meine Lippenstifte in einer Reihe. Die Hülsen waren schwarz, golden, metallic-rosé. Neben den Hülsen standen Glasfläschchen mit Pipetten und Plastiktuben mit Drehverschluss. All meine Angewohnheiten, die ich mir zugelegt hatte, die ich mir aber nicht leisten konnte, lachten mich aus. Angewohnheiten, als wäre ich die Schöne von uns beiden. Vielleicht aber auch Angewohnheiten, die bestätigten, dass ich genau das nie gewesen war. Der Wind heulte gruselig im Abfluss, und ich schaute auf meine Unterarme hinab, sie waren fleckig von einem Selbstbräunungsspray, dessen Wirkung gerade nachließ. Ich war immer überzeugt gewesen, dass ich es sein würde, die ihn verließ. 25

Als ich die Badezimmertür öffnete, stand er so dicht davor, dass ich fast in ihn hineingerannt wäre. Das Überraschende an Babys Entschluss, mich zu verlassen, schien die Kontur seines Körpers stärker zu betonen, er wirkte sexyer. Der Widerstand in mir ließ nach. Ich wollte ihn nicht wütend machen. Ich wünschte mir vielmehr, er würde sich meiner erbarmen und seinen Pullover ausziehen und sich aufs Sofa legen. Wenn Baby wütend wurde, spannte er den Kiefer an und ballte die Fäuste. Wenn man ihn bei einer Lüge ertappte, schossen seine Augenbrauen nach oben. Als er zum ersten Mal in mir kam, sagte er: »Ich flipp aus.« Wenn er sich selbst ins Gesicht schlug, schlug er immer auf den hohen Wangenknochen unter dem linken Auge, und ich wusste nicht, wie er dann aussah, denn in dem Moment schaute ich immer weg.

»Falls du dich wunderst, weshalb ich so überrascht bin«, sagte ich, und das Weinen verzog sich aus dem Hals in den Bauch und blutete in Armen und Beinen aus, »dann, weil ich viel besser bin als du und alle das finden.« Er ließ die Arme sinken, die er ausgestreckt hatte, als erwartete er eine Umarmung. Ich suchte ein paar Klamotten zusammen, die nicht zusammengehörten und stopfte sie in die Louis-Vuitton-Tasche, die ich mir in Hongkong gekauft hatte.

»Komm schon, Bibbs. Sei nicht so kindisch.«

»Nenn mich bloß nicht bei meinem Namen. Du kriegst dein Geld spätestens am Wochenende. Ich melde mich.«

Die Zugluft griff nach der Tür, als ich sie zuknallen wollte, sodass die Dramatik auf der Strecke blieb.

Stattdessen schlug sie im Wind und schnappte nach mir wie ein wütendes Maul. Ich musste an unseren ersten glücklichen gemeinsamen Sommer denken, als ich alle Fenster und Türen offen ließ und auf einen Luftzug wartete, der nie kam. Der Sommer damals war windstill und freundlich, genau wie dieser Sommer; jetzt allerdings ohne das Freundliche.

JA, ICH HATTE die Wohnung überstürzt verlassen und stand wie ein begossener Pudel mit meiner Louis Vuitton vor dem Eingang der Slipgatan. Ich war es gewöhnt, diejenige zu sein, die nachgab und umkehrte, diesmal aber war eine Rückkehr unerwünscht. Eine junge Frau ging mit einem Pizzakarton vorbei und drehte sich nach mir um. Der Pizzaduft erinnerte mich daran, wie es war, in einem Sommer vor langer Zeit jung und mit Freunden best friends gewesen zu sein. Ich hatte bequeme Sandalen angezogen und ging jetzt über die nervige Brücke mit den rücksichtslosen Radfahrern zum Västerbroplan. Vom Rålambshovspark her kamen ein paar Jugendliche zu Fuß, sie waren sommerlich gekleidet und ruhig, manche auch aufgedreht, aber irgendwie träge, mitgenommen von der Hitze und betrunken von nur einem Glas Wein. Wie es eben so ist. Die Jungs liefen in Trainingshosen und mit nacktem Oberkörper herum, und die Mädchen hatten zu hellen Concealer unter den Augen.

Ich stieg in den Bus und fuhr zum Odenplan. Eine Frau hob den Daumen in meine Richtung, und ich lächelte und bedankte mich. Vielen, vielen Dank! Nachdem ich ausgestiegen war, überlegte ich kurz, wohin ich jetzt sollte, dann schlenderte ich langsam die Odengatan hinunter, um irgendwem auf einer der Restaurant-terrassen die Gelegenheit zu geben, mich zu erkennen. Heute Abend brauchte ich jemanden, der mich einlud, aber anscheinend waren alle mit sich selbst beschäf-tigt. Vor dem italienischen Restaurant saß niemand, den ich kannte, und niemand, der mich kannte. Auch vor dem irischen Pub und vor dem Inder nicht. Die Gäste standen im Rinnstein und rauchten, sie waren aber noch nicht betrunken genug, um laut meinen Namen zu rufen. Ich versuchte mir darüber klarzuwer-den, wohin ich eigentlich ging. Die Lüge vom Ersparten gab es nun schon so lange, dass sie sich wahr anfühlte, deshalb war sie es aber natürlich noch lange nicht. Ich hatte schon oft einhunderttausend Kronen gehabt. Ich hatte sie nur nie gespart.

Nachdem auch im Wasahof niemand mit mir Blickkon-takt aufgenommen hatte, kehrte ich um und dachte an die großen Aufträge, die ich früher gehabt hatte, und überlegte, wie ich da so leicht rangekommen war. Vor der Außengastronomie des Tennstopet öffnete ich die Taschenrechner-App. Ich hatte achttausend auf einer Kreditkarte. Ich gab 8000 ein. Ich dachte nach. Okay, acht. Ich verstaute das Handy in der Gesäßta-sche meiner Shorts. Acht auf der Kreditkarte und kein Baby. Für Dienstag hatte ich einen Job. Da konnte ich zehntausend in Rechnung stellen, man braucht kei-nen Taschenrechner, um das zusammenzurechnen. Ich hatte seit Monaten nicht geraucht, aber als ich den süßen Duft einatmete, wusste ich sofort, dass ich wieder anfangen würde. Es würde schwierig werden, stark zu bleiben, und ich brauchte all meine Energie für die Bewältigung der Krise. Manchmal konnte man ebenso gut wieder anfangen zu rauchen oder zu essen oder zu trinken, denn von den Gedanken über Tun oder Nichttun besessen zu sein, war ein Virus, das das Hirn infizierte und das Denken vernebelte. Verbote aufzustellen und wieder aufzuheben, hatte mich viele Jahre beschäftigt. Ich bat einen Mann, der am Fußgängerüberweg rauchte, um eine Zigarette, und er zündete sie mir an, ohne Anstalten zu machen, ein Gespräch zu beginnen.

Das weiße Baumwollhemd, das ich angezogen hatte, bevor ich gegangen war, duftete schwach nach einem italienischen Parfüm auf Ölbasis. Als ich daran dachte, was das Parfüm gekostet hatte, zog sich mir der Magen zusammen, und das Gewicht da drinnen vermischte sich mit dem Rauch. Ich stieß ihn durch die Nase wieder aus, die Zigarette lag angenehm zwischen den Fingern. Es war gar keine Monate her, seit ich geraucht hatte. Ich hatte erst letzte Woche geraucht. Wieder dachte ich an das Parfüm. Für ein Unternehmen ist das Wichtigste, bei plus/minus null rauszukommen, und ich musste die Parfümpanik durch meine Spartaktik rationalisieren. Die Spartaktik hatte ich bis zur Perfektion getrieben. Wenn ich ein Parfüm für dreitausend Kronen gekauft hatte, arbeitete ich hart, um jede

einzelne wieder reinzubekommen. Gestern hatte ich

einen BH für fünfundzwanzig Prozent des ursprünglichen Preises gekauft und dadurch zweihundert Kronen gespart. Die zweihundert konnte ich vom Parfüm abziehen, jetzt kostete es also nur noch zweitausendachthundert Kronen. Ich ging weiter meine letzten Ausgaben durch. Ich war mit dem Bus hierhergefahren. Also hatte ich das Taxi gespart, das mindestens zweihundert gekostet hätte. Das Parfüm lag jetzt bei zweitausendsechshundert Kronen.

Ich dachte wieder daran, wie ich im Jahr des glücklichen Sommers eine Rechnung über achthunderttausend gestellt hatte, und noch immer war diese Summe eine Richtschnur, wie gut wir sein konnten. Den glücklichen Sommer hatten wir in dem Haus im Hagapark verbracht, das ich schwarz gemietet hatte, und als es im Juli aufhörte zu regnen, gingen wir in den Garten und trauten unseren Augen kaum. An den Hauswänden wuchsen Pfirsiche. Nachts flitzten Wühlmäuse unter den Holzdielen herum, aber Baby sagte, ich solle keine Angst haben, also hatte ich keine Angst, schlief wieder ein und träumte, ich würde durch ein Ventil im Hals atmen, und wachte auf, weil ich keine Luft bekam. Bevor Baby bei mir einzog, war ich nie im Garten gewesen, aber er brachte mich dazu, alle möglichen Dinge zu tun, die ich noch nie gemacht hatte. Ich war gerade fünfunddreißig geworden und dachte darüber nach, schwanger zu werden. Wenn wir miteinander schliefen, spürte ich, wie die Biologie ihn tiefer in mich hineinzog, und wenn er in mir kam, fühlte es sich an wie mein Orgasmus. Das warme Sperma rann mir den Oberschenkel hinab, wenn ich in die Küche ging, um ihm ein Butterbrot zu schmieren. Tagsüber war es irrsinnig heiß, und ich hätte am liebsten alles kurz und klein geschlagen, was Baby auch nur irgendwie bedrohte, und abends spazierten wir jeder mit einem Stock in der Hand durch die Natur rund um das Haus und riefen uns Reime zu, die er aus seiner Kindheit kannte.

»Darf ich dich Bruder nennen?«, flüsterte ich auf dem Steg in Brunnsviken, und im Schilf sirrten die Kriebelmücken wie etwas, an das man sich erinnern muss, aber man hat sich nicht die Mühe gemacht, es aufzuschreiben. »Es ist unser glücklicher Sommer, wenn ich dich Bruder nennen darf.« Baby raffte es nicht und antwortete: Sag nicht Bruder, sag Schatz, und ich wollte ihm alles geben, also sagte ich: Okay, Schatz. Okay.

Damals brauchte ich für mein Geld nicht besonders hart zu arbeiten, und wir hätten nie gedacht, dass das Glück enden könnte. Statt uns darauf vorzubereiten, malten wir uns eine großartige gemeinsame Zukunft in Los Angeles und Berlin aus. Baby bezeichnete sich selbst als meine Angetraute, und ich wusste, dass ich alles werden konnte, was ich wollte, wenn ich mich selbst so sah, wie er mich sah. Er bot eine Stabilität, der ich nicht widerstehen konnte. Im ersten Jahr bloggte ich noch und schrieb fünfmal die Woche abwechselnd darüber, was ich gekauft hatte, und darüber, dass man nichts zu kaufen brauche. Im Frühling wurde die Sendung ausgestrahlt, die ich im Vorjahr aufgenommen hatte, acht B-Promis saßen zusammen am Tisch und aßen. Das Konzept war, Intimität zwischen Zuschauern und peripheren Menschen der Öffentlichkeit herzustellen; von diesen acht war ich der hellste Stern und eroberte die Herzen des Publikums durch meine direkte Art. Wer vorher nicht gewusst hatte, wer ich war, wusste es jetzt. Ich trug Größe vierzig und musste für nichts selbst bezahlen, und es war mir gelungen, mir die Lippen machen zu lassen, ohne dass man es sah. Es war gerade Wahljahr, und ich erlangte eine Art nationaler Anerkennung, indem ich in der Sendung einen rassistischen Teilnehmer zurechtwies. Ich war nie politisch gewesen, aber die Zeiten änderten sich; von jedem, der in die Öffentlichkeit trat, wurde plötzlich Zivilcourage erwartet. In der Zeitung *Aftonbladet* erschien eine Fernsehkolumne, in der es hieß, dass auch ein albernes Format offenbar Wichtiges enthalten konnte. In dieser Kolumne ging es um mich.

Wir gingen damals mehrere Abende die Woche zu Fuß in die Stadt, um zu schauen, ob es die Orte, die wir füreinander aufgegeben hatten, noch gab. Baby hasste Mittelklasserestaurants, aber ich ging rein, eine Hand um seinen Nacken, das Messer in der anderen. Niemand sollte etwas gegen mein Baby sagen, und ihm sagte ich, hab keine Angst, und er sagte, er habe keine Angst, aber manchmal sah ich, dass er doch welche hatte. Da liebte ich uns umso mehr. Wir waren besoffen vor Liebe und vom Alkohol, und fremde Leute lösten unsere Umarmung, um mir zu sagen, dass sie mich vergötterten. Babys Augen leuchteten, als hätten sie mit ihm gesprochen.

Baby arbeitete auf Stundenbasis und in unserem ersten gemeinsamen Jahr so gut wie gar nicht, um mich überallhin zu begleiten und morgens im Bett mit mir faulenzen zu können. Ich bekam Schuhe und Winterjacke per Bote nach Hause geliefert, mit handgeschriebenen Zetteln von den Angestellten der PR-Büros in vertraulichem Ton. Baby machte Fotos von mir im Garten, in den Schuhen, und er machte so viele, wie ich wollte. Das Grün war so grün, dass es wie weißes Licht leuchtete, und ich saß entspannt auf Gartenmöbeln herum. Er konnte nicht genug davon bekommen, mich auf dem Bildschirm zu sehen. Hier, sagte ich und gab ihm die teuersten Klamotten, schenk sie deiner Schwester. Überwältigt küsste er mich und steckte mir die Zunge so tief in den Hals, als müsse er dort etwas abholen und so, dass ich keine Luft mehr bekam. Anschließend sagte er, das hätte er noch bei keiner gemacht.

In jenem Sommer war das Geld so leicht verdient, dass ich mir, wenn ich ausnahmsweise allein war, vorkam wie ein Bluff. Als wollte ich etwas verkaufen, das längst ausverkauft war. Aber ich war nur sehr selten allein. Baby regelte das Praktische für mich, und ich das Magische für ihn. Mein Steuerberater wusste leider nichts von diesem Arrangement, und seine Mails, ich solle aufhören, Geld auszugeben, das für das Finanzamt vorgesehen war, wurden von mir nicht erhört.

34   Früh im Herbst, als wir uns noch vormachen konn-

ten, der Sommer käme mit einem letzten Aufbäumen zurück, ergab sich die Möglichkeit, die Wohnung in der Slipgatan zu mieten, die Tochter des Vermieters folgte mir seit Jahren. Ich beschloss, das Haus im Hagapark zu verlassen, mit Baby die Rollen zu tauschen und jetzt die Frau zu sein. Da ich bereits mehrere Einträge wegen Zahlungsverzug hatte, unterschrieb er allein den Vertrag, wir vereinbarten jedoch, dass sie uns beiden gehören würde. Das Herzstück unserer ersten gemeinsamen Wohnung wurde ein Doppelbett, das ich Baby zu unserem Sieben-Monats-Tag schenkte. Es war fast zwei Meter breit und kostete fünfzig Riesen. Nachts schliefen wir so eng umschlungen, dass es genauso gut einen halben Meter hätte breit sein können.

Ich hatte gerade beschlossen, in die Slipgatan zurückzukehren, als endlich jemand meinen Namen rief. Auf der Terrasse saß Nina, eine Schauspielerin aus Örkelljunga, die nach ihrem Durchbruch nach Stockholm gezogen war. Ihr Erfolg war mir schleierhaft. Je älter ich wurde, desto mehr schien mir, dass Erfolg auf Dingen beruhte, die vor dem Erwachsenenleben stattfanden, also auf Dingen, die sich, lange bevor man selbst die Chance hatte, etwas zu leisten, entschieden. Nina trug Blümchenmuster, denn sie hatte sich einer pornografisch-ländlichen Nostalgie verschrieben, kritisierfreudigen Blicken stets zugewandt. Im Frühjahr hatte sie die Hauptrolle in einer Webserie auf SVT gespielt, und sie schrieb mir immer, ich sei mutig, eine Art Vorkämpferin, und dass mein Blog (als es ihn noch gab) für sie mit ihrem geringen Selbstbewusstsein ein Lichtblick gewesen sei. Wir waren beide dick. Deshalb wollte Nina, dass wir Freundinnen würden und dass ich nett zu ihr war. Ihr stand das Übergewicht, wie es allen Frauen unter dreißig steht. Ich selbst fand es nie toll, dick zu sein, und versuche immer dünn zu werden, aber es sind offenbar andere Zeiten. Heute wird verlangt, dass man seine Mängel als Stärke vor sich herträgt, als hätte man sie sich freiwillig zugelegt. Nina stand auf und grüßte schnaufend, die Wörter gerieten ihr durcheinander.

»Bibbs, du hier?« Ja, Nina, ich bin's, und ich dachte an die Pizza, die in der Slipgatan an mir vorbeigegangen war, und mit welcher Selbstverständlichkeit ich früher Freundinnen angerufen hatte. Ninas Brüste lagen sorglos im Ausschnitt ihres Kleides.

»Darf ich mich zu dir setzen?«

Die Freundin, mit der sie da war, wollte gerade gehen, und Nina bestellte einen Vodka Soda für mich sowie Pommes, obwohl ich ablehnte. Pflichtschuldig aß ich eine Handvoll. Wir saßen an der Kreuzung Odengatan/Dalgatan und hatten uns nichts zu sagen. Am Fußgängerübergang klackerte die Ampel, und Nina wollte über das Vermächtnis einer feministischen Comiczeichnerin sprechen, die sich das Leben genommen hatte. Da Ninas Weltsicht vollkommen korrekt und ihre Ansichten stromlinienförmig waren, konnte ich meine Gedanken einfach schweifen lassen, und ich drehte mich um, wenn ich neue Gäste kommen hörte, auf der Suche nach einer besseren Alternative. Das Glas war bereits leer, und Nina war es peinlich, als die gut gekleideten, aber arroganten Kellner zum dritten Mal an ihrer erhobenen Hand vorbeigingen, ohne eine Bestellung aufzunehmen. Die Eiswürfel waren von der billigen Sorte, sie schmolzen, während man trank, und blieben als Stückchen am Grund liegen, wenn der Drink alle war. Jetzt erst bemerkte ich, dass Ninas Gesicht anders aussah. Was sie hatte machen lassen, ließ sich nicht sagen. Das ließ es sich nie. Plötzlich ähnelt ein Gesicht einfach weniger derjenigen, die es trägt und mehr einem allgemeinen Gesicht, einem kollektiven, alterslosen, zugänglich für alle Frauen, die es sich leisten können. Vielleicht waren es die Wangenknochen, die wie Fischstäbchen unter den Augen lagen oder das übertrieben spitze Kinn. Drei fremde Männer kamen zu ihr herüber, und keiner zu mir. Sie war neunundzwanzig. Es machte mir nichts aus. Sie konnte sie haben. Ich hatte sie schon gehabt. Ich wusste alles über sie. Einer von ihnen drehte sich zu mir um und sagte: »Dich kenne ich irgendwoher«, gedehnt, als ob wir uns wirklich kennen würden und nicht nur er mich.

Nina hatte die perverse Fantasie, dass wir uns ähnlich wären, oder dass eine Ähnlichkeit entstehen würde, wenn wir so taten, als gäbe es sie. Obszön große Stadtjeeps fuhren an uns vorbei, während sie hektisch versuchte, ein Thema zu finden, das mich interessierte; Baby hatte mich immer gebeten, ihn vor Autos zu fotografieren, die ihm nicht gehörten. In mich versunken, hörte ich Nina erneut darauf zurückkommen, wie sehr wir uns doch ähnelten. Ich sagte, so etwas müsste ich zu dir sagen, nicht umgekehrt. Auf den Fotos, die ich von Baby gemacht hatte, hockte er immer vor den dicken Reifen, und ich dachte an den Muskel, der sich in seinem Oberschenkel bewegte, im selben Takt wie das Klackern der Ampel am Fußgängerübergang. Oder langsamer, die Erinnerung ließ mich bereits im Stich und der Schmerz ebenfalls.

»Wir sind Schwestern«, sagte Nina gerade, »so wie alle Frauen Schwestern sind.« Ich trank noch ein Glas. Auch wenn sie am Beginn ihrer Karriere stand und ich am Ende meiner, war ich die Wichtigere von uns beiden, und das gab sie gerne zu. Das erklärte vielleicht auch, warum sie so nervös war. Nina sagte, sie habe meinen Blog »religiös« gelesen, als ich noch bloggte, und dass ich so gut sei im Fernsehen. Ich wollte es nicht hören. Ich wollte nichts hören, was jemand über mich sagte. Es gefiel mir nicht, dass jemand mir gegenüber seine Meinung über mich kundtun wollte.

»Du bist irgendwie so natürlich. Mutig.« Mein Glas war schon wieder leer, und der Kellner mit der Brille ganz unten auf der Nasenspitze nahm meine Bestellung entgegen. Die Autos fuhren immer langsamer vorbei, je später es wurde, als ob ihre Fahrer nach jemandem Ausschau hielten, der hier saß. Nina sagte: »Ich habe ihn religiös gelesen«, dabei lallte sie.

»Willst du eigentlich mal Kinder haben?« Ich nahm mir etwas Snus-Tabak aus einer Dose auf dem Tisch und zuckte die Achseln. Vielleicht, irgendwann. Sie fragte, wie alt ich wäre, und ich antwortete widerwillig, ich würde Donnerstag neununddreißig.

»Wenn ich heute schwanger würde, würde ich es behalten«, sagte Nina sentimental, »ich habe immer davon geträumt, jung Mutter zu werden, auch wenn es dafür schon ein bisschen spät ist. Würdest du mich verurteilen, wenn ich jetzt Kinder kriegen würde?« Alles, was sie sagte, war unbegreiflich, aber ja, natürlich würde ich sie verurteilen. Ich sagte nichts, leerte nur mein Glas. Sie habe Herpes, sagte sie und beugte sich über den runden Cafétisch, sodass er beinahe umfiel. Von einem Moment auf den anderen hatte sie die Grenze zwischen angenehm betrunken zu anstrengend überschritten. Ich sagte nichts über meinen Herpes, sondern ließ sie von ihrem erzählen. Ich musste ihnen nicht alles geben. Mein Herpes breitete sich vor allem im Analbereich aus, und an den Pobacken. Sie hatte erst einen einzigen Ausbruch gehabt und heute erst erfahren, was es war. Aber erzähl niemandem davon, sagte sie. Nein, natürlich nicht. Das ist bestimmt wieder so was, wofür du dich niemals schämen würdest, sagte sie. Nein, sagte ich. Vielleicht nicht. Wo wolltest du eigentlich hin?, fragte Nina, als ob sie die Antwort nicht interessierte. Ich sagte:

»Ich wollte nur eine Runde spazieren gehen, und dann hast du mich entdeckt.« Was für ein Glück. Was für ein Glück. Sie trug eine Perlenkette um den Hals, und als sie merkte, dass ich sie betrachtete, legte sie ihre Hand darauf.

»Die habe ich von meiner Mutter zum Schulabschluss

bekommen.« Ihre Hand lag da, um die Perlen zu schützen, aber ich hatte nicht vor, ihr die Kette vom Hals zu reißen. Nina war ziemlich beschwipst. Beschwipste Nina, an diesem feuchten Abend, der, ehe er sichs versah, den Tag hinter sich gelassen hatte. Babys Siegelring am Eheringfinger. Schmuck, den Menschen von Menschen geschenkt bekamen, die sie liebten.

»Bibbs, ich möchte wirklich mal mit dir zusammenarbeiten. Nicht die ganze Scheiße dazwischenkommen lassen. Ich wollte schon immer mit dir arbeiten … Vielleicht kannst du mal was für mich schreiben. Eine Serie.«

Ich wusste nicht, wie man das machte, dachte aber, es kann ja nicht so schwer sein, sich eine Geschichte auszudenken und sie zu erzählen. Es fiel mir nicht leicht, es Nina zu zeigen, aber ich freute mich. Jemand dachte an mich. Sie stieß ihr Glas um, und ich nahm schnell mein Handy vom Tisch und trocknete es an meiner Jeansshorts ab. Jeansshorts. Ich mochte die Serie, die sie auf SVT gemacht hatte, wirklich, sie schien nichts mit dieser Person hier zu tun zu haben. Was wohl bedeutete, dass sie eine gute Schauspielerin war. Auch wenn sie an diesem Abend bereits auf dem Höhepunkt ihrer Karriere stand, würde hinterher doch etwas übrig bleiben, die Serie und ein Manuskript mit ihrem Namen darin. Mein Höhepunkt dagegen war mit mir gekommen und gegangen. Der Alkohol hatte meinen Körper schwer gemacht statt leicht, wie es manchmal so ist, und die Stimmung ebenfalls.

»Klar kann ich dir was schreiben«, sagte ich und fantasierte ein bisschen.

»Du hast noch nie was Ernsthaftes versucht, oder?«, fragte Nina, und ihr Handy lag nass neben der Rechnung.

Die Terrasse des Tennstopet leuchtete rot unter den Heizstrahlern, und Ninas Wangen ebenfalls. Ich ging zu den Toiletten. Mein Magen war in Aufruhr, aber ich pinkelte nur. Die grünen Treppenstufen erinnerten mich an die Sorte Mann, nach der ich mich sehnte und die ich im Fernsehen gesehen hatte. Ich taumelte auf den letzten Stufen. Wieder bei Nina am Tisch, schlang ich die restlichen Pommes hinunter. Als der Kellner kam, um die letzte Bestellung aufzunehmen, musste ich Nina versprechen, noch auf ein Glas mit zu ihr zu kommen. Sie griff nach meinem Arm. Ihre Nägel waren nicht lackiert. »Du darfst noch nicht gehen, Bibbs«, sagte sie, nicht lallend, sondern scharf, mit nüchterner Stimme, die sich durch die Betrunkenheit drängte. Als hätte ich keine andere Wahl. »Wir haben noch so viel zu besprechen.« Ich versprach mitzukommen, und es war eins der einfacheren Versprechen, die ich bisher in meinem Leben gegeben hatte. Doch genau wie alles andere, was man tut, sollte ich es später bereuen.

NINA LEBTE zur Untermiete in einer Wohnung auf der Västmannagatan, der eigentliche Mieter war Musiker, hieß Jonas und war auf altmodische Weise verrückt nach Frauen. Ich hatte ihn immer gemocht, weil Baby ihn nicht mochte. Zwölftausend zahlte Nina monatlich, und ich sagte ihr nicht, wie es war: dass er sie übers Ohr haute. Der Flur war lang und zog sich durch die ganze Wohnung. Nina nahm zwei Flaschen Bier aus dem Kühlschrank; die Ameisen liefen im Gänsemarsch über die Spüle.

»Ich weiß«, sagte sie, als sie meinen Blick bemerkte, aber sie konnte es gar nicht wissen. Es würde nie wieder dunkel werden. Wir setzten uns ins Wohnzimmer, und Nina redete angestrengt über alles Mögliche, was ihr so einfiel. Natürlich war sie hübsch, alle Schauspielerinnen sind hübsch, und sie reden engagiert über Dinge, von denen sie keine Ahnung haben. Sie denken, Engagement würde den Mangel an Intelligenz ausgleichen. Deshalb wälzen sich Schauspielerinnen auch manchmal vor Lachen auf dem Boden und strampeln mit den Beinen. Wegen ihres Übergewichts verzieh man Nina so manches. Ihr symmetrisches Gesicht hatte sie allerdings keinem Talent, sondern ihren Genen und Juvéderm zu verdanken, das durfte man nicht vergessen. Das wollte ich bis tief in meine Seele verinnerlichen. Ihr rotes Haar war rundbürstengeföhnt, und in einer Streichholzschachtel bewahrte sie Koks auf. Ich war viel zu müde für Koks, aber auch zu müde, um nein zu sagen, deshalb nahm ich eine Schlüsselspitze voll. Nina war begeistert.

»Es macht so Spaß, mit dir zu feiern«, sagte sie. Ihre Unterlippe zitterte.

»Du bist fast so was wie eine große Schwester für mich«, sagte sie mit der Lippe. »Darum bin ich auch so froh, dass wir endlich mal reden können.«

Die Deckenlampe brannte, und ich hatte noch meine Sandalen an. Wir hatten uns bisher noch nie zu zweit getroffen, und Nina redete jetzt darüber, wie sehr Männer es hassten, Kondome zu benutzen. Alles, was sie sagte, gehörte zu einem Leben, das längst vorbei war. Zwing mich nicht dahin zurück, flehte ich. Ich dachte daran, wie Baby aus dem Fenster geschaut hatte, als ich ging. Dreh dich um, hatte ich innerlich gefleht, aber nicht gewartet, um zu schauen, ob er mich erhörte. Was, wenn er sich tatsächlich umgedreht hatte, und ich schon fort gewesen war. Alles war kaputt. Ich wollte ihn anrufen, als zerrte der Schmerz an den Fingern und nicht an meinem Herzen. Mein Magen war immer noch in Aufruhr und knurrte laut. Das Koks war nicht gut gelandet. Es würde nie wieder dunkel werden, der Himmel färbte sich nur in einem anderen Blau. Nina lächelte, als sie meinen Magen hörte, und legte eine Platte auf, Vinyl. »Ich hasse Musik«, sagte ich. Sie lachte. Ich hatte keinen Witz gemacht. Die Toi-

lette ist neben dem Schlafzimmer, sagte Nina mir von
Frau zu Frau.

Auf der Toilette bekam ich Durchfall, und da ich morgens Jalapeños gegessen hatte, brannte es beim Schei-
ßen so sehr, dass es bis in den Rücken hochzog. Es
fühlte sich an, als würde sich mein Anus öffnen und
aus dem Loch Scheiße fließen. Der Schweiß lief mir
übers Gesicht. Ich überlegte zu weinen. Die Musik war
laut, und im Badezimmer verging die Zeit wie nach
einer anderen Uhr, es ließ sich unmöglich sagen, wie
lange ich schon dort saß. Ich saß also da und betrachtete meine lackierten Zehennägel, die ordentlich nebeneinander in den Sandalen lagen, während gleichzeitig
die letzten Tage aus mir herausrannen. Wenn wir auf
dem Sofa saßen, legte sich Baby immer meine Füße in
den Schoß und lackierte mir konzentriert einen Zehen-
nagel nach dem anderen, auch den vom kleinen Zeh,
obwohl der kaum zu sehen war. Wenn er fertig war,
küsste er meine Fußrücken und pustete die Farbe trocken. Was nützte es zu weinen. Ich wischte mich sorgfältig und vorsichtig ab, merkte aber, dass ich noch
nicht fertig war. Die Scheiße rann immer noch. Ich,
Bibbs, hatte nichts mit ihr zu tun oder zumindest keine
Möglichkeit, sie zu stoppen. Ich ließ das Papier in die
Toilette fallen und wartete darauf, die Kontrolle über
meinen Körper zurückzugewinnen. Fühlte es sich so
an, zu sterben? Der Havarie des Körpers wehrlos ausgeliefert? Aus dem Wohnzimmer drang ein neuer Song,
und ich hob eine zerknitterte Frauenzeitschrift vom

Boden auf. In den Schlagzeilen Ninas Name. »Ich habe beschlossen, zufrieden zu sein«, sagte sie in dem Zitat, das die Redaktion ausgewählt hatte. Das klang resigniert. Aber genau so wollen diese Fotzen uns haben.

Nicht für eine Million hätte ich sagen können, wie lange ich dagesessen hatte, denn mit der Toilette unter mir lag der Tag nicht hinter mir oder der Morgen vor mir. Nina rief und fragte, ob alles okay wäre. Erschrocken rief ich zurück, ja, alles in Ordnung. Unter keinen Umständen durfte sie sich vor die Tür stellen. Das Badezimmer war ein Vakuum, wo nichts außer dem hier stattfand. Hätte eine Sonne hereingeschienen, hätte ich die Staubkörner still in der Luft hängen sehen. Keine gemeinsamen Scherze oder versöhnlichen Worte, nur Shampooflaschen, die vom Wannenrand in die Wanne gefallen waren. Als es mir endlich gelang, aufzustehen, und ich spülen wollte, löste sich der Spülknopf. Ich schaute auf den Knopf in meiner Hand und dann in die Toilette, etwas Wasser rann in die Schüssel. So wenig würde nicht genügen, um die Scheiße, die einen großen Haufen bildete, wegzuspülen. Alles war braun und grün. Nina sang im Wohnzimmer zur Musik. Ich wickelte einen Meter Toilettenpapier ab und legte es in die Toilette, dann schloss ich den Deckel. Natürlich hätte ich es anders gemacht, wenn ich mir die Zeit genommen hätte, nachzudenken. Aber mit Zeit hatten das Badezimmer oder diejenige, die sich darin befand, nichts zu schaffen. Glücklicherweise hatte ich meine Tasche im Flur stehen lassen und die Sandalen noch an, und so schlich ich mich ins Treppenhaus. Die Nacht war gekommen und wieder verschwunden, und das Morgenlicht empfing mich, fordernd, wie nur ein neuer Tag sein kann. Ich hielt die Tür fest und schloss sie langsam, damit Nina, die darauf wartete, dass ich aus dem Bad kam, um eine weitere Nase zu nehmen, das Knallen drinnen nicht hörte. Die Temperatur war angenehm, und ich beschloss, den ganzen Weg bis zum Fridhemsplan zu rennen. Nachdem ich ein paar hundert Meter gerannt war, hielt ich ein Taxi an und stieg ein.

ELAHE HATTE MIR erlaubt, ihre Wohnung am Kronobergspark zu benutzen, während sie und ihr Mann im Urlaub waren. Als ich im Morgengrauen dort ankam, sehnte ich mich plötzlich nach ihr. Ich legte mich aufs Bett, um meinem Agenten, Mickey, zu mailen. »Meld dich sofort«, schrieb ich, und löschte mehrmals das Wort »sofort«, nur um es erneut zu schreiben, bis ich mich schließlich entschied, es beizubehalten. Die Aufforderung klang jetzt wie ein Befehl, aber ich war verzweifelt, und das in mir, von dem ich gedacht hatte, es wäre hart, war aufgeweicht. Ich wurde leicht panisch. Nein, Bibbs, sagte ich zu mir selbst. Jetzt reißt du dich aber mal zusammen. Man musste sein eigener Deich gegen das Meer sein. Wenn Baby sich dieses oder jenes einbildete, dann würde ich ihm schon zeigen, dass er mich falsch eingeschätzt hatte, und wenn ich fertig war, würde er glauben, ich hätte ihn verlassen und nicht umgekehrt.

Nina hatte mir mehrere Nachrichten geschickt und dann damit aufgehört, mitten in einer Reihe von Fragen. Wahrscheinlich hatte sie bemerkt, was passiert war, und als ich mir daraufhin noch mal ihre Stories ansah, fand ich, ich sah süß aus in dem roten Licht. Klar,

Nina war jünger, aber ich sah schlank, also schlanker, aus neben ihr, und ich hoffte, auch Baby würde das erkennen und begreifen, dass ich … Die letzte Story war allerdings nicht so gut. Man hörte, dass ich betrunken war, und mein eines Lid hing herab. Ich wollte Nina schreiben und sie bitten, sie zu löschen, aber es war besser, wenn ich mich schlafend stellte.

Da ich gar nicht geschlafen hatte, hatte ich keinen Kater, sondern war in eine angeschlagene Nüchternheit hinübergeglitten. Wenn ich die Augen zukniff, sah ich eine Geste vor mir, die Baby oft mit den Händen machte, wenn er »Komm her« zu mir sagte. Ich könnte jeden zusammenschlagen, der letzte Nacht gekommen war. »So dramatisch bräuchtest du nicht zu sein, wenn du dich ganz dem Okkulten widmen würdest«, sagte Marite, und in Elahes Schlafzimmer übermannte mich plötzlich Sehnsucht auch nach ihr. Das Zimmer war in einem ruhigen Farbton gestrichen, der »Seidenweberei« hieß, ich war mit Elahe in der Roslagsgatan gewesen, um ihn auszusuchen. Anschließend hatten wir noch im Baron Krabben gekauft, und einer der berühmtesten Podcaster Schwedens hatte mich gegrüßt, obwohl wir uns noch nie zuvor begegnet waren. Er war bekannt dafür, seine Frau abgöttisch zu lieben. Als Elahe mich fragte, ob wir befreundet wären, zuckte ich die Achseln, um nicht nein sagen zu müssen. Baby mochte keine Krabben, auch keinen Hummer, keine Austern, Muscheln oder Krebse. Weder Flusskrebse noch die aus dem Meer. Ich checkte mein Handy und sah, dass Nina mir außerdem auf allen Portalen geschrieben hatte. Wo bist du?, hatte sie zunächst geschrieben. Komm zurück, etwas später. Angewidert schaltete ich das Handy aus.

Nina war angepasst und wirkte vollkommen im Einklang mit ihrer Weiblichkeit, was dazu führte, dass ich ihre Motive als undurchsichtig empfand. Auch gestern Abend, als sie mir alles ausgegeben hatte, war sie mir plump und zugleich durchtrieben vorgekommen. Das Durchtriebene war, dass sie an etwas in mir heranwollte, indem sie behauptete, es sei ihrs. Ihre Plumpheit irritierte mich, aber sie war besser als die Selbstsicherheit, die Fremde manchmal entwickeln, wenn sie zu Bekannten werden. Nach meiner Erfahrung wurde aus der anfänglichen Nervosität Fremder einer Person gegenüber, zu der sie immer aufgeblickt hatten, Arroganz beziehungsweise ein Gefühl von Überlegenheit, sobald sie sie kennenlernten. Das kam daher, dass sie einen im Grunde dafür verachteten, dass man ihnen Zugang zu sich gewährte, denn dieser führte automatisch zu einer Enttäuschung über den Mangel an Magie im Leben. Deshalb mied ich Nina und die anderen jungen Frauen, es kam nichts Gutes dabei raus, wenn die Distanz überwunden wurde. Oder ich gab mich mal überschwänglich, mal kühl, sodass ich in ihren Augen mystisch blieb. Denn was auch immer Marite über schwierige Mystik sagen mochte, gab es doch auch eine Art einfache. Ich musste an Ninas Toilette denken. Das war weniger mystisch. Oder?

Unter der Decke knöpfte ich meine Shorts auf, der

Knopf hinterließ einen roten Abdruck überm Bauchnabel. Baby fand, ich wäre zu alt für knappe Shorts, aber ich war immer noch jünger als er. Elahes Bettwäsche war so weich, dass man sie kaum auf der Haut spürte, und ich las noch einmal Ninas Nachricht und sah mir den kurzen Clip an. Wem würde sie alles davon erzählen? Mir fielen fünf gemeinsame Freunde ein, und dann zehn weitere, die Freunde von Freunden waren oder Bekannte.

Es sei wahnsinnig toll, sich mit älteren Frauen austauschen zu können, hatte sie auf dem Weg vom Tennstopet gesagt. »Also, älteren Frauen, die immer noch ein normales Leben führen.«

Elahes Wohnung stank nach Geld, und seit ich ihr geholfen hatte, den Umzug zu beaufsichtigen, waren wir nicht mehr so eng befreundet. Während die Männer das Auto ausgepackt hatten, hatte ich gefragt, was die Wohnung denn gekostet hätte, und Elahe hatte geantwortet, es sei ihr unangenehm, darüber zu sprechen. Ihr Mann, der sie hasst, erzählte mir später, während er mich hinter den großen Eichenschrank in den Fahrstuhl dirigierte, dass sie acht Millionen gekostet hätte. Meine Aufgabe war, darauf aufzupassen, dass die Männer vom Umzugsunternehmen die Oberfläche nicht beschädigten. Bei meinem letzten Besuch hier hatte ein Nachbar die Tür geöffnet, während ich auf den Fahrstuhl wartete, als hätte er wochenlang hinter dem Spion gelauert, um mich abzupassen. »Ich weiß, dass Sie ein Fernsehstar sind.« Danke, sagte ich. »Aber knallen Sie das Tor nicht so zu.« Ich sagte: Ich wohne noch nicht einmal hier. »Nein, aber jedes Mal knallen Sie das Tor so zu, dass der Hund aufwacht.«

Elahe wollte mir nicht sagen, was die Wohnung gekostet hatte, und sie verriet mir schon seit Jahren nicht mehr, wie viel sie eigentlich verdiente. Als wir jünger gewesen waren, rief sie mich nach jeder Beförderung an und erzählte mir aufgeregt von ihrer neuen Verantwortung und dem besseren Gehalt, an irgendeinem Punkt aber hörte sie plötzlich damit auf. Ich kam erst dahinter, dass sie neue Aufgaben übernommen hatte, als sie während eines großen Essens eine Anekdote erzählte. Wir standen draußen und rauchten, und ich versuchte ihr zu gratulieren. »Ach, ist doch kein Ding«, meinte sie und wechselte das Thema, bevor ich weitere Fragen stellen konnte, und anschließend redeten wir nie wieder über Geld. Ein einziges Mal hatte ich noch gefragt, und da hatte Elahe gesagt, sie wisse es nicht so genau.

Menschen, die sich nicht mehr erinnern, was sie verdienen, verdienen immer mehr als dreißigtausend. Alle anderen wissen es auf die Krone genau. Menschen, die nicht sagen wollen, was Dinge, die sie gekauft haben, kosten, finden entweder, sie verdienen teure Dinge mehr als andere, oder sie denken, dass sie Menschen sind, die den Genuss mehr genießen als andere und niemand sonst das versteht. Ich bin selbst mal an diesem Punkt gewesen. Ich wusste, welche Antwort man auf die Frage geben musste, warum manche Leute so wenig haben und man selbst so verdammt viel.

An diesem Sonntag aber missgönnte ich niemandem etwas. Jetzt, da Elahe und ihr Mann verreist waren, fühlte es sich an, als gehörte die Wohnung mir, und die gediegene Einrichtung verlieh dem Ganzen Gewicht. Wenn ich die Farben und die Materialien ansah, fragte ich mich, warum ich nicht selbst auf die Idee gekommen war, hübsch geblasene Gläser zu kaufen, die neben großen Büchern und Schüsseln voller Walnüsse und Trockenfrüchten im Fenster standen. Es ist keine Kunst, großzügig zu sein, wenn man es sich leisten kann, tröstete ich mich selbst. Hunderttausend Kronen drohten am Horizont. Was sind hunderttausend Kronen im Vergleich zu dieser Wohnung? Etwas für den hohlen Zahn. Vor ein paar Jahren musste ich Steuern in Höhe von hundertsiebzigtausend nachzahlen. Mein ehemaliger Steuerberater ging in Rente und der neue, der eine rechtschaffene Person ist, meldete dem Finanzamt eine Reihe von Abrechnungsfehlern.

»Das mit den Abgaben ist keine exakte Wissenschaft«, versuchte ich meiner Sachbearbeiterin zu vermitteln, dennoch kam am Ende ein Betrag von hundertsiebzigtausend heraus. Obwohl sich hundertsiebzigtausend wie ein unüberwindbarer geistiger Berg anfühlten, kriegte ich es hin, weil Baby mich eben erst schuldenfrei gemacht hatte und ich seine gute Tat nicht zunichtemachen wollte. Um ihn nicht zu enttäuschen, arbeitete ich ein paar Monate lang erst schwarz und anschließend, wenn ich von dem Job nach Hause kam, weiß. Baby regte sich über die Schulden auf, bot jedoch nicht an, mir zu helfen, ich dagegen hatte längst damit gerechnet. Die ganze Zeit hatte ich mit dem Bescheid gerechnet, bis er tatsächlich kam. Zu Beginn unserer Beziehung hatte ich ihm nicht gesagt, dass ich auch das Geld für die Steuern und Gebühren ausgab, und als es dann Zeit wurde, sie zu bezahlen, krempelte ich die Ärmel hoch. Warum hast du sie nicht gleich bezahlt?, fragte Baby. Weil ich ihm so gerne etwas ausgab. Ich mochte es, »Mach dir keine Gedanken« zu sagen, und es in gewissen Nächten auch so zu meinen. Ich mochte es, die Karte zu zücken, bevor er auch nur nach dem Portemonnaie greifen konnte. Ich mochte es, nie um etwas zu bitten, dafür aber mitzuzählen, wie oft er sich gestattete, etwas anzunehmen.

Eine weitere unvorhergesehene Ausgabe, noch vor dem Hundertsiebzigtausend-Kronen-Jahr, kam dadurch zustande, dass der pensionierte Steuerberater und ich einen Teil der Wohnung einer Freundin als Arbeitszimmer geltend gemacht hatten. Irgendwann meldete sich das Finanzamt und teilte mit, dass da was nicht stimme. Ich rief meine Sachbearbeiterin an und sagte ganz langsam meinen Vor- und Nachnamen. »Jeder muss seinen Beitrag leisten«, sagte die Frau, und ich überlegte, ob Baby wohl mit ihr schlafen wollen würde, wenn er sie so reden hörte. Baby liebte es, darauf hinzuweisen, dass jeder seinen Beitrag leisten müsse, und mit Baby zusammenzuleben, bedeutete, sich zu fragen, mit welchen Frauen er wohl gern schlafen würde.

Im Hundertsiebzigtausend-Kronen-Jahr hatte ich sieben Monate Zeit gehabt, gegenwärtig stand ich also unter sehr viel größerem Druck, doch aus Verzweiflung zu handeln, hatte seine Vor- und Nachteile. Ich war sowohl hohe Schulden als auch großes Glück gewöhnt.

Mein Handy vibrierte und zeigte eine neue Nachricht an. Es war Nina, die noch einmal fragte, wo ich sei und ob ich mit ihr frühstücken wolle. Ich legte empört das Handy weg.

Fern der Slipgatan zu sein, war in gewisser Weise mit einer Migräne vergleichbar, die endlich nachließ. Es tat sozusagen immer noch weh, aber nicht mehr so sehr. Die Arbeit, die es machte, mit Baby zusammenzuleben, hatte mich alle Zeit und alles Geld gekostet. Knoblauchzöpfe, Sofas aus edelgrünem Samt und ausweichende Antworten auf direkte Fragen. Diese ganze Scheiße. Aber es war meine Scheiße gewesen. Um halb sieben würde ich zum Italiener in der Norrtullsgatan gehen und für neununddreißig Kronen einen Americano mit einem Schuss heißer Milch bestellen. Ein Americano dürfte eigentlich keine neununddreißig Kronen kosten, aber sobald ich das gedacht hatte, wusste ich, dass es nicht mein Gedanke war. Es war Babys Gedanke. Baby ging sehr vorsichtig mit seinem Geld und leichtsinnig mit meinem um, und er fragte immer, was etwas kostete, selbst wenn er die Antwort kannte. Manchmal rechnete er mir vor, wie viele Stunden er für etwas, das ich mir kaufte, arbeiten musste, aber diese Art zu denken ließ sich nicht auf mich übertragen, weil keiner von uns wusste, wie man das rechnen sollte.

Just in dem Moment, als mir aufging, dass meine Zeit des Erfolgs und der Gratis-Mittagseinladungen nicht ewig andauern würde, kam mir mein Steuerberater abhanden, und ehrlich gesagt nicht, weil er in Rente ging. Mein Steuerberater ging in den Knast, weil er mehrere Briefkastenfirmen betrieben hatte. Als Baby mich fragte, wieso, antwortete ich dasselbe, was der Steuerberater mir erklärt hatte: »Er brauchte Masse«, und in dieser Hinsicht fühlte ich mich dem Steuerberater sehr nah. Eines Vormittags, bevor er eingebuchtet wurde, hatte ich in seiner Kanzlei vorbeigeschaut und gesagt, ich könne leider nicht Kundin bei ihm bleiben. »Um das mitzuteilen, brauchen Sie nicht vorbeizukommen«, sagte er. »Jetzt werde ich Ihnen diesen Termin nämlich berechnen.«

Er steht natürlich unter Druck, hatte ich Baby an dem Abend erklärt, während er kochte und ich mich auf dem Küchensofa entspannte. Baby hatte sich nicht zu mir umgedreht.

»Weißt du, dass die Leute für das, was ich zu sagen habe, bezahlen«, hatte ich da gesagt, »und du hörst mir gar nicht zu?«

Nee, antwortete er, immer noch mit dem Rücken zu mir, sie bezahlen dich, damit du sagst, was sie zu sagen haben.

Der gelassene Ton des Steuerberaters bei meinem Besuch erinnerte mich im Nachhinein an einen Konflikt, den ich gleichzeitig mit der Bank hatte und mit dem der Steuerberater mich allein ließ, nachdem er seine Geschäfte niedergelegt hatte. Ich musste selbst dort anrufen, um nach meinen Konten zu fragen, und ich bemühte mich während des ganzen Gesprächs ruhig zu bleiben, aber so pseudoruhig, wie Frauen es gelernt haben, gegenüber Männern zu sein, und dann sagte ich, ohne mir die Verzweiflung anmerken zu lassen, die mich schon seit Wochen umtrieb:

»Ich will nicht mehr Kundin bei Ihnen sein«,

und der Hurensohn am anderen Ende antwortete trocken:

»Ich kann Ihnen nur mitteilen, dass es uns ohnehin viel zu viel kostet, Sie als Kundin zu haben.«

Ich hatte kein Gewicht. Ein niedriges Einkommen war ein Minus, also negatives Gewicht, und ich konnte mir für den Dreck, den ich bekam, keinen Dreck kaufen.

Baby hatte mir in der Nacht geschrieben, ich könne es mir auch noch mal anders überlegen, mit dem Vertragabkaufen. Er würde mir sogar fünfundzwanzigtausend Kronen geben, wenn ich ausziehen würde. Allein die Farbe für Elahes Schlafzimmer hatte fünfundzwanzigtausend gekostet, und so antwortete ich, ich wolle sie nicht. Ich wolle die Wohnung. Er antwortete angepisst: »OK. Überweis das Geld so schnell du kannst.«

Ein Traum zog vor meinem inneren Auge vorüber, von einem Umschlag mit Bargeld, der am Kerzenständer auf dem Küchentisch lehnte, wenn Baby von der Arbeit kam. Darauf hatte ich mit Tinte geschrieben:

»Es ist aus.«

Wenn allerdings tatsächlich ich ihn verlassen hätte, wäre mein Abschied großzügiger gewesen. Etwa:

»Danke für die schöne Zeit. Es ist aus.«

Ich hieb mit der Faust auf die Matratze. Ich hatte die Slipgatan gefunden und sie zur Slipgatan gemacht. Ich hatte meinen Stammladen auf Reimersholme, wo ich immer meine Lottoscheine kaufte. So etwas gab man nicht einfach auf. Die Wohnung gehörte mir.

»Du müsstest doch schnell was finden, über die Warteliste«, hatte Elahe gemeint, als wir uns kurz am Handy ausgetauscht hatten. Im Hintergrund waren Urlaubsgeräusche zu hören, es war schwierig, irgendwelche Untertöne herauszuhören. Tat ich ihr leid? Oder fand sie mich mutig? Ich hatte ihr gesagt, ich hätte Schluss gemacht, nicht umgekehrt. Die Wahrheit, dass er Schluss gemacht hatte, wäre nicht glaubwürdig gewesen. Zu meiner Verwunderung schien Elahe erleichtert. Und dann kam das mit der Warteliste, und ich konnte Elahe nicht sagen, wie es tatsächlich war: Dass ich auf keiner Warteliste für eine Wohnung stand, weil ich gedacht hatte, ich würde irgendwann mal was kaufen. Warum auch nicht? So was passiert den Leuten doch ständig.

»Oder«, fuhr Elahe fort, die leider gerade in lösungsorientierter Stimmung war, einer Stimmung für Leute mit Ressourcen, »du hast doch so viele Kontakte. Da

müsstest du doch im Handumdrehen was zur Untermiete finden.«

Es gab vielerlei Gründe, weshalb ich nicht im Handumdrehen etwas mieten konnte, und was sich, neben
einer ganzen Reihe anderer guter Gründe (Mahnungen
wegen unbezahlter Rechnungen, Unwillen) regelrecht
aufdrängte, war der Thread »Botox-Schlampe Elisabeth _____ wegen Drogenbesitz festgenommen!«
auf *Flashback.*

ALS BOTOX-SCHLAMPE
ELISABETH WEGEN DROGENBESITZ
FESTGENOMMEN WURDE

Kaufte sie im Restaurant Häktet zwei Gramm, es war
Elahes Geburtstag. Es fühlte sich mehr als richtig an.
Als die Lieferung ankam (was dauerte), waren Elahe
und die anderen müde und wollten lieber nach Hause.
Also schrieb ich dem Dealer und fragte, ob ich die Drogen zurückgeben könne. Keine Antwort. Das Gefühl,
mich für jemanden ins Zeug gelegt zu haben, dem das
völlig egal war, führte dazu, dass ich in der Woche darauf zu eingeschnappt war, um auf Elahes Nachrichten zu antworten. Drei Monate später klingelte es früh-
morgens an der Tür. Ein Drogenring war aufgeflogen.
Die Polizei las mir mehrere Messages vor, einige davon
waren von mir. »Bitte, ich habe sie nicht benutzt«, hatte
ich geschrieben. »Ich brauche das Geld echt wieder,
du kannst das Koks ja jemand anderem verkaufen.«

Waren Sie das? Und ich, die ich sonst so gut darin bin, unangenehme Antworten hinauszuzögern, antwortete sofort, ja, das war ich. Baby lauschte bestimmt vom Schlafzimmer aus. Als ich wieder ins Bett zurückging, tat ich so, als ob er schliefe, und dann so, als würde ich ebenfalls schlafen. Nach einer Weile schlief ich tatsächlich wieder ein. Ein ehemaliger Leichtathlet, der ein PR-Büro eröffnet und Wahlkampf für die Schwedendemokraten gemacht hatte, mailte mir, er wisse, wie man Informationen lösche, und ich solle mich melden, wenn ich Hilfe brauche. Es schien mir nicht weiter wichtig. Schließlich nannte mich kein Schwein Elisabeth, und ich fand auch nicht, dass der Kauf von Drogen etwas sei, wofür man sich schämen müsse. Nach dem Prozess zahlte ich ein paar Tausend in Tagessätzen ab und fürchtete mich in dieser Zeit ein bisschen vor den Schlagzeilen, doch dann fuhr ich mit Baby aufs Land und wir redeten die meiste Zeit über anderes. Ein paar Wochen später hatte der Sturm sich gelegt, und mit oder ohne Krise war ich doch immer noch Bibbs. Ein Name, der mich anstarrte, mit der Frage, ob ich zu ihm gehörte.

Nein, ich hatte keine Lust, im Handumdrehen was zur Untermiete zu finden. Verdammt, ich war eine Frau mittleren Alters. Sonne drang durch den Spalt unter dem Rollo in Elahes Schlafzimmer, und ich beschloss aufzustehen. Im zweiten Flur der Wohnung, vor der Küche, hing ein Ganzkörperspiegel, den Elahe immer abnahm, wenn sie Besuch bekam. Ziemlich abstrakt, acht Millionen für etwas auszugeben, dachte ich und legte die Nespressokapsel in die Maschine. Wie viel Geld gab ich eigentlich im Monat aus? Schwer zu sagen. Wie viel nahm ich ein? Noch schwerer zu sagen, und das größte von allen Rätseln war, *wie*. Ich öffnete den Mund, um meinen Kiefer zu entspannen.

»Wer weiß, wie lange ich überhaupt lebe«, sagte ich den Leuten immer, wenn sie mich irgendwie ermutigen wollten. Wer weiß, wie lange ich überhaupt lebe, hatte ich zweimal während unseres Telefonats gesagt, mit lauter werdender Stimme, denn beim ersten Mal hatte Elahe es nicht gehört. Mit der Wiederholung verlor der Witz allerdings ein wenig. Kommst du wirklich allein klar?, fragte Elahe. Ich versuchte, das zu deuten. Vielleicht bewunderte sie mich.

»Ja, ja. Ich habe furchtbar viel zu tun.« Das hatte ich tatsächlich.

Ich mochte lieber echten Espresso, aber dafür hatte schon seit einigen Jahren niemand mehr eine Maschine zu Hause. Man muss sein Geld richtig anlegen, das hatte ich auf die harte Tour gelernt, nach dem Gerichtsurteil. Geld ist eine Brandbombe, die nicht am falschen Ort explodieren darf. Geld hinterlässt Spuren, die zu dem, der für seine Ausgaben etwas haben will, zurückführen. Nein, die Strafzahlungen und die Schlagzeile störten mich nicht, sie gingen in die Geschichte von Bibbs ein. Dafür musste ich immer wieder an eine Kolumne über Ideale und Doppelmoral denken, die im

Aftonbladet erschienen war. Der Autor nannte meinen Namen zwar nicht, aber wer Bescheid wusste, dachte sich seinen Teil. Warum können unsere Idole nichts wirklich Bedeutungsvolles sagen, hatte in der Einleitung gestanden. Nach der Esstisch-Reality-Show hatte ich in mehreren Interviews gesagt, dass jeder Mensch gleich viel wert und es wichtig sei, niemanden zu diskriminieren, mit so was kannte ich mich aber gar nicht aus. Jedes Mal, wenn ich zu irgendwas Stellung bezog, hatte ich Angst, etwas Verkehrtes zu sagen, aber mein Engagement führte dazu, dass mir eine Werbekampagne für eine Prepaid-Karte angeboten wurde. Die Bilder sahen analog aus, und ich war lässig gekleidet, im graumelierten Champion-Pulli an einem Frühlingsabend vor den blauen Häusern von Blåkulla. Der Himmel war rosa mit dünnen Wolken, sie sahen aus wie Sand. Auf dem Nachhauseweg vom Shooting ging ich über den Friedhof. In die Steine waren Kindernamen graviert.

In der Kolumne hieß es, ich hätte mit der Prepaid-Karten-Werbung vor den Hochhäusern von der »Problemviertelästhetik« profitiert, würde aber gleichzeitig, indem ich Drogen kaufte, die Bandenkriminalität fördern, die genau solche Orte zerstörte. Ich las die Kolumne, weil Baby mich darauf hinwies, fühlte mich aber nicht getroffen. Problemviertel haben doch gar keine Ästhetik? Für deren Fehlen sind sie schließlich bekannt, mit ihrem ewigen Grau in Grau und den verwaschenen Kapuzenpullovern auf dem Weg zu Lidl.

Doch es hatte keinen Zweck, so zu argumentieren, diese Leute fanden, dass alles eine Bedeutung habe und dass ich, Bibbs, zur Bedeutung beitrüge. Als ob meine eintausendachthundert Kronen für zwei Gramm jemanden töten würden, oder als ob der Dealer nicht irgendwo anders hingefahren wäre, wenn ich mich nicht bei ihm gemeldet hätte. Es kam mir schon ziemlich krass vor, zu behaupten, ich, Bibbs, wäre verantwortlich für einen Fremden, der nicht für mich verantwortlich war. Natürlich kommt so was nicht gut an, weil ich ein Kapital habe, nämlich meine Glaubwürdigkeit, aber ich hätte niemals gedacht, dass jemand sich über diese Kampagne aufregen würde, weil Problemviertel erstens keine Ästhetik haben und weil zweitens jeder irgendwann mal Drogen kauft, auch Leute, die selten welche nehmen. Außerdem war der Job schlecht bezahlt gewesen. Man kauft Drogen für sein kleines Honorar, wenn das große Verlangen, dieser elende Parasit, sich im Hirn breitmacht und alles, was man eigentlich weiß, eliminiert. Dann gibt man dem Chaos nach und sagt, dass man sich im Chaos besser zurechtfindet. Übrig bleiben die Nacht und die Regeln der Nacht. Wie an Elahes Geburtstag, ich wollte sie mit in den Sumpf hinabziehen, in dem wir normalerweise gemeinsam wateten und der mich immer noch festhielt. So wie manche Leute auf der Arbeit behaupten, sie wären krank, wenn sie eigentlich nur zum Friseur gehen wollen, oder andere ein Essen absagen und den Kindern die Schuld dafür geben: Genau so kaufen die Leute manchmal Drogen, als melodramatischen

Versuch, eine stagnierende Beziehung wiederzubeleben. »Ich rasiere mir die Beine – ist das auch illegal?«, fragte ich Elahe, als sie hier, in dieser Küche, die Kolumne zu Ende gelesen hatte, ohne hinterher was zu sagen. Wir kratzten mit langen Fingernägeln über die Tischplatte. Elahe war in Blåkulla aufgewachsen, und ich wollte ihr arrogantes Schweigen übertönen. Herauszufinden, was sich dahinter verbarg, war mir zu anstrengend, deshalb plapperte ich über andere Dinge, während sie weiter in der Zeitung blätterte, ohne zu sagen, wie irre diese Reporter waren. Als ob ihre Nähe zu den poolfarbenen Häusern sie irgendwie wichtiger oder feiner machte als mich. Befreit von meiner Sehnsucht nach ihr, trank ich den letzten Schluck Nespresso. Ich bereute, dass ich mich eingemischt und gesagt hatte, der Typ im Fernsehen sei islamophob. Hätte ich die Klappe gehalten, hätten sie das, was er gesagt hatte, einfach weggeschnitten und niemand hätte an mich den Anspruch gestellt, besser sein zu müssen als andere.

Das Handy vibrierte auf der Arbeitsplatte.

»Was du für einen Ton draufhast«, sagte Mickey, ohne hallo zu sagen, »sofort‹, so reden wir nicht miteinander! Also, wie ist die Lage? Mensch, Bibbs, ich bin in El Los Angeles! Der Stadt der Engel!«

Pass auf, Mickey, hier ist Krise, okay. Seine Stimme kam und ging im Schweigen des Handys, als wäre die Abwesenheit von Geräuschen zwischen den Sätzen eine Dunkelheit und seine Stimme ein verblassendes Licht.

»Ich habe mit Baby Schluss gemacht und er behält die Wohnung, wenn ich nicht hundert Riesen lockermache.«

Mickeys Stimme kehrte zurück.

»Du hast mit Baby Schluss gemacht? Hey, wieso?«

Ich setzte mich. »Ich kann nicht am Telefon darüber reden. Hast du einen Gig für mich?«

Zu sagen, wie es wirklich war: dass Baby mich verlassen hatte, war unmöglich. Mickey, mein Agent, fand ohnehin, dass ich einiges versemmelt hatte, und sein Glaube, dass ich etwas darstellte, wonach Frauen sich sehnen, war, wenn nicht verschwunden, so doch zumindest angekratzt. Mein Baby war Mickeys letzte Hoffnung, denn er war überzeugt, dass sich der Idol-Status einer Frau daran ablesen ließ, wie alt und mit welchem Typen sie zusammen war.

Mickey war ein guter Freund, der auf Partys Tweed trug und Nikotinkaugummis kaute. Er war, genau wie ich, in Stockholm aufgewachsen und hatte in den Neunzigerjahren eine Musikzeitschrift mit dem Namen A.I.D.S. herausgegeben. Mickey hatte mir viele Aufträge verschafft und war einer der Ersten gewesen, die bei meinem Anblick überhaupt ein Potenzial sahen, Geld zu verdienen. Mit fünfundzwanzig fing ich an zu bloggen und wurde bald von *Expressen Fredag* angeworben. Da wusste man noch gar nicht, was Internet eigentlich bedeutet und dass andere das wirklich lasen, deshalb schrieb ich einfach, was ich dachte, über jeden,

den ich kennenlernte, und da ich gerne ausging, waren die meisten, die ich kennenlernte, im weitesten Sinne bekannte Persönlichkeiten. Da es noch kaum Konkurrenz gab, galt ich eine Weile als berühmteste schwedische Bloggerin, und je größer mein Blog wurde, desto stärker reagierten die Leute auf das, was ich dachte und was besser in meinen Gedanken geblieben wäre. Mickey entdeckte mich im Operakällaren und überredete mich, den Job beim Zeitungsportal sausenzulassen und zu einem privaten Anbieter zu wechseln, damit er Anzeigen verkaufen konnte. Er bekam eine Provision von zwanzig Prozent. Mickey hatte immer verstanden, dass wir uns nicht für die Oberfläche interessierten, nur weil wir nicht tiefer schürften. Wir wollten dasselbe und schlichen uns gemeinsam von Partys, ohne uns zu verabschieden. Neben mir kümmerte er sich noch um eine Handvoll anderer Persönlichkeiten und Musiker, den Großteil seines Einkommens verdiente er allerdings damit, Lagerbestände zu verkaufen, die er wiederum einem Typen abkaufte, mit dem er zur Schule gegangen war.

Dank des Blogs, von dem allein ich nicht leben konnte, bekam ich einen Job bei MTV, als Moderatorin einer Beziehungssendung namens *Puss* – Küsschen – mit niedrigen Einschaltquoten. Dann starb der Blog. Also nicht meiner, sondern der Blog als Phänomen. Mickey sorgte dafür, dass ich über das Portal einer Frauenzeitschrift weiterbloggen konnte, um sozusagen mit meinem Publikum zu reifen. Dann ging auch die Frauenzeitschrift ein. Ich fing mit Insta an, aber Mickey war alt geworden, und statt alles darauf zu setzen, mein Branding aufzubauen, riet er mir dazu, lieber lineares Fernsehen zu machen. Also machte ich eine familienfreundliche Sendung, was dazu führte, dass Baby sich in mich verliebte, und anschließend eine weitere Sendung, ein Jahr nach dem Erfolg der ersten. Da hatten Baby und ich uns bereits in der Slipgatan eingelebt, und es war wieder Sommer. Am Abend vor der Aufzeichnung schlug Baby mit der Faust ein Loch in die Gipswand des Wohnzimmers, völlig von der Rolle, weil er mich vermisste, obwohl ich noch gar nicht abgereist war.

Die Sendung wurde auf einem Anwesen in Värmland aufgezeichnet, und Baby rief mich jeden Abend an, und dann stritten wir uns am Telefon, bis irgendwer von der Produktion im Dunkeln zu mir rüberkam. Auf der anderen Seite des Anwesens lag ein See, auf dem sich Ringe abzeichneten, die aus dem Nichts zu kommen schienen, aber von den Libellen verursacht wurden, die über der Wasseroberfläche hin und her flitzten. Ich redete aber nicht dort mit Baby, wo es so schön war, sondern auf der Seite mit dem Kies und dem Staub, der mir die Schienbeine grau färbte. Vorsichtig erinnerten die Kollegen mich daran, dass morgen auch noch ein Tag sei. Es ist schwer, einen Hit zu produzieren, und die Sendung lief und ging zu Ende, ohne dass jemand meinen Namen erwähnte. Ich hatte aufgehört zu bloggen, weil ich nichts mehr hatte, worüber ich schreiben konnte. Auf unerklärliche Weise waren alle, denen ich begegnete, meine Arbeitgeber geworden. Außerdem kam Bloggen mir wie eine Beschäftigung für Leute vor, die jünger oder älter waren als ich, aber das sagte ich Mickey nicht. Ich wollte seine Aufmerksamkeit nicht auf eine Veränderung lenken, die ich nicht beeinflussen konnte.

»Im Grunde meines Herzens bin ich Schriftstellerin«, sagte ich immer zu Mickey.

»Klar, Bibbs«, antwortete Mickey dann. Einmal sagte Baby: »Ich dachte, das Markenzeichen von Schriftstellern wäre, dass sie schreiben.« Ich hielt mich eher für vielseitig begabt. Zum Beispiel hatte ich vor ein paar Jahren eine Ausstellung in einer Bar in Östermalm gehabt. Ich malte, Wasserfarbenbilder, Porträts von meinen Freunden. Außerdem legte ich auf und fungierte als Moderations-Sidekick verschiedener Sendungen, im Radio wie auch im Fernsehen, und ich hatte verschiedene öffentliche Auftritte. Nichts davon wurde leider so gut, wie es meine Sendungen bei MTV gewesen waren, als ich noch bei MTV war. War man bei MTV, stand die Welt einem offen. Eine Zeit lang war es unmöglich, sich eine Welt ohne MTV vorzustellen, aber als ich dort anfing, war diese Zeit dummerweise vorbei.

»Wir wussten nicht, dass wir bereits alles hatten«, sagte mal ein Programmleiter von MTV zu mir, als ich gerade dort angefangen hatte.

»Wer, wir?«

Du und ich, antwortete er, aber ich ahnte schon, dass er eher andere meinte. Nachdem wir Shots aus Reagenzgläsern getrunken und Karaoke gesungen hatten, fingerte er mich. Ich konnte gar nicht glauben, dass er mich wollte, denn wenn man jung ist, weiß man nicht, dass die Jugend das Attraktivste ist, was ein Mensch zu bieten hat, und dass alle, die dabei sind älter zu werden, voll darauf abgehen. Der Programmleiter war klein und sportlich, und als er sein Gesicht an meinen Hals presste, sah ich, dass er sich die Haare dunkler gefärbt hatte. Die Farbe hatte Flecken auf der weißen Kopfhaut hinterlassen.

»Du bist so feucht«, keuchte er in mein Haar, und mich streifte kurz der Gedanke, dass er ein Fake war.

Ich bin niemals hungriger gewesen als damals. Tagsüber standen wir unten in Frihamnen und arbeiteten mehr oder weniger für lau. Ich selbst hatte keinen Fernseher und war eigentlich zu alt für den Job, meinte meine Mutter. Das stimmte wahrscheinlich. »Wo läuft das überhaupt?«, fragte sie auch, und ich fragte meine Kollegen, bekam aber keine befriedigende Antwort. Im Personalraum stand ein Sofa, das ich aus einer der erfolgreicheren Sendungen kannte, die Sendung war leider eingestellt worden, nachdem ein Hund die Rolle des Moderators übernommen hatte. Zwischen den Sofapolstern lag das Kleingeld der Typen, die für den Ton zuständig waren, und jeden Freitagnachmittag, wenn alle weg waren, sammelte ich es ein, so abgebrannt war ich. Eines Morgens steckte ich mir eine der Münzen in die Pussy und lief den ganzen Tag damit herum. Als ich zufällig dem Programmleiter begegnete, der mich gefingert hatte, zog ich die Münze heraus und gab sie ihm. Ihm fiel der Kinnladen herunter. »Steck sie in den Mund«, sagte ich, und er tat es.

Mickey war nie so gehorsam gewesen, und jetzt am Handy klang er weniger beunruhigt, als mir lieb war.

»Mädchen, das kriegen wir hin, aber gewöhn dir diesen Ton ab.«

Ich war wieder aufgestanden und wippte auf den Zehen vor und zurück, ich war mir nicht sicher, ob er begriff, dass ich wollte, dass er das für mich hinbekam.

»Was machst du überhaupt in L.A.?«

»Ich bin im …« Dunkelheit schloss sich um Mickeys Stimme, dann drangen die Worte wieder durch. »Ich bin im Urlaub.«

Mickey hatte sich noch nie freigenommen, und er hatte mir auch nicht gesagt, dass er weg wollte, dabei telefonierten wir normalerweise mindestens zweimal die Woche. Ich lockerte erneut meinen Kiefer. Was, wenn er dort arbeitete. Mit wem? Mir fielen auf Anhieb fünf Frauen ein, die dort hingezogen waren, weil ihre YouTube-Kanäle das hergaben, aber dass Mickey sie kannte oder sie Mickey, schien mir unwahrscheinlich. Frauen mit schwedischen Followern, die ganz groß und ganz amerikanisch in ihre Körper investierten. Und falls es doch so war und er tatsächlich zum Arbeiten dort war, sollte er das ruhig tun. Nur weil sich gezeigt hatte, dass meine Karriere nicht exportierbar war, weil sie nur auf mich Bezug nahm und deshalb einen schwedischen Kanon als Kontext benötigte, brauchte Mickeys Business ja nicht zu leiden.

»Urlaub«, sagte ich und hoffte, dass Mickey nicht hörte, was ich hörte: dass ich defensiv klang. Vielleicht war er tatsächlich in L.A., um sich zu entspannen und zu erholen, auch wenn er immer sagte, es sei schön, keinen Job zu haben, weil man dann nicht aus dem Urlaub zurückzukehren brauche.

»Wie kriegen wir das hin, Mickey? Ich habe keine einzige Krone.« Er wieherte laut los.

»Hast du nicht gehört, dass ich in der Stadt der Engel bin? Aber okay, ich organisier dir was. Ich sag Texas, er soll dich anrufen, sobald er wach ist.«

BABY

WENN ICH EIN Porträt von Baby zeichnen sollte, würde ich alle Einzelheiten herausarbeiten, denn was ich an ihm liebte, war nichts, was man sofort sah.

Oder doch, seine Schönheit natürlich, die war allerdings bereits verblichen oder in sich zusammengestürzt, er hatte sie innerhalb von nur zwei, drei Tagen verloren. Doch er trug die Schönheit als Erinnerung in sich, was ihn verletzlich machte, und diese Verletzlichkeit hatte wiederum Ähnlichkeit mit Schönheit. Auf den ersten Blick dachte man, er sähe immer noch toll aus, je genauer man aber hinsah, desto deutlicher wurde, dass seine beste Zeit vorüber war. Das Haar, das ihm wild um den Kopf gestanden hatte, wurde fleckig und dünn, und inzwischen rasierte er sich den Schädel. Er hatte einen flachen Hinterkopf und eine schlechte Haltung, seine Schultern wurden wie von Magneten zu Boden gezogen. Wenn er lief, hatte er lange, schlanke Muskeln, doch er lief nicht mehr oft, weil es mich unglücklich machte, wenn er mich mehr als unbedingt notwendig allein ließ.

Wenn er einen Film aussuchen durfte, nahm er einen von Tarantino oder Woody Allen, und hielt alles, was er nicht verstand, für Schrott.

Baby war vor allem deshalb liebenswert, weil es mir gelang, mit ihm zusammen zu sein, und ihm mit mir. Frauen in der Kneipe sagten zu mir, dass sie ihn noch nie so fügsam erlebt hätten, und aus ihren Stimmen klang sowohl Bewunderung als auch Furcht.

Baby an sich war nicht die Normalität, aber er war ein Symbol dafür, und er fungierte als Dolmetscher für das Erklärungsmodell, das andere von der Wirklichkeit hatten. Er arbeitete fünf Tage die Woche, und an den Wochenenden entspannte er sich. Er tat, was zu tun war. Er nutzte öffentliche Verkehrsmittel. Er kochte, und anschließend packte er die Reste in eine Box, die er am nächsten Tag mit zur Arbeit nahm. Er ließ sich nicht öfter krankschreiben als nötig. Er trank, um zu vergessen. Er rief Leute an und ließ sich von ihnen anrufen.

Baby ging gern ins Kino, und manchmal begleitete ich ihn. Eines Abends liefen wir anschließend zu Fuß nach Hause, wir waren in einem Kino am Sveavägen gewesen und begegneten einer Schauspielerin, nicht älter als dreiundzwanzig. Die Art, wie sie darauf bestand, stehen zu bleiben und zu reden, und Babys ungeschickte Höflichkeit, machten es offensichtlich, dass sie miteinander geschlafen hatten. In dieser Nacht sah ich sein Gesicht in dem Augenblick vor mir, in dem er in der jungen Frau kam. Sein Schwanz riss sie entzwei.

Wenn ich ein Porträt von Baby zeichnen sollte, würde ich es sorgfältig anlegen, aber vage. Babys Indifferenz war eine seiner größten Stärken, er stimmte jedem zu, egal mit wem er sprach. Das Einzige, worauf er wirklich bestand, war, kein Fleisch zu essen, das war zu einer tragenden Säule seiner Persönlichkeit geworden. Am Wochenende mixte er Smoothies für mich. Er trank beeindruckende Mengen Alkohol, strafte sich anschließend jedoch selbst, indem er nach einem durchsoffenen Abend früh aufstand, und er leugnete stets, einen Kater zu haben. Als wir uns kennenlernten, unternahm er gerne allein etwas, das verlieh ihm einen Anschein von Autonomie, und ich setzte alles daran, diese zu zerstören. Einmal im Park Kungsträdgården weinte er lautlos, als ich versuchte, mit ihm Schluss zu machen. Die Beziehung, die wir führten, erinnerte mich zu sehr an ein Leben, das ich bereits gelebt hatte, und ich dachte, ich hätte genug davon. »Aber du kennst mich doch so gut«, sagte er da, die kleinen Hände zu Fäusten geballt, und er schaute direkt in die Sonne und in den hohen, klaren Himmel, damit ich seine Tränen nicht bemerkte. Aber ich bemerkte sie, und die seltenen Tränen, die Babys Verletzlichkeit offenbarten, beeindruckten mich so sehr, dass ich beschloss, ihn nie wieder zu verlassen.

ES PASSTE mir nicht, dass Mickey die Lösung des Problems an Texas delegiert hatte, und ich ging ins große Badezimmer, um den Medizinschrank zu durchforsten. Hinter einem Glas mit Pinseln fand ich eine Dose Ritalin, das Etikett war vom Wasserdampf ausgeblichen. Texas, der immer kurzärmelige Hemden trug, war Mickeys Mann, er hatte lange Haare, die ihm bis auf den Rücken fielen, und ich mochte ihn nicht, er war ein Nostalgiker. Um etwas beneidete ich ihn allerdings: Er hatte Morbus Crohn. Ich sah zu, wie er riesige Sandwichs von Subway in sich hineinstopfte und fragte mich, wie es möglich war, dass sie keine Spuren hinterließen. Viele Frauen, die mich auf der Straße ansprachen, freuten sich über mein Gewicht. »Es ist so schön, dass du keine Size Zero bist«, sagte eine von ihnen, und ich, völlig perplex, fragte mich, woher sie das wissen wollte. Manchmal entblößte Texas seine Zähne mit dem zurückweichenden Zahnfleisch und sagte: »Was glotzt du so?« Nein, ich weiß nicht, aber ich fragte mich schon, wieso jemand, der das Schlanksein so wenig brauchte und schätzte, es so einfach haben konnte. Ich schüttelte drei Pillen aus der Dose, überlegte kurz, schüttelte dann drei weitere heraus, schluckte zwei und wickelte die anderen in ein Stück

Papier. Anschließend stellte ich die Dose absichtlich aufs falsche Brett. Elahe sollte nicht denken, dass ich die Pillen heimlich genommen hatte.

Obwohl ich Texas nicht mochte, verbrachten wir oft Zeit miteinander, wenn wir auf Mickey warteten. Texas und Mickey waren seit fünfzehn Jahren ein Paar. Sie wohnten in derselben Wohnung, teilten aber nicht mehr das Bett (Mickey war Schlafwandler) und feierten Geburtstage, aber kein Weihnachten. Vor vielen Jahren hatte sich Mickey in die besondere Art verliebt, wie Texas den Raum betrat. Ich hatte Texas noch nie einen Raum betreten sehen, er war immer schon da, wenn ich reinkam.

Das Kellerlokal, in dem Mickeys Geschäftsräume lagen, war mit Büroutensilien eingerichtet. Er nutzte es sowohl für die Agenturtätigkeit als auch als Laden. Mickey und Texas hatten je einen Schreibtisch, und Texas war Mickeys Assistent, Fahrer und Koch. Alles auf Mickeys Schreibtisch war größer, als die Dinge auf Texas'. Auch der Schreibtisch selbst war größer. Der Briefhalter war größer. Die Bilderrahmen waren größer, und der Stuhl war ein ergonomischer mit Kopfstütze. Alles, was Mickey verkaufte, lag ordentlich in Kartons verstaut und in Bücherregalen, und an die Wände hatte er Zeitungsausschnitte gepinnt. Dabei handelte es sich um Interviews, die ich der *Veckorevy*, *Style By* und sogar *DN* gegeben hatte. In manchen Artikeln ging es auch um andere Frauen, aber das waren nicht viele. In der Wohnung über Mickeys Geschäftsräumen ging es oft hoch her, und manchmal führte der Lärm dazu, dass Mickey von seinen Kindern redete, die keiner von uns je gesehen hatte.

Früher hatte ich keine Verbundenheit mit Mickey oder Texas empfunden, im Laufe der letzten Jahre war jedoch ein Gefühl der Zusammengehörigkeit gewachsen. Ich begann zu ahnen, was ihnen passiert war und wie. Wie ich so mit ein paar Ritalin in einem Stück Toilettenpapier auf mein Leben zurückblickte, schien mir dieser Morgen schicksalsbestimmt. Ich war wieder allein. Ich hatte ein paar Tausend auf Kredit und Möbel, die ich für nicht versteuertes Geld gekauft hatte. Ich hatte mir das Gesicht machen lassen, aber das war nichts Permanentes. Auch die Haare nicht, oder das Waxing meiner Beine oder die chemisch gereinigte Kleidung oder Aufträge. Nichts in meinem Leben, abgesehen von den Kreditkartenabrechnungen, wies auf eine Zukunft hin, die sich vorhersehen ließ.

Elahes Wohnzimmer war ein schöner Raum mit Parkett. Es war so groß, dass in der Mitte sogar noch der Esstisch Platz fand, ein Tisch mit einer Platte aus unbehandeltem Holz und einem Fuß aus rosa Marmor. Die Stühle waren aus italienischem Hartplastik, um die Naturmaterialien auszugleichen. Nichts davon gehörte mir. Nichts, außer der Einsicht, dass nichts so wird, wie man es sich vorgestellt hat, so sorgfältig man es sich auch ausmalt. Ich schaute auf Elahes Weltkarte über dem Sofa und dachte … man glaubt, wenn man »es« nur richtig gründlich plant, ergibt sich irgendwann ein perfektes Bild. Stattdessen zeigt sich eine verzerrte Karte mit Pfeilen, die hierhin und dorthin weisen, und wohin man auch geht, landet man immer da, wo man schon ist.

Ich hatte nicht viel aus der Slipgatan mitgenommen. In meiner Tasche befanden sich ein paar Leggings und ein paar Unterhosen, saubere sowie schmutzige. Dazu meinen Laptop. Ich machte Elahes Bett und checkte mein Handy. Niemand hatte geschrieben. Draußen erwachte die Straße zum Leben. Autos mischten sich mit Bussen, und das Lärmen eines frühen Polizeieinsatzes stieg zur Sonne auf, deren helles Morgenlicht es unmöglich machte, etwas auf dem Bildschirm zu erkennen. Ich wollte nicht warten, bis Mickey Texas anrief und schrieb diesem deshalb eine Nachricht. Er war schon wach und wollte nach dem Mittagessen im Büro sein. Es war kurz vor sieben. Wenn ich heute eins hinbekomme, sagte ich zu mir selbst, während ich Elahes Schminkzeug durchwühlte, dann, einen Mixer zu kaufen. Baby war nicht der Einzige, der Smoothies machen konnte. Ich dachte an das Geld, und ja, auch daran, dass ich wieder allein war. Ich würde hunderttausend Kronen zusammenbekommen, und wenn es das Letzte war, was ich tat. Wenn die Trauer sich anschlich, schob ich sie beiseite. In Gedanken woanders, streichelte ich eine Hand mit der anderen. Dass der Körper so ein Ding sein konnte, so ein sexuelles. Nicht nur ein Arbeitsding oder Pornoding oder Besaufding. Ein Ding, in das du dich hineinstreichelst. Manchmal, wenn ich auf ein Video stieß, das ein echtes Paar gedreht hatte, entdeckte ich eine Hand, die zärtlich eine andere streichelte. Oder eine Hand, die eine Pussy streichelte, wie die Hände verliebter Männer eine Pussy streicheln. Als ob sie sich unterwerfen würden, aber ein Mann kann sich einer Frau nur freiwillig unterwerfen. Ich wusste das alles. Wie ich angesichts dessen in der Lage war, meinen Plan so eiskalt durchzuziehen, kann ich nur mit dem Messer erklären, das in meinem Herzen steckte.

»BIBBS, WAS MACHST du denn hier?!«

Kenneth stand schlaftrunken und in Boxershorts vor mir. Ich war hier, weil heute Geldbeschaffungstag war, aber das konnte ich ihm nicht sagen, noch nicht, stattdessen schlug ich vor, wir könnten zusammen frühstücken gehen, in der Stadt. Ich hatte mich perfekt geschminkt und überhaupt alles perfekt eingefädelt. Kenneth war etwas über fünfzig und wohnte im selben Haus wie Elahe, er war groß und schlaksig mit Hängebrüsten. Als ich vorschlug, er solle trainieren, meinte er, bei Männern würde sich durch Training der Östrogenwert erhöhen, wodurch die Brüste größer würden, aber seine Arme waren ansprechend jungenhaft gebräunt und er redete zum Spaß immer värmländisch, um die Frauen zu verführen. Kürzlich hatte er einem gemeinsamen Bekannten, der wegen Pfusch am Bau in einen Rechtsstreit geraten war, eine große Summe Geld geliehen. Ooh, hatte ich gedacht, als ich das hörte, der Typ hat also Kohle-Kohle.

Wir kannten uns schon seit zehn Jahren, aber da ich einen Groll gegen Kenneth entwickelt hatte, der sogar in Verachtung umgeschlagen war, traf er sich seit einer Weile eigentlich nur noch mit Baby. An einem Geldbeschaffungstag durften meine privaten Gefühle jedoch keine Rolle spielen. Ich hatte keine Möglichkeit, mir im Laden in der Nähe der Slipgatan ein Eurojackpot-Los zu kaufen, deshalb musste ich den Tag so optimal wie möglich nutzen. Kenneth ging in seine Wohnung zurück und kam vollständig angezogen wieder raus, und wir redeten nicht mehr, bis wir auf der Straße waren. Er steckte sich eine Zigarette an, und ich fühlte mich übertrieben optimistisch, als hätte ich das Geld schon auf dem Konto. Baby würde sich wundern, wenn ich ihn anrief und sagte, es wäre alles geklärt, vielleicht würde er sich sogar gedemütigt fühlen oder sich zumindest fragen, ob er mich wirklich so gut kannte, wie er gedacht hatte.

Kenneth ging ein paar Schritte vor mir her, so wie alle Männer ihrer weiblichen Begleitung immer ein paar Schritte vorauslaufen. Wir gingen den Sveavägen hinunter. Ich war charmant und aufgekratzt, äffte die wenigen Leute nach, denen wir auf der Straße begegneten, und erzählte witzige Anekdoten, ausschließlich auf meine Kosten. Kenneth drehte sich um und starrte auf meine Brüste, es erregte ihn, dass ich ohne Baby gekommen war, aber er fragte nicht warum. Als ich ihm davon erzählte, wie ich den Mann getroffen hatte, der den abgerundeten Billardqueue in Schweden eingeführt hatte, quiekte er vor Lachen und schlug schockverliebt vor, wir sollten zusammen Kinder kriegen.

»Du hast doch schon Kinder«, erwiderte ich, bemüht, nicht allzu reserviert zu klingen.

»Aber nicht die, die ich will. Unsere wären dagegen echt great geworden.« Er zupfte sich einen Tabakkrümel von der Zunge.

Das Café auf der Norrtullsgatan hatte gerade geöffnet, und der Besitzer grüßte: »Buongiorno.« Der Weg dorthin war grässlich. Wretched. Elahes Ritalin begann zu wirken, und es fiel mir schwer, Kenneth scharf zu stellen. Jedes einzelne Geräusch im Lokal war plötzlich gleich laut, und ich hielt den Atem an und versuchte, mich wieder zu erden. Ich quatschte drauflos, über alles Mögliche, was mir einfiel, meine Fingernägel und Kohlehydrate und Pornos. Eine frischgebackene Mutter hatte sich am Tisch gegenüber niedergelassen, und ich referierte über die drei Kategorien von Still-Pornos: zärtlich, BDSM, inzestuös. So kriegt man nämlich Hilfe, hatte ich gelernt, indem man so tut, als bräuchte man keine. Aber die gute Stimmung vom Spaziergang war verpufft, und Kenneth fand meine Ausführungen nicht lustig, obwohl ich wusste, dass er oft Pornos guckte und sogar welche auf DVD kaufte.

Kenneth hatte seinen Americano bereits ausgetrunken, aber ich hatte meinen noch nicht angerührt, dafür hatte ich meinen Stuhl so nah an seinen herangerückt, dass ich fast auf seinem Schoß saß. Ich lehnte mich zurück und sagte, ich müsse mal für Damen. Als ich wiederkam, hatte Kenneth einen weiteren Kaffee und zwei Croissants bestellt, und mir fiel ein, dass ich Hunger hatte, und ich biss die Hälfte des einen ab. Der Blätterteig fiel auf mein T-Shirt, und Kenneth starrte mir wieder auf die Brüste. Ich versuchte das Gespräch auf Geld zu bringen.

»Also, ich hab gehört, du bist jetzt in der Baubranche? Musse hat erzählt, dass du ihm mit dem Bad geholfen hast.«

Kenneth wischte das weg:

»Ach, ich habe ihm nur für ein paar Wochen was geliehen. War kein Ding.«

»Du bist echt zu großzügig! Aber das ist nicht der Grund, weshalb dich alle lieben, Kenneth.«

Kenneth ging nicht auf mein Schmeicheln ein, stattdessen griff er nach seinem Handy. Ich wartete ab, ob er was fragen würde: was denn mit mir wäre oder mit meinem Bad, irgendwas, das dazu führen würde, dass er mir Geld anbot, ohne dass ich darum bitten musste. Während er scrollte, versuchte ich, nicht zu passivaggressiv zu wirken. Er blickte auf.

»Krass, Mickey ist in L.A.?«

Ja, echt krass, stimmte ich zu. Aber, wandte ich dann ein, eigentlich auch wieder nicht so krass. Wir werden bald ordentlich Geld reinkriegen, Mickey und ich. Kenneth zog die dünnen Lippen nach innen.

»Ach, wirklich?«

»Ja, wir kriegen immer Geld rein.«

»Als ich Baby das letzte Mal getroffen habe, meinte er, du hättest das ganze Jahr noch nicht gearbeitet.«

Ich wusste nicht, was ich sagen sollte. Ich hatte gearbeitet, nur nicht so viel. Ich war in dieser Bar aufgetreten und hatte drei gesponserte Beiträge für einen

Rasierer mit Pappgriff gemacht. Bei dieser Kampagne war es um zwei Dinge gegangen: Das eine war, dass jede Frau selbst entscheiden sollte, ob sie sich rasieren wollte oder nicht, an das zweite erinnerte ich mich nicht.

»Hat er dich verlassen?«

»Wer?«

Kenneth seufzte.

»Hat Baby dich verlassen, Bibbs? Dein Lebensgefährte?«

Ich kaute langsam, bis ich merkte, dass ich gar nichts mehr im Mund hatte.

»Nein, ich habe ihn verlassen.«

Kenneth krümmte den Rücken noch mehr als sonst, als würde ihn das vertrauenswürdiger machen.

»Baby hat mich angerufen und gesagt, er habe dich verlassen. Er hatte versucht, dich zu erreichen, wusste aber nicht, wo du warst und wie es dir ging.«

Mein Croissant war aufgegessen. Ich streckte die Hand nach Kenneths aus.

Kenneth hatte Ende der Neunzigerjahre ein Modelabel gestartet und den japanischen Denim nach Stockholm gebracht. Sein Markenzeichen waren gerade geschnittene, fast keusch anmutende Jeans gewesen, die so steif waren, dass sie an Korsetts erinnerten. Damals dachte man, es wäre eine Reaktion auf das übersexualisierte Jahrzehnt, aber ich, die Kenneth anschließend besser kennenlernen sollte, erkannte, dass er lediglich seine Perversität auslebte, seine krankhafte Besessenheit von Frauen mit makellosen, dünnen Körpern. Damals waren Jeans *das Ding*, wieso auch immer. Es galt als cool, seine Hose ins Eisfach zu legen und die Nähte zu zählen, und Kenneth war der König der Psychose und arbeitete barfuß in seinem ersten Laden.

Vor zehn Jahren hatte Kenneth sein Unternehmen verkauft, war aber Creative Director geblieben, bis eine Frau, die sein Kollege als Praktikantin eingestellt hatte, sein Leben zerstörte. Ihm wurde gekündigt, indem man ihm nahelegte zu kündigen, und seitdem machte er zweimal jährlich Urlaub in Portofino, seine Wohnung hatte er dunkelgrün gestrichen. Vor ein paar Jahren hatte Åhléns dann das Label gekauft, von dem Kenneth in seinem Kinderzimmer geträumt hatte. Ausgerechnet Åhléns, das Kaufhaus, das für alles stand, was er hinter sich hatte lassen wollen (seine Mutter und alle anderen Frauen mittleren Alters), und als der Verkauf abgeschlossen war, soff er sechs Tage lang von morgens bis abends, bis eines Nachmittags seine Tochter nach Hause kam und ihn mit einem Mädchen ihres Alters in der Küche erwischte. Es ging noch aufs Gymnasium. Jetzt stand das Label, Åhléns, für Stretch-Jeans in verblichenen Farben.

Kenneth schien es nichts auszumachen, dass ich sein Croissant aß, er faltete mit neurotischer Sorgfalt die Serviette, die unter dem Teller gelegen hatte. Kenneths Dämon war, dass er ein schlechter Mann war, obwohl er ein guter sein wollte. Nein, falsch. Er wollte kein guter Mann sein, er wollte als guter angesehen werden. Meine Geduld ging langsam zu Ende.

»Mann, Kenneth, er hat mich nicht verlassen. Wem glaubst du eher? Ihm oder mir?«

Kenneth antwortete nicht. Ich änderte die Taktik.

»Ich kann nicht darauf eingehen, was passiert ist, ich will ihn nicht bloßstellen. Aber ja, es stimmt, dass er mich nicht erreicht. Ich weiß, dass ihr euch gut versteht und sogar Freunde geworden seid. Aber Baby ist vielleicht nicht der, für den du ihn hältst.«

»Ihr wart doch immer so wahnsinnig verliebt.«

Die Schneide des Messers fuhr mir vom Herzen in den Bauch.

»Ja. Oder. Waren wir.«

Der Stuhl wurde langsam unbequem. Ich hätte mich gern anders hingesetzt, dachte aber, das würde vielleicht unehrlich wirken, und so fing ich an, über die Slipgatan zu reden, statt meine verknoteten Beine zu befreien.

»Die Wohnung ist meine einzige Chance, irgendwo zu leben, ich werde niemals legal an eine andere rankommen oder was mieten können. Das kann ich vergessen.«

Eine neue Barista kam aus der Spülküche und stellte sich an die Kasse. Diese dämlichen Baristas, immer halten sie sich für was Besonderes. Sie denken, sie wären Sommeliers, dabei sind sie Kassiererinnen. Kenneth stimmte mir nicht zu, sagte aber auch nichts dagegen. Die Dielen des Fußbodens waren so lang und 85 durchgehend wie ein intelligenter Gedanke. Lange her, dass ich mal so einen gehabt hab, schon richtig, sagte ich zu Kenneth, aber dem gefiel anscheinend nicht, wie ich drauf war, und er tat, als hätte er nichts gehört. Ich war wütend, weil Baby mir zuvorgekommen war. Dieses miese Arschloch hatte mich einfach verlassen, obwohl ich ihn hätte verlassen sollen, und jetzt telefonierte er meine dämlichen Freunde ab und tat, als machte er sich Sorgen. Ich wusste genau, was er vorhatte. Baby wollte verhindern, dass Kenneth mir Geld gab. Ich musste mir was einfallen lassen, und bevor ich es mir anders überlegen konnte, sagte ich, was Kenneth am allerschwersten fallen würde, infrage zu stellen.

»Er hat mich vergewaltigt.«

Kenneth öffnete den Mund und schloss ihn wieder.

»Ja, beziehungsweise ... Ich weiß nicht, ob das geht, wenn man zusammen ist«, mit halb geöffnetem Mund tat ich, als würde ich nachdenken, »aber er hat gegen meinen Willen Sex mit mir gehabt. Vor ein paar Wochen.«

»Nach fünf Jahren?«

Draußen vor dem Café hatte ich zwei Ratten gesehen, die nebeneinander herliefen, im Spaziertempo, neulich Abend, das wollte ich Kenneth gerade erzählen, zwang mich dann aber, zu unserem Gespräch zurückzukehren.

»Vier Jahre, und es ist schon mal passiert, als wir

gerade zusammengekommen waren. Da meinte er, er hätte mich missverstanden und es würde nie wieder vorkommen, aber jetzt ist es wieder passiert. Deshalb musste ich ihn verlassen.«

Kenneths betroffenes Gesicht zeigte mir, dass ich auf dem richtigen Weg war, und ich machte mich innerlich stark, um mir keine Selbstvorwürfe zu machen. Was hätte ich auch tun können, außer Baby der Vergewaltigung zu beschuldigen? Es gab nichts Peinlicheres, als jemanden zu vergewaltigen, und Babys Würde war ansonsten so gut wie unantastbar. Mit seiner ehrlichen Arbeit und seinen Telefonaten. Und ganz bestimmt hatte Baby mal jemanden vergewaltigt, irgendwann, und die anderen Vergehen, derer ich ihn bezichtigen konnte, würden einfach nur albern klingen. Was sollte ich denn sagen: dass er mich verlassen hatte, obwohl er kein Recht dazu hatte? Oder dass ich so wahnsinnig brillant war und diese Brillanz sich abnutzte, weil Baby sie abnutzte? Dass alles super gelaufen war, bis es das irgendwann nicht mehr tat? Wie sollte ich das beweisen? Und selbst wenn ich es beweisen könnte, wäre es keine einhunderttausend Kronen wert.

»Kenneth«, ich legte meine Hand auf seine, »ich brauche deine Hilfe. Ich brauche einen festen Platz. Ein Zuhause, und das kostet Geld. Es fühlt sich grotesk an, sich so nackig zu machen, gewissermaßen mit offener Wunde vor dir zu sitzen, aber wenn du genau wissen willst, wie es passiert ist, dann«, ich spürte, wie Kenneth vor Schreck und Wollust zitterte und zupfte vorsichtig an seinem Zeigefinger, »also, ich lag da und habe geschlafen. Ich lag da und schlief, und wurde davon geweckt, dass er in mir war. Ganz ehrlich, er kann sich ja wohl Sex kaufen, wie jeder andere auch.«

Ich lächelte schwach über meinen Versuch, einen Witz zu machen, denn ich wusste, dass gefasste Frauen versuchen, Witze zu machen, und es nicht schaffen, und dann zögerte ich, wie ich gehört hatte, dass Frauen, die Angst hatten, zögerten.

»Du darfst ihm auf keinen Fall was sagen. Ich habe keine Lust auf Streit. Ich will einfach nur, was mir zusteht.«

Kenneth hatte seinen Oberkörper zur Seite gedreht, er wollte nichts als weg, oder noch besser: verschwinden.

»Ich will mein Zuhause, Kenneth. Das Zuhause, das ich für uns eingerichtet habe.«

Das Letzte hatte sich in meinem Kopf deutlich besser angehört, aber ich brauchte mir keine Sorgen zu machen. Der Dämon in Kenneth war erwacht, und ebenso dessen Gebrüll. Kenneth war nicht so blöd, wie er aussah. Er wusste, dass ihm hier eine Chance geboten wurde, sich als guter Mann zu zeigen. Ich sah es in seinem Kopf arbeiten. Was tat ein guter Mann in so einer Situation? War Baby in der Lage, so etwas zu tun? War er nicht selbst schon mal Baby gewesen? War ich eine durchgeknallte Me-too-Tussi? Kenneth fiel ein, dass man Frauen nicht mehr vorwerfen durfte zu lügen, und er erinnerte sich an all die Male, die er sinnlos betrunkene und wehrlose Frauen, die ein oder zwei Jahrzehnte jünger gewesen waren als er, mit nach Hause genommen hatte.

»Das ist ein sehr ernster Vorwurf, Bibbs.«

Ich schnaubte.

»Das weiß ich. Aber du weißt ja, wie viel er trinkt.« Dagegen konnte Kenneth nichts sagen, denn sie tranken ja immer gemeinsam.

»Er war halt betrunken. Und dachte vielleicht, ich wäre wach ...«

Ich senkte die Stimme.

»Und dann bin ich aufgewacht und hab ihn weggestoßen.«

Eine lange Weile sagte keiner von uns ein Wort. Der Schlafmangel holte mich ein, und trotz des Ritalins wurde ich plötzlich müde.

»Also«, drängte ich, »kannst du mir helfen?«

Kenneth überlegte wahrscheinlich, wie der Tag besser hätte laufen können, wenn er woanders übernachtet oder nicht aufgemacht hätte, als ich geklingelt hatte. Er wäre vielleicht mit dem Fahrrad nach Reimersholme runtergefahren, hätte ein kurzes Morgenbad genommen und auf dem Heimweg kurz bei Baby vorbeigeschaut, der ihn weder um das eine noch das andere gebeten hätte.

»Ja, klar helfe ich dir, ich muss nur ... Ich muss nur überlegen, ich meine, ich muss ein paar Dinge klären.« Sofort stellte sich Beruhigung ein, und ich lächelte ihn aus tiefstem Herzen an, das Messer steckte nicht mehr in mir. Ich lehnte mich zurück.

»Danke, Kenneth. Das wärmt mir das Herz. Ich wusste, dass ich mich auf dich verlassen kann.«

Kenneth zog die Hand zurück, und bevor er es sich anders überlegen konnte, wurden wir von einer jungen Frau unterbrochen, die sich für die Störung entschuldigte, aber ...

»Ja«, antwortete ich schnell und strahlte sie an, wie ich kurz zuvor Kenneth angestrahlt hatte. »Das stimmt. Klar bin ich Bibbs.«

Das Frühstück mit Kenneth wurde zum Mittagessen und später zum Abendbrot, wir streiften planlos durch die Läden, und ich kaufte nichts, aber Kenneth kaufte ein Medaillon aus Gold. »Da mach ich ein Bild von meiner Tochter rein.« Wir gingen zu Texas' Büro, Texas hatte seinen Schreibtischstuhl nach draußen gestellt. Zwischen dem Kopfsteinpflaster wuchs nichts, außer Moos. Er rauchte in der prallen Sonne seine E-Zigarette, das kurzärmelige karierte Hemd bis zur Brust aufgeknöpft, und in seinem lockigen Brusthaar reflektierte ein Goldkettchen das Licht. Als wäre Texas' Körper einer zum Hineinschmiegen.

»Mickey hat gesagt, du würdest einen Auftrag für mich an Land ziehen.«

Texas zögerte die Antwort hinaus, er bückte sich nach einer Münze, die ihm aus der Hosentasche gefallen war und nun die Straße hinunterrollte. Schön, dich zu sehen, Kenneth, sagte Texas. Und Kenneth sagte: Gleichfalls.

»Mickey hat gemeint, du könntest mir helfen«, wiederholte ich. Texas blickte mich verständnislos an.

»Aber der ist in L.A.« Kenneth, der bei der kleinsten Missstimmung nervös wurde, sagte:

»Bibbs, ich helfe dir doch schon.« Das sagte er, um Texas zu helfen. Ich musste an Stolz denken. Der zahlt sich nicht aus. Ich dachte, es wäre schlau, Kenneth alles zu sagen. Alle Karten auf den Tisch zu legen. Ihm zu zeigen, dass da nichts war.

»Na, siehst du«, sagte Texas, »dann hat sich das doch geklärt.«

Fast den gesamten Sonntag gelang es mir, nicht zu weinen, aber gegen Abend fiel mir das immer schwerer. Als wir in der Kellerbar des Tranan saßen, nachdem die Außenterrassen geschlossen hatten und mir von Elahes Ritalin eher kalt war, als dass es mich wach hielt, konnte ich nicht mehr. Der Keller war fensterlos, und ich vermochte mich nicht an die Dunkelheit zu gewöhnen, obwohl meine Pupillen so groß waren, dass man die Augenfarbe nicht mehr sah. Mein Weinen war ein typisches Betrunkenenweinen, jämmerlich und durch nichts aufzuhalten. »Du hast was Besseres verdient, Bibbs«, sagte Kenneth, und ich wollte ihm gerne glauben. Stattdessen antwortete ich, er würde gar nichts kapieren und schlug die Hände vors Gesicht. Buhu, machte ich, weil ich dachte, so höre Weinen sich an. Buhu. Klar kapierte er es. Was gab es da nicht zu kapieren. Aber so ist das Betrunkenenweinen eben, selbstbezogen und banal. Ich stolperte mit Kenneth an der Seite nach Hause und fummelte mit dem Türschlüssel herum, bis ich feststellte, dass ich vor der falschen Wohnung stand. Er führte mich zur richtigen, bettete mich auf Elahes schwarzes Ledersofa und deckte mich zu.

AM NÄCHSTEN MORGEN blieb ich still liegen und achtete darauf, mich möglichst wenig zu bewegen. Gestern war irgendetwas Schlimmes passiert, so viel wusste ich noch. Ein Haargummi um mein Fußgelenk spannte und hinterließ einen roten Abdruck, als ich es abnahm. Ich band mir die Haare zusammen. Das Schlimme war, dass ich behauptet hatte, Baby hätte mich vergewaltigt. Ich fühlte mich innerlich ganz rau und ausgetrocknet.

»Es gibt unterschiedliche Veranlagungen«, hatte ich Baby neulich erzählt, als er früher von der Arbeit gekommen war, um sich um mich zu kümmern. Ich hatte mir die Oberkante der Oberlippe machen lassen und konnte wegen des blauen Flecks nicht raus.

»Es gibt Krebsveranlagungen und Herzveranlagungen und Psychoveranlagungen. Und ich bin ein Psychotyp.«

»Und?«, fragte er.

»Ja, und du hast auch eine Psychoveranlagung. Das passt auf lange Sicht gut, kurzfristig ist es eher anstrengend.«

In meiner Familie lagen alle ständig in dunklen Zimmern herum, verspielten ihr Erbe, soffen, bis ihre Ehe kaputt war, und sperrten sich auf der Toilette ein, und bis zu unserem Ende drohten wir einander, uns das Leben zu nehmen, wenn wir nicht bekamen, was wir wollten. Dabei waren wir kerngesund, bis wir neunzig wurden, und dann schliefen wir im Kreis der Familie friedlich ein, die darüber wiederum aus dem Staunen nicht herauskam. Meine Mutter meinte immer, sie würde ihren Vater am liebsten ausbuddeln, um nachzusehen, ob er tatsächlich unter der Erde lag, so unwahrscheinlich schien ihr, dass er endlich gestorben war.

Babys Familie gehörte ebenfalls zum Psychotyp, allerdings zur handgreiflichen Sorte. Mit bloßen Händen schlugen sie Fensterscheiben ein, würgten Taxifahrer und wurden von der Polizei festgenommen; sie gingen fremd und kamen einfach nicht nach Hause und kippten ihren Freundinnen Töpfe mit frisch gekochten Spaghetti über den Kopf. Das passte einerseits schlecht zu meinem Psychotyp, weil meine Sorte sich eher im Sande verlief, als dass wir explodierten, andererseits passte es gut, weil ich mehr Verständnis hatte, als es ein Krebstyp gehabt hätte. Auf Babys affirmative Wutanfälle reagierte ich unterwürfig, so wie Töchter sich meiner Vorstellung nach gegenüber Vätern verhielten. Kinder verlassen ihre Eltern nicht, denn sie können nirgendwohin, und so fesselte mich jeder Spaghetti-Topf enger an meinen Mann.

Auch wenn es das Beste war, aus eigenem Entschluss zu gehen, war das Zweitbeste, verlassen zu werden, weil jemand plötzlich oder nach langer Krankheit starb, wie es bei Krebstypen oder Herztypen häufig der Fall war.

Das Schlechteste war, einfach so verlassen zu werden, egal zu welchem Typ man gehörte. Tatsächlich war ein Kriterium für die Zugehörigkeit zum Psychotyp, dass man seinen Partner nicht verlassen konnte, und deshalb fragte ich mich, ob ich mich in Baby vielleicht doch getäuscht hatte. Was, wenn er gar kein Psychotyp war. Was, wenn er zum Blutdrucktyp gehörte. Als ich das Kenneth bei der letzten Runde Schnaps zu erklären versucht hatte, hatte er mir aufmerksam zugehört. Elahes Sofa klebte, als ich mich jetzt auf die Seite drehte, und mir fiel ein, dass ich gestern doch etwas gekauft hatte, nämlich einen Mixer. Wo hatte ich den nur wieder liegen lassen? Kenneth und ich hatten nicht mehr über das Geld gesprochen, das er mir leihen wollte, aber ich hatte ihm mehr Drinks ausgegeben als sonst, weil ich guten Willen zeigen wollte.

In Elahes Küche standen Butter und San Pellegrino auf dem Tisch, der Kühlschrank war halb geöffnet und blinkte, piepte aber nicht mehr. Ich machte ihn zu.

Mich in Baby zu verlieben, hatte bedeutet, dass ich mich mehr oder weniger in jeden verlieben konnte, und nun sah ich meinen Geliebten in allen, so stark hatte ich ihn verinnerlicht. Und genau das war einer der romantischeren Gründe, weswegen ich ihn betrogen hatte, was nur ein einziges Mal vorgekommen war. Es war nicht geplant gewesen, aber ein ehemaliger Klassenkamerad schrieb mir, nachdem er sein Elternhaus ausgeräumt, dabei ein altes Tagebuch und darin Einträge über mich gefunden hatte. Ich fühlte mich geschmeichelt. Ich hatte nicht gewusst, dass damals jemand über mich geschrieben hatte. Mein ehemaliger Klassenkamerad war verheiratet und vor kurzem Vater geworden, aber jetzt war seine Mutter psychisch krank und er brauchte jemanden zum Reden. Wir schrieben uns endlose Nachrichten, und wir redeten stundenlang über einen Kurzfilm, bei dem er Regie führen sollte, scherzten herum, ich könne da ja mitspielen. In dem Film ging es um einen Mann, der im ICA-Supermarkt eine Frau anspricht und sie zum Essen einlädt. Am Ende erfährt man, dass die Frau die unbekannte Schwester seiner zukünftigen Frau ist.

Als mein ehemaliger Klassenkamerad für das Casting nach Stockholm kam, wollten wir uns eigentlich nur auf einen Spaziergang durch Gamla Stan treffen, einfach nur, um uns zu sehen, aber dann spazierten wir zurück zu seinem Hotel und onanierten gemeinsam, weil ich vom Herpes wunde Stellen hatte. Bevor ich mich auszog, beantwortete ich eine Nachricht von Baby, der fragte, ob er die Wäsche aus der Reinigung holen solle. Ja, schrieb ich. Und nimm die Gelbe mit. Anschließend bekam mein ehemaliger Klassenkamerad dermaßen Schiss, dass er seinen Facebook-Account löschte, und ich durfte doch nicht in dem Film mitspielen. Dabei hätte die Rolle, über die wir geredet hatten (die seiner Frau), perfekt zu mir gepasst.

Hatte ich hinterher ein schlechtes Gewissen gehabt? Ja und nein. Ich hatte Baby nie ausdrücklich versprochen, ihm treu zu bleiben. Ich selbst fragte ihn mehrmals die Woche, ob er mich betrogen hatte, und brachte ihn dazu, mir zu schwören, dass er es niemals tun würde, Baby dagegen wäre es wahrscheinlich nicht so wichtig gewesen, als dass er mich zu einem Versprechen gezwungen hätte.

Ich nahm eine weitere Flasche Wasser aus dem Kühlschrank und trank sie in einem Zug aus. Dann ging ich ins Bad, stieg in die Wanne und drehte den Wasserhahn auf. Die Emaille war kühl, und ich wollte die Wanne füllen, bis sie fast überlief, und dann wollte ich mit dem Zeh den Stöpsel rausziehen und das Wasser ablaufen lassen. Das Ganze wollte ich zwei-, dreimal tun.

Ein Versprechen zu brechen, war an sich nichts, weswegen ich mich schlecht fühlte. Mein Gewissen folgte anderen Parametern. Jedes Mal, wenn ich meinen Freunden erzählte, was ich wirklich von Baby hielt, hatte ich hinterher ein schlechtes Gewissen und schrieb ihnen tags darauf, dass ich übertrieben hätte und Baby der Beste auf der Welt sei. Auch als ich Baby mal gesagt hatte, eine seiner Tätowierungen sei hässlich, hatte ich hinterher ein schlechtes Gewissen, denn ich hatte mich sehr ausführlich dazu geäußert. Ja, ich hatte ihn ziemlich damit aufgezogen. Aber Baby war nicht wütend geworden, er fragte nur, was er denn jetzt tun solle. Und da bekam ich eben ein schlechtes Gewissen. Aber dass ich einen Bekannten dazu aufgefordert hatte, zwischen meinen Pobacken abzuspritzen, darüber dachte ich hinterher nicht viel nach. Erstens war es nicht geplant gewesen. Zweitens schien Baby über solchen Dingen zu stehen. Drittens war das Wort »abspritzen« so peinlich, dass ich eher meinen Klassenkameraden betrogen hatte als Baby.

Ich stieg aus der Wanne. Das Wasser rann an mir herab und bildete Pfützen zu meinen Füßen, als ich ins Wohnzimmer ging, um mein Handy zu holen. Mit noch feuchten Fingern gelang es mir, Kenneth zu schreiben. »Danke für gestern. Und danke für deine Hilfe. Wann kannst du mir das Geld überweisen?« Ich hatte beschlossen, Baby erst anzurufen, wenn ich es auf dem Konto hatte.

Dass ich Baby betrog, hatte mit Babys Heimatstadt Jönköping zu tun. Im Laufe unserer Beziehung war ich häufig in Jönköping gewesen, fühlte mich aber immer noch fremd in der Stadt. Baby hielt fast ideologisch an seiner Märtyrerschaft fest, und das betrachtete ich als Erbe des Bergs; in Jönköping hatte es ein Steinbruchunternehmen gegeben, das irgendwann dichtmachen musste. An diesem Erbe trugen alle Jönköpinger schwer. Die Abwicklung des Unternehmens war daran schuld, dass sie die Unnachgiebigkeit des Steins nicht mehr in Kapital umwandeln konnten und stattdessen den Fels als ein Gefühl in sich trugen. Baby, der im Einzelhandel arbeitete, hatte sich nie wirklich dazu geäußert, aber ich war mir sicher, dass er lieber mit Stein gearbeitet hätte. Ebenso sicher war ich mir, dass

Baby seinen Beruf als meinem überlegen ansah. Und ja, auch ich hielt seinen für den überlegenen, das sagte ich spaßeshalber immer, wenn die Leute fragten, was Baby eigentlich mache und ihnen nach seiner widerwilligen Antwort keine weiteren Fragen einfielen. Wenn ich nun allerdings unsere Berufe außerhalb unserer vertrauten Slipgatan verglich, wurde mir klar, dass das gelogen war. Ich hielt Babys Beruf überhaupt nicht für überlegen, und ich erinnerte mich auch, dass Baby das genauso sah. Das war der Grund, weshalb er mich einst verführt hatte, und hatte ich je etwas anderes behauptet, dann nur, um sein angeborenes Unterlegenheitsgefühl abzumildern. »Klasse nennt sich das«, hatte Baby mal gebrüllt, als ich es so bezeichnet hatte.

An und für sich, dachte ich, und faltete, bevor ich ins Bad zurückging, die Wolldecke zusammen, die vom Sofa aufs Parkett gerutscht war, braucht es schon ein Talent, um etwas, das man so hasst wie Baby seinen Beruf, so viele Jahre zu machen. Sozusagen die Überzeugung, dass nach diesem Leben noch ein weiteres kommt. Baby sagte mir selten, dass ich gut in dem war, was ich machte, aber wenn er mit Leuten sprach, die wir nicht kannten, hörte ich ihn sowohl meinen Vor- als auch meinen Nachnamen nennen, damit sie auch wirklich begriffen, dass die Frau, mit der er zusammenlebte, Bibbs-Bibbs war, also *die* Bibbs.

Fuck the fans, hatte Mickey mir früh eingebläut. Aber Babys uneingeschränkte Bewunderung war einfach unwiderstehlich gewesen, und meine Sehnsucht,

seiner Sehnsucht danach, mich einzunehmen, nachzugeben, schlug Mickeys Warnung. Die Uneingeschränkt-
heit erlaubte mir, die berühmte Bibbs zu sein, Bibbs-
Bibbs, die seine Freunde auf dem Cover einer Zeitschrift
gesehen hatten. Und Baby war so geschmeichelt darüber gewesen, dass ich ihn mit nach Hause genommen hatte, dass er nicht sah, dass wir uns überhaupt
nicht ähnelten: die Cover-Bibbs und ich. Als wir uns
am nächsten Morgen über unser Leben austauschten,
stellte sich heraus, dass seins von einem Leiden begleitet war, das mit der Sozialdemokratie zusammenhing. Baby hatte zwei hart arbeitende Eltern, die Mit-
glieder der Gewerkschaft waren und sich den Rücken
kaputtgemacht hatten. Die dem fleißigen Leben inne-
wohnende Rechtschaffenheit lockte, war aber nicht so
verführerisch, dass ich selbst da hinwollte. Allerdings
wollte ich dieses Fleißige gern an meiner Seite haben.
Ich wollte Baby an meiner Seite haben.

Bevor ich mich erneut in die Wanne legte, trocknete ich
mir die Hände ab, um das Handy besser bedienen zu
können. Das Rauschen des Wasserhahns hatte etwas
Beruhigendes, aber die Wanne blieb leer, weil ich vergessen hatte, den Stöpsel wieder reinzumachen. Mickey rief an, bestimmt machte ihm der Jetlag zu schaffen. Ich drehte den Wasserhahn zu und ging dran.

»Bibbs. Da bist du ja.« Die Verbindung war besser
als gestern. Hätte ich nicht gewusst, dass er in den USA
war, hätte ich gedacht, er stünde unten auf der Straße.
»Scheiße, Bibbs, was muss ich von dir hören?«

»Keine Ahnung, Mickey, was hast du denn gehört?«

»Wie soll ich sagen ... Ist natürlich 'ne heikle Kiste. Ich hab mit Kenneth gesprochen.«

Mir drehte sich der Magen um. Wenn Kenneth ihm von dem Geld erzählt hatte, hatte Mickey ihm bestimmt gesagt, dass das eine schlechte Idee sei und dass ich bereits über beide Ohren in Schulden stecke.

»Kenneth hat mir von dieser Sache erzählt, die dir passiert ist.«

Natürlich hatte Kenneth ihm davon erzählt. Kenneth und Mickey hatten sich nur durch mich kennengelernt, dennoch hielten sie einander über alle mögliche Scheiße auf dem Laufenden, weil es immer eine unsichtbare Verbindung zwischen zwei Männern mittleren Alters gibt, die eine platonische Beziehung mit derselben Frau führen. Wie hatte ich das vergessen können? Ach, natürlich: weil Kenneth mich dazu verleitet hatte, that's why; mit seinem notgeilen Gequatsche, wie krass es doch sei, dass in Polen das Abtreibungsrecht eingeschränkt werden sollte, und weil er mir diesen Tipp zu einem Podcast mit einer weiblichen Moderatorin gegeben hatte.

»Ich weiß nicht, wovon du redest, Mickey.«

»Na, was dir passiert ist ... Mit Baby.«

ÜBER DIE LÜGE

Eine Lüge zurückzunehmen, ist beinahe nicht machbar, so klein sie auch sein mag. Wenn man zum Beispiel im Gespräch mit einem Bekannten gefragt wird, ob man einen Film gesehen hat und blitzschnell mit »Ja« antwortet. So eine Lüge, die an sich völlig unbedeutend und eitel ist (oder anbiedernd), kann man beinahe unmöglich wieder zurücknehmen. Nirgendwo im Gespräch tut sich die Möglichkeit auf zu sagen: »Ich habe gelogen, ich habe den Film gar nicht gesehen.« Eine kleine Lüge wieder zurückzunehmen, stellt den Menschen in seiner ganzen Lächerlichkeit bloß. Eine große Lüge zurückzunehmen, ist einerseits einfacher, weil die Absicht hinter einer großen Lüge leichter zu verstehen und zu erklären ist. Andererseits ist es aber auch schwieriger, weil man mehr zu verlieren hat. Wie sieht ein Lügner aus? Wie jeder andere auch. Er streicht sich nicht die Haare hinter die Ohren oder kratzt sich am Nasenflügel. Ein Lügner ist gelassen, bei allem, was er sagt, weil die Lüge ein Teil von ihm geworden ist, auf eine Weise, die wahrer ist als alles andere.

Außerdem, wenn ich in der Wanne zu Mickey gesagt hätte: »Nein, ich habe gelogen, Baby hat mich nicht vergewaltigt«, dann hätte ich mir nicht sicher sein können, dass diese Wahrheit unter uns geblieben wäre.

Mickey hätte sich genötigt gefühlt, den Helden zu spielen und Kenneth, oder noch schlimmer: Baby, von meiner Lüge zu erzählen. Wenn Baby von der Lüge erfahren hätte, hätte ich ihm für immer leidgetan, und alles, was er je Schlimmes von mir gedacht hatte, wäre ihm wahr erschienen. Wenn Kenneth erführe, dass ich gelogen hatte, würde ich das Geld nicht kriegen und keine Wohnung, und der Ausgang wäre derselbe:

Alles, was Baby je Schlimmes von mir gedacht hatte, würde ihm wahr erscheinen.

»Ich hatte gehofft, das würde zwischen Kenneth und mir bleiben. Ich will nicht, dass es rauskommt. Es ist sehr privat.«

»Natürlich ist es privat.«

»Und wenn Baby was davon mitbekommt, ist hier die Hölle los.«

»Nee, klar, Baby wird das nicht mitbekommen.« Mickey zögerte. »Es ist echt mutig von dir, darüber zu reden. Mit Kenneth, meine ich.«

»Ja, ich musste meinem Herzen einfach mal Luft machen. Und du warst gestern so beschäftigt.«

»Das tut mir auch echt leid, ich wusste ja nicht, dass es um so was Großes ging. Aber jetzt gibt es ja, also es gibt ja viele, die über so was reden. Die von ihren Erfahrungen berichten und so anderen helfen.«

Ich ahnte, worauf Mickey hinauswollte. Viele Male hatte er aus Spaß gesagt, eine Gruppenvergewaltigung wäre ein möglicher Karrieresprung. »Mickey, ich habe wirklich keine Lust, darüber zu sprechen.«

Mickey sagte, das würde er verstehen. Dann redeten wir darüber, was Mickey essen wollte, bei ihm war es Nacht und er hatte Hunger, und als ich das Gespräch beenden wollte, um mich für den Clip, den er mir organisiert hatte und den ich nun aufnehmen sollte, fertig zu machen, hielt er mich zurück. Ich konnte ihm anhören, wie seine letzten Tage gewesen waren. Er hatte sich jung gefühlt, jünger. Er brauchte nicht viel Schlaf. Seine glattrasierten Wangen waren sonnenverbrannt. Er hatte Lana Del Reys neueste Platte gehört, eine Künstlerin, die er zwar registriert, die er aber bisher noch nicht gehört hatte, und die er gut fand – vorausgesetzt, ihre Texte waren nicht ironisch. Er hatte überlegt, sich ein Sommerhaus im Ausland zuzulegen, L.A. war natürlich zu weit weg, aber vielleicht Lissabon oder La Palma.

»Du weißt, was ich von Ausbeutung halte, Bibbs.«

»Du findest es gut.«

»Nein, natürlich nicht!«

»Okay, sorry, ich dachte, du findest es gut.«

»Ich meine nur, hier gibt's eine Geschichte, mit der viele sich identifizieren können. Denk wenigstens mal drüber nach.«

Obwohl ich es hasste, Mickey zu enttäuschen, sagte ich, ich müsse los. Er wünschte mir Glück und meinte, er würde mir noch die Adresse schicken, obwohl ich ihm versicherte, dass ich sie schon hätte.

Während wir sprachen, hatte ich vergessen, dass die Vergewaltigung eine Lüge war, weil das Bedürfnis, die

Lüge zu schützen, sich vor die Tatsache geschoben hatte, dass es eine Lüge war. Ich überschlug Babys und meine gemeinsame sexuelle Geschichte. Da wir beide zum Psychotyp gehörten, wäre es beinahe seltsam gewesen, wenn er noch nie einen Übergriff begangen hätte. Nichts. Tatsache war, dass Baby nach unserem glücklichen Sommer geradezu wie kastriert gewesen war (meine Worte), und der Mangel an Sex ein wiederkehrendes Streitthema zwischen uns. Ich war oft sauer deswegen, versteckte aber meine Gefühle hinter passiv-aktiven Verführungsversuchen. Dieses Verführen erinnerte an hartnäckige Betteleien, die damit begannen, dass ich mich an seine Beine schmiegte, wenn er noch schlief und anschließend die Hand auf seine Brust legte. Und dann sagte ich so was wie: »Komm schon. Jetzt komm schon.«

Für Baby waren Beziehungen ein Ausruhen von den ständigen Forderungen nach Sex, und wenn er mich mal wieder längere Zeit hatte abblitzen lassen, sprach ich nicht mehr mit ihm. Erst begann ich, nur noch einsilbig auf seine Nachrichten zu antworten, und wenn er nach Hause kam und »Hallo« rief, antwortete ich nicht. Dann hörte ich ganz auf, mit ihm zu reden, lag in der Slipgatan auf dem Bett und schrieb einfach was auf meinem Handy, als wäre er gar nicht da. Manchmal weinte ich auch, ohne zu sagen, warum. Nachdem das Schweigen ein paar Tage angehalten hatte, gab er nach und wir schliefen miteinander, und ich fand, er wirkte hinterher ganz zufrieden. Als hätte man ihn nur an seine Lust erinnern müssen. Nachdem wir miteinander geschlafen hatten, war es immer, als würde sich ein dicker Nebel lichten und meine schlechte Laune kam mir selbst übertrieben vor. Aber Babys störrische Weigerung löschte mich nun mal aus, und mein Widerstand gegen seinen Widerstand wurde zu Granit. Baby konnte diesen Stein nicht brechen. Was konnte ich dafür? Ich wickelte mich in ein Handtuch. Kenneth und Mickey würden Baby niemals fragen, ob meine Behauptung stimmte, oder ihn zur Rede stellen. So was tun Männer nicht. Obwohl ich erst kürzlich meine Mundwinkel hatte machen lassen, fand ich, man sah mir an, wie tief ich getroffen war. Die Wangen hingen schwer zu meinen Schultern herab.

ALS ICH bei der Adresse ankam, die mir Mickey am Ende tatsächlich geschickt hatte, war niemand an der Rezeption, und ich beschloss, die Taxiquittung aufzuheben. Die Fahrt zur Åsögatan war anstrengend gewesen. Ich war zu warm angezogen, trug über meinem weiten T-Shirt noch eine Jacke, und vom Kater hatte ich Herzrasen. In der Tasche meine Lippenstifte umklammernd, schluckte ich, mir war übel. Normalerweise drehte ich meine Clips immer zu Hause, aber das Unternehmen hatte darauf bestanden, die Bilder bei sich aufzunehmen. Ich hätte Mickey fragen sollen, um welches Produkt es eigentlich ging. Ich dachte an Geld, Geld, Geld. An der Rezeption hing eine Übersicht aller Firmen im Haus, es hätte jede von ihnen sein können. Kopfhörer vielleicht? Nein, das wäre zu schön gewesen. Eine Teenagerin trat aus dem Fahrstuhl und fragte: »Bibbs?« Ich streckte ihr die Quittung entgegen, die in meiner Hand knittrig geworden war. Sie nahm sie widerstrebend entgegen.

»Du kannst mir das nicht zufällig gleich bar geben?«

Ich bin nur die Praktikantin, sagte sie. Ich sagte, dann gib sie wieder her. Wir fuhren drei Stockwerke hoch.

»Warten Sie hier, gleich kommt jemand und holt Sie ab.«

Die Praktikantin verschwand, und kurz darauf trat

eine andere Frau auf mich zu. Freut mich, Sie zu sehen, sagte die neue Frau, sie sagte »freut« aber so, als wäre sie sauer. Kommen Sie mit. Ich bin Vanessa. Wir fuhren noch ein Stockwerk höher. »Babbs ist da«, sagte sie, als wir ausgestiegen waren. Ich zuckte zusammen, korrigierte sie aber nicht. Vielleicht hatte ich mich verhört. Mein Herz klopfte. Vielleicht war es eine schlechte Idee gewesen, Medikamente zu nehmen, obwohl ich verkatert war. Vanessa warf mir einen Seitenblick zu, mein Haar war noch immer feucht von der Wanne. »Dann haben Sie jetzt also dunkle Haare?« Wir betraten eine leer gefegte Bürolandschaft mit großen Fenstern. Die Baumkronen reichten nicht bis hier hoch. Ich dachte an den letzten Tag des Jahres, an den Winter. Wie ich, wenn die Trennung abgeschlossen war, ganz sachlich unsere Stunden zählen würde. Hoffentlich fiel dieses Jahr kein Schnee, sodass der Weg sich kurz anfühlte, wenn ich die Treppe von der Slipgatan Richtung Verkstadsgatan hinaufging. Die Treppe, die an Tagen wie diesem von Baumkronen überdacht war und mich auf eine grünende Allee hinausführen würde. Man soll sich die Haare nicht kämmen, solange sie feucht sind, deshalb waren sie etwas durcheinander. Es ist eine von etwa zweihunderttausend Regeln. Die Frau redete nicht mit mir, und mir fiel ebenfalls nichts zu sagen ein. Ich hatte Durst. Ich hatte Lust auf Sex. Ich vermisste all die schlank-schlanken Typen, mit denen ich geschlafen hatte und die dafür gesorgt hatten, dass sich mein Arsch herrlich anfühlte. Ich wusste schon, wen ich meinte. Denk an was anderes.

»Wie bitte?«, fragte die Frau. Ihr habt nicht zufällig Bier?, fragte ich und sagte dann, dass ich mich freuen würde, hier zu sein. Vanessa zeigte auf einen Sessel und sagte schon wieder Babbs. Setzen Sie sich, Babbs, wir holen Sie dann gleich. Nein, wir haben kein Bier. Aber ich kann Ihnen einen von unseren Kollagendrinks holen.« Ach richtig, Energydrinks mit Kollagen. Jetzt erinnerte ich mich. »Und Atarax?« Gegen meine Allergien, fügte ich hinzu, aber nee, hatten sie auch nicht.

Ich blickte ihr nach, als sie ging. Sie war klein. Steife weiße Jeans und ein weiches weißes T-Shirt. Die Hose schnitt zwischen den Pobacken ein. Teilte sie. Kenneth wäre ausgeflippt. Menschen waren verschieden und trugen unterschiedliche Konfektionsgrößen, das war so was, was ich echt süß fand und wo ich ganz gerührt wurde, wenn ich darüber nachdachte. Kleine Männer waren mit großen Männern befreundet. Kleine Männer liebten dicke Frauen. Baby liebte es, meinen dicken Körper an seinem schlanken Körper zu spüren, als würde ich auseinanderfließen und als hätte er beide Hände voll. Ich überlegte, mich auf die Toilette zu schleichen und mir einen Clip anzusehen, in dem eine fette Frau von zwei dünnen Männern gevögelt wurde. Ich schloss die Augen. Versuchte, die sentimentale Geilheit abzuschütteln.

Die Visagistin führte mich zu einem hochbeinigen Stuhl und wusste nicht, wer ich war. Ich tat mir selbst leid, versuchte aber, es mir nicht anmerken zu lassen. »Und, was machen Sie beruflich?«Ich sagte, ich möchte, dass Sie den Eyeliner gerade ziehen, nicht nach oben abknicken lassen. Meine Augen stehen so eng beieinander. Sie begann mir die Haut mit einer dichten Bürste zu pinseln. »Was für einen schönen Teint Sie haben – waren Sie im Ausland?« Ja, log ich.

»Wo denn?« Sizilien, mit meinem Freund.

Sie pinselte weiter.

»Vanessa hat mich wegen Ihrer Haare vorgewarnt. Eigentlich sollen Sie schon mit fertigen Haaren kommen.« Es war schwierig, sie zu ignorieren, denn ich hatte mein Handy nicht in Reichweite.

»Ist gestern wohl ein bisschen spät geworden, was? Ich sag nichts, versprochen.« Sie blinzelte mir mit einem Auge zu, wie im Film. Sie selbst wirkte hellwach. Als wäre sie immer hellwach.

»Mein Freund hatte Geburtstag.« Verstehe, sagte sie. Vielleicht verstand sie es. Glückwunsch an ihn. Danke. Sind Sie schon lange zusammen? Nee. Doch. Ziemlich lange.

Das Make-up legte sich wie eine Schicht auf die Haut, statt sich mit ihr zu verbinden, und die Creme, die ich mir von Elahe geborgt hatte, begann darunter zu bröseln. Mit den Mittelfingern zog ich mir die Haut an den Schläfen glatt. So wollte ich aussehen. Die Visagistin unterbrach ihre Arbeit. Ich schau mal, was sich machen lässt, aber erst muss ich ein paar Haare auszupfen. Sie zeigte auf meinen Damenbart. Ihre langen Nägel streiften meine Oberlippe. Meine Augen begannen zu tränen, als sie die Härchen ausriss.

»Oh, tat das so weh?« Ich wünschte mir, ich hätte mein Handy gehabt, dann hätte ich es ihr ins Gesicht pfeffern können, oder ich hätte eine Torte gehabt, denn dann hätte ich die Visagistin bei den Haaren gepackt und ihr Gesicht in die Sahne gedrückt. Ich dachte an die fette Frau, die von zwei Schwänzen gevögelt wurde.

»Sorry, bitte sag nichts, aber ich bin schwanger. Deshalb bin ich so besonders empfindlich.« Die Visagistin machte große Augen. »Und ich dachte, Sie hätten einen Kater! Einen Kater von den Hormonen, haha.« Wir lachten. »Haben Sie schon Kinder?« »Nein, es ist das erste.« »Dann darf ich noch mal Glückwunsch sagen.« »Danke! Aber es ist noch sehr früh.« Sie legte eine Hand auf mein Knie. »Ich sag nichts, versprochen.« Sie pinselte weiter. »Ich glaube, ich krieg die Augen so hin, wie Sie sie haben wollen.«

Als Baby und ich damals zusammengekommen waren, beschloss ich nachzugeben. Mich wirklich darauf einzulassen. Die Zeit verging, aber es passierte nichts. Unseren gesamten glücklichen Sommer lang hatte ich abends Angst vor Borreliose. Baby fand mich toll, weil ich so gerne draußen war. So ein Arschloch, kann er bitte sterben. Unglaublich, dass er mich verlassen hat. Tausend Huren kann er ficken, aber nicht die eigene Frau. Ich dachte an seinen halb steifen Schwanz an meinem Oberschenkel. Nichts, wo man sich draufsetzen konnte. Nichts, was mein Gewicht aufnehmen konnte. Mein Körper wurde abwechselnd heiß und kalt beim Gedanken an all die Frauen, die er kennenlernen würde, und ich stand halb auf. Mein Gesicht war graustichig von der Grundierung, die nicht zu meinem Hautton passte.

»Ich muss mal pinkeln.« Die Visagistin versicherte mir, wir seien bald fertig.

Ich hätte uns anders aufbauen sollen. Ich hätte ihm nicht sagen sollen, dass er schlecht vögelte; in der Küche hatte ich ihm das gesagt. Mehrfach. Beim ersten Mal schlug er mit der Faust gegen die Wand, sodass ein Loch entstand. Ein anderes Mal musste er die Tränen zurückhalten. Manchmal, um mich richtig zu quälen, scrollte ich durch unsere Nachrichten, um mir noch mal bewusst zu machen, wie bescheuert ich war. Ich konnte wegen allem und jedem Streit anfangen, jederzeit. Das wäre kein Problem gewesen, wenn Baby genauso getickt hätte. Ich sagte Baby immer, das ich verrückt sei, im ersten Jahr stimmte er mir nicht zu. Da hielt er mich so gut er konnte im Arm, wenn ich mit weit aufgerissenem Mund heulte und dabei die Augen zukniff. Panik machte Baby richtig Angst. Babys Mutter war ebenfalls durchgeknallt, er war also irgendwie daran gewöhnt, aber ich wusste, dass An-etwas-gewöhnt-Sein nicht dasselbe war wie Mit-etwas-umgehen-Können. Dass An-etwas-gewöhnt-Sein bedeutet, dass man in etwas drin ist, ohne sich dagegen wehren zu können, ohne zu kapieren, wie man sich befreien soll.

Die heutige Produktion war eine billige Produktion, deshalb hatten sie keine Garderobe. Vor ein paar Jahren noch hatte es immer eine Garderobe gegeben. Ich musste an einen Film über eine Frau denken, die von ihrem Bruder gefickt werden sollte, und als sie die Hose auszog, waren ihre Oberschenkel voller langer Narben, was mich sofort aus der Geschichte herausriss. Solche Details waren wichtig. Viele Visagistinnen vergaßen Narben, wie zum Beispiel in diesem Film, oder sie vergaßen, mir die Ohren zu schminken. Hinterher auf den Fotos waren sie dann rot.

Das Studio befand sich in einer Ecke der leer gefegten Bürolandschaft, und auf die große weiße Wand hatten sie ein rosa Viereck gemalt, das den Hintergrund bilden sollte. Die Aufnahmen sollten auf der Instagram-Seite des Unternehmens veröffentlicht werden, und die Visagistin war gleichzeitig die Haarstylistin und die Kostümstylistin. Als ich sagte, dass ich keine Klamotten dabeihatte, wurde ihr freundliches Gesicht sehr formell. Sie wandte sich an Vanessa, die jüngere Frau, und sagte verärgert: »Sie hat keine Klamotten dabei«, was überflüssig war, denn das hatte ich ja gerade gesagt. Ich trug wahrscheinlich Größe 44. Oder okay, 46. Ich fand, das war jetzt nicht so groß. Niemand sonst sah das anscheinend so. Vanessa sagte zu mir: »Wir haben in der E-Mail geschrieben, dass Sie mindestens ein zusätzliches Outfit dabeihaben sollen.« Dann sagte sie zu der Visagistin: »Wir haben ihr geschrieben, dass sie mindestens ein zusätzliches Outfit dabeihaben soll.«

Mein Agent ist gerade in L.A., sagte ich.

»Wir haben die Mail an Sie persönlich geschickt.«

Ich fuhr mir mit der Hand übers Gesicht, dann fiel mir ein, dass ich geschminkt war. »Tut mir leid«, ich drehte mich zu der Visagistin um. Sie ging weg.

»Kann ich nicht einfach das anbehalten?« Ich trug nicht mal einen BH. Vanessa sagte: »Es ist nicht so wichtig, was Sie untenrum anhaben«, gleichzeitig starrte sie auf meine Brüste. Ihr Starren unterschied sich von Kenneths Starren. Sie maß sie mit den Augen ab.

»Können Sie irgendjemand anrufen und bitten, dass er Ihnen was zum Anziehen bringt?« Super Idee, sagte ich aufmunternd und tat so, als wäre es die Stylistin gewesen, die das Ganze verpfuscht hatte und nicht ich. Dann rief ich Texas an.

WÄHREND ICH auf Texas wartete, las ich die E-Mail, die ich anscheinend verpasst hatte. Sie enthielt eine Liste all derer, die mit dem Drink aufgenommen werden sollten. Ich las meinen Namen. Außer mir standen zwei Vloggerinnen drauf, von denen eine sich live den Po hatte machen lassen. Manchmal dachte ich ebenfalls darüber nach, mir den Po machen zu lassen, war mir aber nicht sicher, ob es sich noch lohnte. Die Zeit, die bereits vergangen war, bestand aus so vielen verpassten Möglichkeiten, als wenn ich dem Wind zusah, der über den vernachlässigten Teil des Hagaparks strich, und jedes Blatt und jeder Grashalm trieben für sich dahin. Jedes Blatt war etwas, das mir nicht geschehen war. Die Liste der Werbenden für den Drink enthielt außerdem noch eine Moderatorin von *Aftonbladet Morgon* sowie KK, eine ironische Dichterin, die in den Neunzigern geboren war. Sie hatte mal ein Gedicht darüber geschrieben, dass sie mich im Riche gesehen hatte, ganz allein, wie ich auf mein Handy gestarrt hatte. Als wäre das ein Beweis für irgendetwas. Ich überlegte, wofür eigentlich. In der Zeit, in der ich ständig erkannt worden war, beschwerte ich mich darüber im Scherz bei meinen Freunden, sobald ich betrunken war. Inzwischen war ich ernsthaft stolz, wenn endlich mal wieder jemand wusste, wer ich war. Baby war nett, er meinte, das würde oft vorkommen, und so war es vielleicht auch, aber das Wiedererkennen hatte sich gewandelt, war vom Ausruf zu einer Frage geworden.

Dieses Jahr war es elf Jahre her. Dein Kulturprogramm, hatte Mickey es genannt. Bevor das Fernsehen im Sande verlief und starb, steckte eine Energie in diesem Medium, als wäre Fernsehen das eigentliche Internet. Ein Jahrzehnt später wurde mir klar, dass es lukrativer gewesen wäre, wenn ich darauf gesetzt hätte, Moderatorin zu werden, und weniger darauf, Diskussionsteilnehmerin zu sein. Marite meinte, mein Problem wäre, dass ich mich immer so gesehen hätte, wie die junge Dichterin mich sah: als einsamen Menschen im Riche. Und diese Person war unzumutbar. Ich bezahlte Marite, also konnte ich ihr genauso gut zustimmen. In einer anderen Sache hatte sie ja auch recht, und zwar, dass meine Stärke nie ein spezielles Talent gewesen war, sondern ich einfach nur gut darin war, zu *sein*. Dennoch kam ich im Reality-TV nur ein einziges Mal gut an. Davon abgesehen verpasste ich auch diese Welle. Hätte ich früher angefangen, hätte ich mir einen Platz als Exzentrikerin schaffen können, oder als eine, die Sex hatte, so aber war ich in meiner Eigenschaft als »Bibbs« dort, und die war bereits eine öffentliche Persönlichkeit. Wenn ich irgendwo mitmachte, brachte das eine Forderung nach Innerlichkeit mit sich, oder die Forderung, noch mehr preiszugeben, als ich bereits preisgegeben hatte (alles), und das war schwierig. Immerhin war ich dick, hübsch und taktlos, und die Frauen liebten mich, wenn auch nicht so sehr, dass sie loyal gewesen wären.

Ich fand nicht, wie Mickey es anscheinend sah, dass MTV mein Peak gewesen war. Als solchen würde ich eher die Kreditkartenwerbung bezeichnen, die ich nach meiner ersten Dokusoap, aber vor der EC-Kartenwerbung im Herbst nach dem glücklichen Sommer gemacht hatte. So heißt das inzwischen gar nicht mehr, »Dokusoap«. Bei der Aufzeichnung der Kreditkarten-Werbung bekamen wir Fisch zum Mittagessen und kalt-kalten Wein und gut-gut Kohle. Der Stylist hatte einen ganzen Garderobenständer voller Kleider in meiner Größe, und einen Hut durfte ich sogar behalten. Anschließend kam es zu einer Debatte auf den Kulturseiten, ob ich Feministin sei oder nicht, denn die allgemeine Meinung schien zu sein, dass eine Feministin keine Kreditkarte haben durfte. Ich las schon gar nichts mehr über mich, deshalb weiß ich nicht, wer die Debatte gewann, aber wenn mich jemand gefragt hätte, hätte ich antworten können, dass es stimmte. Ich war keine Feministin. Es steckte nichts Politisches dahinter, ich hatte nur einfach keine Ideale mehr. Ich fühlte mich verlassen. Enttäuscht. Dein eigentliches Problem, hatte Baby gesagt, ist, dass du dich verkauft hast. Aber was denn verkauft? Ich hatte nicht das Gefühl, dass ich über eine moralische Überlegenheit verfügte oder einen wahren Kern, der mir unter keinen

Umständen erlaubte, Kompromisse einzugehen. Diese Argumentation war viel zu abgehoben. Wenn ich meinen Namen las, sagte mir das gar nichts. All das hatte ich in meinem Podcast zu erklären versucht, *Ruf Bibbs an* oder *Ruf Bibbi an* oder *Sprich mit Bebbe* oder wie auch immer der geheißen hatte. Ich bin nicht vom Volk gewählt, hatte ich da gesagt. Ich bin keine Kommunalpolitikerin. Ich trage keine Verantwortung. Und da wurde mir vorgeworfen, ja, ich weiß auch nicht mehr was, aber ich konnte es nachvollziehen. Ich war richtig beschissen. Es gab andere Jobs. Man brauchte sich nicht zu verkaufen. Aber alles hatte so super ausgesehen.

Als Texas endlich mit vier Oberteilen einer Marke, mit der ich vor ein paar Jahren gearbeitet hatte, zum Shooting kam, waren wir bereits eine Stunde in Verzug. Der Akkustand meines Handys war niedrig. Ich hatte mir die Hände nicht gewaschen. Die Tops, die er mitgebracht hatte, waren billig, aber es waren Wickel-Tops, was, wie alle fanden, bei meiner Körperform vorteilhaft war. »Gab's keine BHs?«, fragte ich, denn ich hatte Texas gebeten, einen mitzubringen. Er hatte bereits eine Red Bull in der Hand. Die Dose zischte beim Öffnen. »Nein, ich bin direkt vom Büro hierhergekommen.« Die Visagistin machte ein verkniffenes Gesicht.

»Bezahlen Sie ihn?« Ich antwortete nicht.

»Komm, ich tape Ihnen die Brüste, ich habe Gaffa-Tape in meinem Kit.«

Ich hatte mich schon lange vor niemand außer Baby mehr ausgezogen, und als ich mir das T-Shirt über den Kopf zog, fühlte ich mich klein. Baby sagte in diesem Augenblick immer: »Wie schön du bist.« Die Visagistin sagte, sie sehe, dass ich schwanger sei, dann befestigte sie das Tape unter einer meiner Brüste, zog die Rolle einmal um meinen Nacken und schnitt ab. Ein paar Nackenhaare klemmten dazwischen, und meine Augen begannen erneut zu tränen, aber nicht, weil es wehtat. Ich dachte an das Geld. Die Erinnerung an das Glück war ein Rauchfaden. Anschließend befestigte die Frau das Tape unter meiner anderen Brust und zog es ebenfalls bis zum Nacken hoch. Sie musste sich anstrengen, um die Brüste auf gleiche Höhe zu bekommen, aber schließlich war sie zufrieden und schnitt den Streifen ab. Na also, das wird doch. Ich zog mir das Top über und knotete es in der Taille. Im Spiegel sah ich, dass es gut aussah. »Sie sollten sich das echt gönnen und sie nach der Geburt machen lassen, das habe ich auch«, sagte die Visagistin. »Wenn alles so läuft, wie es soll.«

Mein Podcast war ein Versuch gewesen, die Magie, die ich mit meinem Blog geschaffen hatte, wiederzubeleben, aber es war ein Fehlgriff, das wusste ich bereits unmittelbar nach der Zusage. Damals versuchten mehrere Streamingdienste mit Apple zu konkurrieren und warfen mit Geld nur so um sich. Leider war an das große Geld schwer ranzukommen, ich hatte lediglich einen Kaugummisponsor, der pro Stream bezahlte. Der Anzeigenverkäufer meinte, es sei schwierig, Sponsoren für mich zu finden, weil mein Markenzeichen und die Zielrichtung meines Podcasts unklar seien. Mein Podcast ziele darauf ab, Anzeigen zu verkaufen, erwiderte ich. Sorry, aber so funktioniert das nicht, meinte der Verkäufer (ein Typ, der Jiu-Jitsu machte). »Wäre einfacher, wenn du Kinder hättest«, fügte er hinzu und biss dabei in einen Apfel. Der Apfel sah unwiderstehlich aus in seiner großen Hand. *Red mit Bibbs*, so hieß mein Podcast, und das Ganze lief schließlich darauf hinaus, dass jeder, der wollte, anrufen und mir auf Band sein Herz ausschütten konnte. Während der Aufnahme beantwortete ich die Fragen dann mit der Taktlosigkeit, für die ich berühmt war. Ein Großteil der Fragen hatte mit den Fernsehsendungen zu tun, die ich in den Jahren zuvor gemacht hatte, und wie man sein Leben neu ausrichtet, denn es stellte sich heraus, dass mein Markenzeichen der Jo-Jo-Effekt beim Abnehmen sowie mein Dasein als Ex waren, wenn auch im Spaß. In manchen Fragen ging es auch um den Blog. Niemand, oder fast niemand, erinnerte sich jedoch an meine Sendung bei MTV. Vor allem kamen viel zu wenig Fragen rein. Ich bat meine Freunde, meine Mutter sowie Baby anzurufen und mir auf Band zu sprechen. Baby vergaß es ständig. Nach achtzehn Folgen beendeten wir das Ganze, und da hatte er mir noch keine einzige Frage gestellt.

Ich war froh, dass meine Brüste jetzt an Ort und Stelle waren und ging in das provisorische Studio. Ich fragte, wer die Aufnahmen machen würde, und die Visagistin sagte: »Ich.«

Grundgütiger, dachte ich und stellte mich zwischen die heruntergekommenen Möbel. Ich sollte in einem Mädchenzimmer einen Softdrink trinken, und die Praktikantin stellte einen Korb voll Kollagendrinks auf den Tisch. Die Dosen waren ungekühlt. Texas winkte mir von der anderen Seite des Raums. Tränen schossen mir in die Augen. Ich spürte, dass ich ihn liebte.

»Gleich ist die Nächste dran, wir sollten also mal so langsam ...«, sagte Vanessa.

»Wofür sind Sie hier noch mal zuständig?«, unterbrach ich sie.

»Marketing«, kam die Antwort, und ich wusste, dass sie noch nie nachts jemanden mit einem Messer in der Hand umarmt hatte, und egal wie sehr ich mich auch bemüht hätte, es ihr zu erklären, hätte sie doch nichts verstanden. Sie hatte Locken und trug bei Sandalenwetter Boots mit Absätzen. Ihre Jeans schnitt nicht nur am Hintern ein, sondern auch zwischen den Schamlippen.

»Und was bin ich?« Sie holte tief Luft. »Markenbotschafterin.«

Ich nahm eine Dose aus dem Korb und setzte mich auf einen Hocker, auf dem ein dickes Kissen lag und der an einem pastellrosa Tisch stand. Der Tisch war schlecht gestrichen.

»Für uns ist es wichtig, verschiedene Models zu haben, die unterschiedliche Größen tragen«, fuhr Vanessa fort. Ich öffnete die Dose.

»Ich bin Moderatorin«, sagte ich, »aber wahrscheinlich sind Sie zu jung, um mich noch erlebt zu haben.«

»Trinken Sie!«, rief die Visagistin hinter der Kamera. Die Lampen brannten so stark, dass meine Kopfhaut juckte.

»Ihre Hand zittert, setzen Sie die Dose ab«, rief die Visagistin. Ich stellte sie ab.

»Sieht das wirklich gut aus, wenn ich trinke?«

»Zumindest sieht man dann Ihr Doppelkinn nicht«, sagte die Visagistin und lugte hinter der Kamera hervor.

»Dass Sie etwas älter sind, ist ein Pluspunkt, da macht das nichts, mit der Schminke«, fuhr sie fort.

»Was ist denn mit der Schminke?«, fragte Texas aus den Kulissen.

»Ich bin nicht ›etwas älter‹. Wieso sollte ich älter aussehen?«

»Wir haben Sie gebucht, weil Sie Sie sind.« Ihre Münder lächelten irre, und ich sah ihre Köpfe abgetrennt vom Körper, wie ich jedes Blatt im heruntergekommenen Teil des Hagaparks einzeln gesehen hatte. Das Handy der Praktikantin klingelte, und sie lief raus, um dranzugehen. Kurz darauf kam sie wieder rein.

»Bianca ist da.«

Beide Frauen wurden ganz aufgeregt. Die Praktikantin zog an ihrem kurzen Sommerkleid, und ich konnte die Unterhose darunter erahnen. Der Stoff spannte über dem Venushügel.

»Dein Haar sieht super aus, so natürlich.« Mein Gesicht juckte von der Schminke und vom Ritalin. Ich hab dich heute Nacht mit einem Messer in der Hand umarmt, dachte ich, und dann dachte ich an das Geld. Es ist anstrengend, mit einem Messer in der Hand zu schlafen. Ich wollte, dass es sich lohnte.

»Spannen Sie die Mundwinkel nicht so an.« Ich nahm einen Schluck von dem Drink und spuckte ihn wieder aus.

Jede schlechte Entscheidung hat was mit einer Rechnung zu tun, die man stellen kann oder nicht, sagte ich zu Texas, als er auf dem Behindertenklo, das als Umkleidekabine diente, versuchte, mir das Gaffa-Tape vom Rücken zu pulen. Auch ihm zitterte die Hand. Ich sagte ihm, er solle damit aufhören. Die Praktikantin kam rein.

»Schreiben Sie in Ihrer Caption, dass vor allem Ihre Cellulite besser geworden ist, dann schreiben wir Ihnen per Mail, wann Sie es posten sollen.« Ich nickte und begann meine Sachen zusammenzusuchen, damit sie endlich ging.

»Sie hatten zwar nichts dabei«, sagte die Visagistin, die ebenfalls hereingekommen war, »aber Sie sind die Einzige, die jemanden dabeihat.« Das Kunsthaar, das in ihre gleichmäßige Frisur hineingeknüpft war, war etwas heller als ihr eigenes, und ich musste an eine Nachbarin denken, die das abgeschnittene Haar ihrer Cousine mit einer Klebepistole in ihr eigenes geklebt hatte. Soll ich das erzählen?, dachte ich, aber dann fiel mir mein Taxibeleg ein.

»Ihr habt nicht zufällig Bargeld für meine Taxirechnung?«

123

Die Frauen blinzelten. Texas gab ihnen zum Abschied die Hand, und kurz darauf standen wir unten auf der Straße. Aus dem Morgen war Nachmittag geworden. Ich hatte Hunger und Durst, und ich war müde. Ich war »älter«. Zum hundertsten Mal checkte ich mein Handy. Niemand hatte sich gemeldet. Auch Kenneth nicht, um die Überweisung zu bestätigen. Ich dachte an das Geld.

TEXAS BESTELLTE für uns beide. Wegen des Teppichbodens bekam man schlecht Luft, wie ich fand, hatte aber keine Lust mich zu beklagen. Es gab nichts mehr zu klagen. Alles, wovor ich mich gefürchtet hatte, war bereits geschehen. Texas hatte mich ins Casino Cosmopol mitgenommen, um mich aufzuheitern, und versprochen, mir einen auszugeben. Auf der Theke lag sein Hut, an seinen Schläfen war ein roter Abdruck davon zurückgeblieben. Texas strahlte etwas Vertrautes aus, nicht speziell für mich, aber für die Welt. In seinen tiefen Stirnfalten lag eine Freundlichkeit, die Fremde stets entwaffnete. Aus purem Reflex griff ich nach meinem Handgelenk, um mein Haargummi abzustreifen, aber es war nicht mehr da. Ich stellte Texas ein paar Fragen zu seinem Hut, und er antwortete. Wir waren beide verlegen, weil wir zusammen waren, ohne dass Mickey bald auftauchen würde. Bibbs, sagte er. Du weißt, dass ich mir Sorgen um dich mache. Ich sehe die Dinge etwas anders als Mickey. Der glaubt immer, du bist so wahnsinnig tough.

Ich schaute auf mein Handy. Falls jemand was von mir wollte: Ich war erreichbar.

»Mickey hat mich gebeten, das mit dir zu besprechen«, sagte Texas, nachdem er eine Weile gewartet hatte, ob ich das Handy weglegen würde, aber das tat ich nicht. Ich wusste nicht, wie ich zu ihm und Mickey stand, aber als ich auf dem Weg zum Casino meinen Kater mit einer Wurst von 7-Eleven gestillt hatte, hatte sich die Liebe, die ich im Studio für ihn empfunden hatte, wieder verflüchtigt. Es war also nur Hunger gewesen, und an der Wurst hatte ich mir den Gaumen verbrannt, und jetzt konnte ich die Blase mit der Zungenspitze fühlen. Ich fragte mich, was Mickey und Texas über mich dachten, wusste immerhin, was sie generell über Frauen dachten: dass Frauen entweder hässlich waren oder hübsch. Baby drückte sich nie so direkt aus, aber ich wusste, dass er die Welt genauso sah. Ziemlich zu Anfang unserer Beziehung hatte er mal zu mir gesagt, eine meiner Bekannten sehe aus wie ein Schwein, und ich war schockiert über seine abgrundtiefe Verachtung gewesen. Jetzt dachte ich: »Na, und?« Sahen wir die Welt nicht alle so? Als Schweine und Füchse. Das Mineralwasser im Drink war nicht sehr kohlensäurehaltig, aber der Wodkageschmack beruhigte mich. Die Lämpchen der Automaten blinkten im Schwarz von Texas' Augen. Texas redete, als säße er mit jemand anderem hier. Ich wollte einfach nur, dass Baby mich liebte, zögerte dann aber innerlich. Nee, das war nicht das Einzige. Texas hatte anscheinend aufgehört zu reden.

»Bibbs, hallo?« Ich sagte, ich wolle rausgehen, um zu rauchen, und bat ihn um eine Zigarette. Langsam zog er sie aus seiner Schachtel, hielt sie aber fest, um meine Aufmerksamkeit zu behalten.

»Es sah immer so aus, als würde Baby dich echt mögen. Aber die stillsten Wasser, nehme ich an.«

Ein Mann, dem der linke Eckzahn fehlte, folgte mir die Treppe hinunter. Auf der Kungsgatan war weniger Verkehr als sonst, und vor dem Casino durften keine Leute sitzen und betteln. Der zahnlose Mann hatte eine Plastiktüte in der Hand und sah aus, als wäre er zu lang im selben Zimmer gewesen. Er sagte etwas auf Russisch, und ich lächelte, um zu zeigen, dass ich ihn nicht verstanden hatte.

»Das heißt ›Hast du Feuerzeug?‹, aber es ist auch nicht meine Sprache.«

Ich gab ihm Feuer wie ein Gentleman. Er trug eine sportliche beigefarbene Jacke aus den Achtzigern und unter der Jacke ein viel zu großes Poloshirt. Wir rauchten zusammen, und ich sog den Rauch ein und ließ ihn elegant wieder zur Nase herausströmen. Der Casino-Wachmann rief uns zu, wir sollten uns weiter vom Eingang wegstellen, und wir gingen die Straße Richtung 7-Eleven hinunter, wo die Obdachlosen mit ihren kaputten Koffern sitzen durften. Im Unterschied zum Tag bot die Nacht die Möglichkeit, überrascht zu werden, und es war diese Möglichkeit, die mich bisher immer rausgelockt hatte, auch nachdem ich schon alle Gesichter kannte sowie die Namen, die zu ihnen gehörten. Der Mann vor mir sah nicht so aus, als hätte er Potenzial, und wahrscheinlich würde nichts passieren, aber vielleicht … Die Tage mit Baby waren etwas anderes. Sie versprachen Vorhersagbarkeit, und die

Vorhersagbarkeit war ein Versuch, Ordnung zu schaffen.

»Ich habe mein Baby verloren«, sagte ich zu dem Mann.

»Sei froh, dass du etwas verloren hast. Ich habe schon seit Jahren keine Frau mehr gehabt, weil ich weder Macho noch gefühlskalt bin.«

Keine Frau will einen gefühlskalten Mann, versicherte ich ihm.

»Manchmal sage ich den Frauen: ›Wir können zu mir gehen und schauen, was passiert‹, aber Frauen erwarten mehr. Hast du eigentlich irgendein Laster?«

»Na, ich rauche doch.«

»Na, ich nicht«, sagte er, er hatte die ganze Zigarette aufgeraucht, ohne sie ein einziges Mal aus dem Mund zu nehmen. »Aber ich gehe gern ins Casino, weil ich die Ungewissheit mag. Manchmal gehe ich mit leeren Taschen raus und denke: Wie soll ich jetzt mein Essen bezahlen. Aber ich mag die Unsicherheit.« Er suchte nach einem bestimmten Wort. »Nein, ich meine die Ungewissheit.« Er suchte noch ein Wort.

»Nein, auch die Unsicherheit. Komm schon, lasst mich gewinnen!«, rief er laut. »Wenn ich gewinne, darf ich dich dann nach Moskau einladen? Ich möchte Arm in Arm mit dir über den Roten Platz flanieren.«

Es schmeichelte mir, dass mich immer noch jemand verführen wollte, aber bevor ich ihm antworten konnte, rief Elahe an, und ich entschuldigte mich.

»Hast du das Altglas vor den Müllkeller gestellt? Ein Nachbar hat mich angerufen.«

Ihre nüchterne Stimme zerriss die verzauberte Luft.

»Nein, welches Altglas, ich habe nichts irgendwo hingestellt.«

»Dann trennst du den Müll gar nicht?«

»Elahe, ich muss los, im Casino darf man nicht telefonieren.«

»Wie bitte? Was machst du denn im Casino?«

»Ich wollte ein bisschen spielen, mit Texas.«

»Mit Texas?«

»Elahe, ich muss jetzt wirklich auflegen. Danke, dass du wegen der Mülltrennung angerufen hast.«

Als ich mich umdrehte, um das Gespräch fortzusetzen, war mein zahnloser Freund schon wieder auf dem Weg zum Casino. Er habe gestern gefeiert, hatte er mir erzählt, vor dem Fernseher. Was denn gefeiert?, hatte ich gefragt und festgestellt, dass seine Haut ganz vernarbt war. Typisch schwedische Frau, das nicht zu wissen. Unter den Augen hatte er fette Mitesser, die allein durch seine Gesichtsbewegungen aufzuplatzen drohten. Seine Wimpern sahen weich aus, wie Marderfell. Ja, hatte ich gesagt. Kann schon sein. »Tito war mein Präsident«, sagte er mit einer Sehnsucht in der Stimme, die ein vertrauteres Loch aufdeckte als Texas Herzlichkeit. »Aber ich war immer zu alleine, um mitzumachen«, fügte er schnell hinzu, bemüht darum, ehrlich zu sein. Seine Kippe qualmte noch auf dem Boden, und ich kickte sie beiseite. Ich dachte: Es ist voll egal, dass Einsamkeit schwierig ist. Zäh. Wie soll ich es erklären? Wie ein Ding, das verdreht ist, das aber viel größer ist als ein Ding. Dennoch steckt es fest, als würde es nicht dort hingehören. Deshalb denke ich an ein Ding, und nicht zum Beispiel an den Zustand. Einsamkeit ist etwas Aufgezwungenes, Angeborenes, dennoch versucht man sie zu bekämpfen. Je mehr man daran dreht, desto fester sitzt sie. Vor dem Hotel auf der anderen Straßenseite entdeckte ich eine Bekannte. Aber wegen der Autos, die auf der Straße fuhren, rief ich nicht hallo. Genau wie der Mann fühlte ich mich von der Unsicherheit angezogen. Nein, ich meine von der Ungewissheit. Seine offensichtliche Wehmut lief mir wie ein Schauer über den Rücken, oder war das was Chemisches. Die Ampel sprang auf Grün, dann wieder auf Rot. Obwohl wir uns gut verstanden hatten, zögerte ich, bevor ich wieder reinging. Um ihn nicht doch noch einzuholen. Ich war nicht abergläubisch, aber ein so tiefes Unglück wie ein Körper, der aus Mängeln konstituiert war, konnte leicht ansteckend sein.

DER ABEND kam, und mit ihm die Erkenntnis, dass wir mehr getrunken als gespielt hatten. Texas wollte los, und ich überlegte, ob ich ihm vorher noch die Wahrheit sagen sollte, dass Baby bestimmt mal jemanden vergewaltigt hatte. Nur eben nicht mich. Nach dem langen Tag kam mir meine Lüge plötzlich lächerlich vor, wie ein schlechter Scherz. Scherze konnte man zurücknehmen, außerdem galt, dass sie im Allgemeinen ein gewisses Maß an Wahrheit enthielten, egal wie skandalös sie waren. Eine Lüge war dagegen wohl das Einzige auf der Welt, das keine Spur von Wahrheit enthielt. Texas lag mir weiter mit Mickey in den Ohren und dass Mickey fände, ich solle darüber schreiben, was mir mit Baby passiert war. Erzähl ihm nicht, dass ich dir das gesagt habe, sagte er, aber Mickey meinte, du bräuchtest jetzt jede Hilfe, die du kriegen kannst. Ich fragte ihn, was Mickey eigentlich in L.A. machte, aber Texas hörte mir nicht zu, oder tat, als hätte er es nicht gehört. Mach dir nichts draus, wie das heute gelaufen ist, wiederholte er zum x-ten Mal. Vom Trinken sah Texas aus, als hätte er einen Sonnenbrand, und er hielt den Hut in der Hand. Mach dir nichts draus, du hast dein Möglichstes gegeben. Ich sagte danke und küsste ihn zum Abschied auf die

Wange, beschloss aber selbst noch ein bisschen zu bleiben.

Auf den Stühlen saßen Leute, die nichts anderes im Sinn hatten, als die Zeit totzuschlagen. Zwischen den Reihen einarmiger Banditen suchte ich den Mann, mit dem ich geraucht hatte, aber mein Kompagnon war verschwunden. Vielleicht hatte er was gewonnen und war mit einer anderen lachenden Frau weggegangen. Das Casino wirkte nicht wie ein Ort für Geld, nicht wie so einer, an dem es sich auf irgendeine perverse Weise quasi aus sich heraus generierte, wie es bei Elahe oder Kenneth zu Hause der Fall war. Im Casino kam kein Geld zustande, es verschwand. Hier wurde der Teig in eine unsichtbare Zentrifuge gesogen. Es war schon fast zehn, und eine große Gruppe junger Männer war eben hereingekommen, lautstark und betrunken. Sie feierten anscheinend etwas. Was auch immer es zu feiern gab. Die Geldschluckzentrifuge sog meine Eingeweide bis hoch in den Hals, so stark war sie. Es war sinnlos zu spielen, denn an diesem Tag würde alles Geld, das man aus seiner Tasche kramte, außerhalb der eigenen Tasche bleiben. Alles war vorherbestimmt, das hatte ich schon immer gewusst, und später hatte Marite es mir bestätigt. Was heute geschah, war etwa tausend Jahre zuvor bereits vorherbestimmt worden. Die Schwierigkeit des Menschen bestand darin, sich vor dem Eigenwillen der Tage flexibel zu zeigen und gleichzeitig Widerstand zu leisten, wozu der Tag sich dann wiederum verhalten musste. Marite legte oft die Karten vor mir auf den runden Küchentisch aus Kiefernholz und redete, ohne auch nur einmal reinzugucken. »Auch du musst Widerstand leisten, Bibbs.«

Ich ging zur Toilette, um in den Spiegel zu schauen, und in der Tasche der grünen Militärjacke hatte ich immer noch meine drei Lippenstifte. Obwohl ich an die fünfzig Lippenstifte besaß, fühlte es sich an, als wäre jeder einzelne der Letzte seiner Art, weil mir immer weniger Zeug zugeschickt wurde. Als die Pakete von irgendwelchen Unternehmen seltener geworden waren, hatte mich das zunächst gestresst, denn ich dachte, damit würden meine Lebenshaltungskosten steigen. Aber nichts von dem, was ausblieb, schien so unentbehrlich zu sein, dass ich mich genötigt fühlte, es mir selbst zu kaufen. Wenn ich etwas wirklich haben wollte, konnte ich oft einfach eine Mail schreiben und darum bitten, und manchmal (wenn ich Angst hatte, sie könnten nein sagen) schrieb ich von einer Adresse unter fremden Namen. »Hallo, ich arbeite für Bibbs«, begann ich meine Mails dann. Die Sachen fehlten mir also nicht, aber ich vermisste es, zu den richtig luxuriösen Events eingeladen zu werden. Ein Casino erinnert einen daran, dass Glamour nicht da ist, wo man es vermutete, und dieses Casino war nicht so, wie man sich ein Casino vorstellt. Immerhin war es kühl, wie im Kino. Mancher Leute Job scheine ausschließlich zu sein, zu irgendwelchen Events zu gehen, hatte Elahe immer gesagt, wenn ich auf einem Event gewesen war, und ich sagte, daran sei doch nichts auszusetzen. Überlass die Moral denjenigen, die sie brauchen, witzelte ich.

»Ja, genau. Und du brauchst sie«, sagte Elahe dann.

Elahe konnte einem stundenlang erklären, wer sich richtig verhielt und wer falsch, oder wer nicht erfüllte, was er versprach. Ich äußerte mich in solchen Fragen weniger offen, denn ich hatte das Gefühl, alles, was mir vorgeworfen wurde, stimmte. Warum mich das schlechter machte als Elahe, wusste ich nicht. »Elahe«, sagte ich eines Nachmittags, als wir zu Fuß zum Hötorget gingen, um das Display meines Handys reparieren zu lassen. »Wir lügen uns alle in die Tasche, reden uns irgendwelche Dinge ein. Und diese Lügen sind das Wahrste. Wahrer noch als die Wahrheit selbst.«

Auch wenn Gewinn und Verlust jedes Tages schon lange vorherbestimmt waren, war ich nie eine Spielerin gewesen. Mein Glück war eher verstreut und nicht, wie bei manchem anderen, auf ein oder zwei Tage des Jahrs konzentriert, was der Hauptgrund dafür war, dass ich die Wohnung in der Slipgatan bekommen musste. Seit einiger Zeit schon kaufte ich jede Woche einen Eurojackpot-Spielschein in einem Laden ganz in der Nähe der Wohnung, und wenn ich mal Trost brauchte, dachte ich an die Frau im tiefsten Mittelschweden, die 135 Millionen gewonnen hatte. Bestimmt war sie, genau wie ich, eine Frau ohne besondere Begabungen.

»Spielt da nicht halb Europa mit?«, fragte Elahe, nachdem sie mich an jenem Tag in den Tabakladen begleitet hatte und bevor wir wegen des Handys zum

Hötorget weitergingen. Der Tabakladen lag auf der Reimersholmer Seite der kleinen Brücke zwischen Slipgatan und Reimersholme.

»Doch, deshalb ist ja so viel drin.«

»Ja, aber lohnt es sich denn dann? Man muss schon wahnsinnig Glück haben, oder?«

Das war der Unterschied zwischen uns. Klar musste man wahnsinnig Glück haben, das war ja der Sinn der Sache, wenn man Eurojackpot spielte. Wahnsinniges Glück machte einen eventuellen Gewinn nicht nur größer, sondern auch wohlverdient und begehrenswert. »Es gibt da einen Spruch, Elahe. ›Du hast keine Chance – nutze sie!‹«

Stimmt, Bibbs, du hast wirklich keine Chance. Aber du musst sie nutzen. Damals kaufte Elahe eine Lakritzpfeife, weil ich ihr die empfohlen hatte, sowie ein Rubbellos, und wir gingen aus dem Laden und setzten uns auf eine Bank an der Uferstraße, Söder Mälarstrand. »Nimmst du jedes Mal die gleichen Zahlen?«

»Ja, das muss man, es fühlt sich sicherer an. Deshalb mach ich es jede zweite Woche so, und in der Woche dazwischen variiere ich. Außerdem muss man die Scheine immer im selben Laden kaufen, damit man dort nicht unnötig verloren hat.«

Als ich gerade in die Slipgatan eingezogen war und noch nicht mit Rauchen aufgehört hatte, war der Tabakladen ziemlich heruntergekommen gewesen, ja, nahezu verwahrlost, die Milchprodukte waren abgelaufen und die

Zigarettenschachteln lagen in großen Netzkörben vor der Kasse. Der Mann, der den Laden betrieb, mochte seinen Job nicht und schaute auf seinem Handy Autos zu, die sich gegenseitig auf der Rennbahn überholten, ohne auch nur zu versuchen, seinen Kunden den Besuch angenehm zu machen. Ich hatte mir angewöhnt, immer wenn Baby duschte, einen Geldschein aus seiner Hosentasche zu nehmen. Damit ging ich dann über die kurze Brücke, um eine Lakritzpfeife und zwei einzelne Zigaretten zu kaufen. Ach, Sie auch hier?, witzelte ich jedes Mal, wenn ich den Besitzer sah, und er grunzte zur Antwort, ohne vom Bildschirm aufzublicken. Der Witz war, dass er nirgendwo hingehen konnte.

Letztes Jahr im August ging ich mal wieder hin, um mir meine zwei einzelnen Zigaretten zu kaufen, und da stand ein Beamter im Laden, hinter die Theke und so dicht neben den Besitzer, dass es auf den ersten Blick aussah, als würden sie sich umarmen. Der rotgesichtige Beamte redete mit ernster Miene auf den zwanzig Jahre älteren Besitzer ein, und man erkannte sofort, dass dieser in seinem Lockenkopf mehr Kopfweh gehabt hatte, als der andere je haben würde. Der Besitzer weinte. Ich war peinlich berührt. Oder sauer – denn ich wurde immer sauer, wenn Männer weinten. Wenn ich Baby vorwarf, dass er nicht mehr weine, war das meine Art zu sagen: »Wein doch nicht mehr.« Männer, die weinten, waren nicht vertrauenswürdig, verweichlicht und überwältigend schön. Männer, die weinten, bekamen immer recht. Ich blieb eine Weile stehen und wartete, ob der Beamte und der Tabakmann mich kaufen lassen würden, was ich haben wollte, aber ich war ein Gespenst oder weniger als ein Gespenst, etwas ohne jede Präsenz. Schließlich gab ich auf und ging unverrichteter Dinge fort, und lange Zeit kehrte ich nicht zurück. Nicht wegen des schlechten Service, auch wenn das Grund genug gewesen wäre, sondern weil ich mich für die Männer schämte.

Drei Monate später war ich es leid, nur wegen meiner Zigaretten den ganzen Weg bis Hornstull gehen zu müssen, und so kehrte ich trotz allem zu diesem Ramschladen zurück. Schon an der Tür fiel mir die Veränderung auf. Ein Geruch nach neuem Kunststoff schlug mir entgegen, und die Wände waren mit schmalen, weißen Regalen voller Zigarettenschachteln und lange haltbaren Lebensmitteln bedeckt, die, wie ich später herausfand, alphabetisch geordnet waren. Der Boden glänzte schwarz-weiß kariert, und hinter der Theke leuchtete ein großes Aquarium ohne Fische. Aus den weißen Lautsprechern, die an den Wänden hingen, strömte Meeresrauschen. Ohne irgendetwas zur Umgestaltung des Ladens zu sagen, bat ich um das Übliche, und als ich das Wechselgeld entgegennahm, fragte ich:

»Umstieg auf Concept Store?«

Der Besitzer sah mich an und wusste, dass ich ihn weinen sehen hatte, dabei war er ein Mann, der nicht einmal vor seiner Frau weinte.

»Konzept, ja.«

Und dann, auf Versöhnung aus, fragte er:

»Wollen Sie einen Eurojackpot-Spielschein?«, und so

begann ich zu spielen. Der Laden war für mich ebenso wichtig wie die Wohnung in der Slipgatan, weil ich noch nie einen Konflikt so geschmeidig gelöst hatte und mit so viel wechselseitigem Respekt. Die Daumen des Mannes waren platt wie Fünfkronenstücke, stellte ich fest, als er mir das erste Los schenkte. Ein Geschenk, das eine klare Vision war. Wie eiskaltes Wasser. Ein Tagtraum für fünfundzwanzig Kronen, der für die ganze Woche reichte, ein Traum vom einfachen Leben mit Geld, ohne dass das einfache Leben gleich alles verlangte. In der Woche drauf kam eine neue Chance. Das Beste war, dass der Eurojackpot mehr als nur ein Traum war. Der Gewinn konnte Wirklichkeit werden, solange ich jeden siebten Tag über die Brücke ging. Aber ich musste in diesen Laden gehen und in keinen anderen. Man darf das Glück nicht verwirren, vor allem nicht, wenn sich das Glück, wie bei mir, gleichmäßig über das ganze Jahr verteilt und nicht auf einen einzigen Tag konzentriert.

Jetzt hatte ich mir die Lippen fertig nachgezogen und ging wieder zurück ins Casino. Im Unterschied zum Eurojackpot, bei dem der Gewinn suggestiv fern lag, lag der Traum hier manisch nah, und manisches Wunschdenken hat die Tendenz, so viel Raum einzunehmen, dass es die Persönlichkeit ersetzt. Im oberen Stockwerk hatte ein Pokerturnier begonnen, und die Bar war leer gefegt, bis auf einen Mann, der sein Jackett ausgezogen und über die Stuhllehne gehängt hatte. Es war ein auffallend gewöhnlicher Mann. Seine Lippen waren weder voll noch schmal. Seine Augen weder wach noch müde. Seine Nase weder groß noch klein und sein Haar weder grau noch braun.

»Für mich einen Vodka Soda, bitte.«

Der Mann reagierte zunächst nicht, als ich aber noch mal »bitte« sagte, drehte er sich zur Bar und bestellte. Die Barfrau pumpte das Mineralwasser aus einem Schlauch, und wir sahen zu.

»Vodka Soda ist ein perfekter Drink.«

»Bitte sehr.«

»Ist er so teuer, dass ich mich bedanken muss?«, fragte ich, plötzlich froh, mit jemandem sprechen zu können, der mich überhaupt nicht kannte.

»Ich kenn dich aus dem Fernsehen«, antwortete der Mann, »oder sind wir Nachbarn?«

»Wo wohnst du?«

»Ganz in der Nähe, Valhallavägen.«

»Dann sind wir bestimmt Nachbarn.«

Man sah mir an, dass es ein langer Tag gewesen war, und das machte den Mann neugierig.

»Das glaube ich dir nicht«, sagte er.

»Das Einzige, was an Vodka Soda nicht perfekt ist, ist, dass er so schnell weg ist.«

Der Mann drehte sich wieder zur Bar und bestellte einen weiteren Vodka Soda sowie eine Pepsi Max.

»Findest du, ich sollte lieber was ohne Alkohol trinken?«

»Die ist für mich.«

»Du hast recht, wir sind keine Nachbarn. Du kennst mich aus dem Fernsehen.«

»Wusste ich's doch! Sorry, aber welche Sendung noch mal?«

»Ich bin *Creator*. Bestimmt hast du mal irgendwo ein Interview mit mir gesehen.«

Der Mann tat, als würde er überlegen.

»*Creator* – was macht man da so?«

»Was machst du denn so?«

»Oh, ich bin Personaler.«

Der Mann richtete sich auf, und ich versuchte einzuschätzen, wie groß er war.

»Jetzt weiß ich wieder, woher ich dich kenne. Du warst in dieser Fernsehsendung vor ein paar Jahren dabei. Wo sie zusammen essen.«

Ich trank mein zweites Glas aus. Der Mann fragte mich über die Teilnehmer der Sendung aus und äußerte zu jedem seine Meinung. Von den Frauen hatte ihm keine gefallen, vor allem die mit dem Rucksack hatte er nicht gemocht. Wenn man einen Rucksack trägt, meint man, man hätte die ganze Welt in der Tasche, erklärte er.

»Wie viel kriegt ihr da so? Fünfzigtausend pro Folge?«

Ich schnaubte. Versuch's mal mit zehn.

»Zehn!«

»Und, wohnt deine Frau auch im Valhallavägen?«

Der Mann lachte verlegen. »Nee, die wohnt in Norrköping. Ich arbeite unter der Woche hier.«

»Und wie findest du mich so?«

Ich konnte spüren, wenn Geld im Anmarsch war. Als ich jünger gewesen war, hatte ich nur intensiv genug an Geld denken müssen, damit es sich materialisierte.

»Zu allen anderen hast du dich ja schon geäußert. Wie fandest du mich? Was hast du zu Hause in Norrköping zu deiner Frau gesagt?«

Der Mann drehte die Pepsi-Flasche zwischen den Händen. »Meine Frau ...«

Sag schon, du Schlappschwanz, feuerte ich ihn innerlich an.

»Meine Frau fand, du würdest dich unpassend kleiden, für deine Figur.«

»Und was hast du da gesagt?«

»Ich hab ihr zugestimmt. Aber ...«

»Aber ...«

»Aber eigentlich fand ich ...« Der Mann hustete. »Entschuldige, ist so trockene Luft hier drinnen.«

»Was fandst du?«

»Ich fand dich ... Krass. Mit deinem Körper. So üppig.«

»Hast du gesehen, wie wir im See geschwommen sind?«

»Ja.«

»Hast du da gedacht, dass ich üppig bin?«

»Ja.«

»Hast du an meine Pussy gedacht?«

Als ich Pussy sagte, wurde sein langweiliges Gesicht jungenhaft.

»Denkst du an meine Pussy, wenn ich dich so frage?«

Der Mann hustete erneut. Er roch nach Schnaps.

»Weißt du, was in der griechischen Mythologie Schlund bedeutet?«, fragte ich leise.

Er schüttelte den Kopf und seufzte gleichzeitig, und

außer nach Wein und nach Schnaps roch er auch noch nach Apfelsine.

»Chaos«, sagte ich.

Der Mann hob das Glas neben der Pepsi-Flasche und stellte es wieder hin.

»Und weißt du, wie man meine Pussy nennt?«

Er hielt die Luft an.

»Den Schlund.«

Schweigen senkte sich über uns, bis er es brach.

»Und wie heißt du noch mal? Klar, ich weiß es natürlich, aber …«

Meine Badelatschen klatschten an meine Fersen, als ich vom Stuhl glitt und dicht neben ihn trat. Ich kam ihm so nah, dass meine Lippen seine Bartstoppeln berührten.

»Bibbs.«

Ich hörte sein Herz klopfen und dachte daran, wie ich, wenn ich nachts wach lag, Babys Herz klopfen gehört hatte, bevor der Gedanke an den Eurojackpot-Gewinn mir Gesellschaft leistete. Mein Kopf lag schwer auf Babys Brustbein, aber es trug mich. Während ich mein Gesicht vom Ohr des Mannes entfernte, um ihm in die Augen zu sehen, legte ich gleichzeitig die Hand auf seinen Oberschenkel.

»Bibbs«, wiederholte der Mann und legte den Arm um meine Taille.

»Bibbs«, sagte ich, als würde der Name zwischen zwei Bäumen hin und her hüpfen.

DIE WOHNUNG des Mannes war lieblos eingerichtet, und das Einzige, was er mir anbieten konnte, war Wein aus einer kleinen Flasche mit Schraubverschluss. Er habe ihn im Zug gekauft, aber nicht geschafft, erzählte er, und ich bat stattdessen um ein Glas Wasser. Ich war betrunken, und während er darauf wartete, dass das Wasser aus dem Hahn kalt wurde, setzte ich mich auf das Schlafsofa. Meine Jacke lag neben mir wie ein weiterer Gast. Die Wohnung vermittelte den Eindruck von Einsamkeit und machte mich nervös wie das Licht der Abenddämmerung im März, wenn die Zimmer noch in zwielichtiges Nachmittagslicht getaucht sind und ehe der Himmel apricotfarben wird. Ich fuhr mit der Hand in die Leggings und zog meine Unterhose zur Seite. Den ganzen Tag war ich feucht gewesen.

Der Mann kehrte zurück und warf sich, noch bevor ich etwas sagen konnte, auf mich, er küsste mich hitzig und nass, als hätte er was nachzuholen. Ich sah das Wasserglas, das er auf den Tisch gestellt hatte und das unter dem Gewicht seines warmen Körpers förmlich nach mir rief.

»Was hast du gesagt?«

»Ich hab gesagt, du wirst sicher enttäuscht sein«,

wiederholte er und öffnete seinen Gürtel, »du bist bestimmt Größere gewöhnt.«

»Ich bin ein bisschen knapp bei Kasse.« Der Mann hatte mein weites T-Shirt hochgeschoben und mir um den Hals gelegt, und ich überlegte, wo ich eigentlich die Plastiktüte mit dem Wickeltop vergessen hatte. Statt sich nach meinen Geldsorgen zu erkundigen, zerrte er an meinen Brüsten, ließ sie dann aber wieder los, plötzlich nicht mehr daran interessiert. Stattdessen begann er, mich über den Schlüsselbeinen zu küssen und dann meinen Bauch, wo er meine Speckfalten packte.

»Ich bin knapp bei Kasse«, sagte ich noch einmal, jetzt war er auf dem Weg zurück zu meinen Brustwarzen. Der Mann grunzte, um mir zu bedeuten, ich solle meinen Hintern anheben, damit er mir die Leggings ausziehen konnte. Der Geruch meiner Pussy erfüllte die Luft zwischen uns, als er sich weiter zu meinem Bauch hinunterschnüffelte, am schmalen Schamhaarstreifen, der nach unten führte, vorbei, bis er seine nichtssagende Nase auf meinen Venushügel legte. Dieser wirkte weich vom Haar, das sich unter dem Stoff meiner Unterhose kräuselte. Er selbst war immer noch angezogen, und ich hatte keine Lust, ihn nackt zu sehen. Der Mann, der sich zwischen meine Beine hinuntergearbeitet hatte, sog meinen Geruch tief ein.

»Gott, wie gut du riechst.« Ich presste meine Oberschenkel zusammen.

»Ich brauche Geld.« Da hielt er inne. Ich wusste, was für ein Typ Mann er war. Er war so einer, der die ganze

Zeit das Gesicht der Frau im Auge behielt, während er sie leckte, denn er konnte nicht weitermachen, wenn er nicht ständig bestärkt wurde. Er war so einer, der, nachdem die Frau gekommen war, mit glänzenden Lippen fragte: »War's gut?«, noch bevor sie überhaupt die Möglichkeit gehabt hatte, nachzuspüren, ob es wirklich gut gewesen war oder eher, wie wenn man sich an einem Mückenstich kratzt, zu gleichen Teilen befriedigend, notwendig und fantasielos.

»Wieso sagst du das? Oder wieso erwähnst du das jetzt?«

»Na ja, es sieht so aus, als wolltest du mich vögeln, und ich brauche Geld. Da kannst du mir doch vielleicht mit ein paar Kronen aushelfen?« Das Wasserglas sah erfrischend aus, wie eine Gnade.

»Du meinst, du willst mir Sex für Geld anbieten?«

»Ich sag es nur, wie es ist: Du willst mich vögeln, und ich brauche Geld.«

»Aber du bist doch beim Fernsehen?«

»Ich hab dir doch gesagt, was sie da bezahlen.«

Der Mann steckte einen Finger in meine Unterhose. »Es fühlt sich aber an, als wolltest du es auch.«

Ich zog meine Leggings wieder hoch und entschuldigte mich. Bevor der Mann noch was sagen konnte, stand ich auf und ging zur Toilette. Das Bad war kleiner als Ninas. Ich spülte einmal zur Probe und sah im Spiegel, dass der Lippenstift wie ein rosa Schatten um meinen Mund bis zum Kinn hinunter verschmiert war. Ich wusste nicht, was man normalerweise für Sex bekam, und mein Handy lag noch im Wohnzimmer, sodass ich nicht googeln konnte. Tausendfünfhundert vielleicht? Aber ich war berühmt und konnte bestimmt mehr verlangen. Jeder Tag ist schon tausend Jahre vorherbestimmt, erinnerte ich mich selbst. Marites Karten in einem ordentlichen Fächer auf dem Kiefernholztisch und zwischen uns eine Wärme, die an Fürsorglichkeit erinnerte. »Das hier bedeutet Tod des Ichs«, sagte sie bei jeder zweiten Karte, und ich wusste, dass es Marites Wunsch für die Karten war und nicht der Wunsch der Karten für mich.

Als ich wieder ins Wohnzimmer trat, hatte der Mann seine Hose ausgezogen und ordentlich zusammengefaltet. Er trug schwarze Boxershorts und schwarze Socken, die bis über seine behaarten Knöchel reichten. Waden und Unterschenkel sahen trainiert aus. Das Hemd hatte er immer noch bis oben hin zugeknöpft, und er saß auf dem Sofa, die Ellbogen auf den Oberschenkeln und die Hände wie zum Gebet gefaltet. Bevor ich etwas sagen konnte, sagte der Mann: »Okay.«

»Wie, okay?«

»Okay, du kriegst Geld. Aber nicht, weil ich dich für den Sex bezahle. Sondern weil ich dir Geld schenken möchte. Und dann, nachdem ich das gemacht habe, ohne dass das Erste etwas mit dem Zweiten zu tun hat, will ich Sex mit dir haben. Klingt das gut?«

Ich nickte.

»Zweitausend?«

Viertausend, sagte ich. Vier?, fragte der Mann. So viel kostet keine Hure im Casino Cosmopol, und ich sagte: Nein, ich bin ja auch keine Hure aus dem Casino Cosmopol, wie du ganz richtig festgestellt hast, bin ich beim Fernsehen.

»Zweitausendfünfhundert?« Drei, sagte ich, aber dann darfst du nicht mit dem Schwanz in mich rein, du darfst mich lecken und fingern, und dann wichsen wir nebeneinander, bis beide gekommen sind. Ich fand, er erinnerte an einen Kenneth, der nicht nach Stockholm gezogen war. Wir onanierten gemeinsam, und er leckte mich lange, ohne mich aus den Augen zu lassen, wie ich es vorhergesehen hatte. Schließlich kam ich so heftig, dass ich »Wow«, sagte, unmittelbar und ganz ernst gemeint. Baby war schlecht in Oralsex, weil Oralsex bedeutet, eine Entscheidung zu treffen und die dann durchzuziehen, und Baby war ein feiger Mann, der sich selbst zwanghaft infrage stellte. Bevor wir eng umschlungen einschliefen, swishte der Mann mir das Geld, obwohl das nichts mit unserer gemeinsamen Onanie zu tun hatte, wie er sagte, und ich murmelte eine Bestätigung, nichts hätte mir gleichgültiger sein können.

ÜBER INVESTITIONEN

WENN ES DARUM ging, Geldfragen zu lösen, dachte ich an Geld, das ich gern zurückbekommen hätte. Der Stabmixer war ein Grenzfall. Der Trainer, der meinte, ich müsse wegen meiner Knie neun Kilo abnehmen, und der später sagte: »Das ist doch kein Alter für ein Pferd«, als ich ihm sagte, wie alt ich war, war eine Ausgabe, die ich tatsächlich bereute. Ich bereute alle Mittagessen im Restaurant, denn sie waren eher Mahlzeiten zum Sättigen als zum Genießen, zu denen man sich ebenso gut hätte einladen lassen können. Im glücklichen Sommer, in dem ich so schlank war wie danach nie mehr, wollte ich noch ein wenig schlanker werden und ging zur Kältetherapie, um eine Kryolipolyse vornehmen zu lassen. Das bereute ich. Als ich mir mal die Haare rot gefärbt hatte und dadurch die Rötungen in meinem Gesicht stärker auffielen und man das Lila und Rot der geplatzten Äderchen auf meinen Wangen sah: Gebt mir das Geld zurück. Ich bereute, mir Krampfadern weggemacht haben zu lassen, die dann doch wiedergekommen waren, ich bereute, dass ich mir eine Tätowierung hatte entfernen lassen, und ich bereute die Tätowierung selbst. Allein dies hatte fünfundzwanzigtausend Kronen gekostet. Das Botox in meinen Mundwinkeln ließ mich ein bisschen wie ein Bär aussehen.

War das erstrebenswert? Ich hatte mir zwei iPads gekauft. Wieso eigentlich? Nach dem Mittagessen kaufte ich mir oft noch einen Smoothie. Überflüssiger Zucker. Alles, was ich zu essen kaufte, war überflüssiger Zucker. Alle Mahnungen wegen Zahlungsverzug ärgerten mich, und überhaupt alle Rechnungen. Alle Mietzahlungen. Rausgeworfenes Geld, so fühlte es sich an. Alle Reisen und vor allem Fehlbuchungen von Flügen. Alle Zeitschriften und Freunde und Busfahrkarten. Alle Schuhe Shorts Hüte Drogen. Alle Drinks. Ich bereute alles. Außer den Americanos. Ich liebte Americanos.

DIENSTAGVORMITTAG überließ ich den gewöhnlichen Mann seinem Schicksal. Wir würden uns nicht wiedersehen, auch wenn wir nebeneinander ausgeschlafen hatten. Als ich gegen elf erwachte und den Fremden neben mir sah, begriff ich etwas, das ich eigentlich hätte wissen können: Dass das schon ein wenig seltsam war. Draußen ging eine Familie vorbei, und der Vater brüllte: »Jetzt bleib doch mal stehen!« So war Vasastan an der Grenze zu Östermalm, und vom Bett aus konnte ich den Himmel nicht sehen, aber eine Glasscheibe auf der anderen Straßenseite reflektierte die Sonnenstrahlen zu uns hinein. Jemand öffnete ein Fenster, nur ganz wenig. Die Lider des Mannes waren angespannt und zeigten, dass er nicht mehr richtig schlief. Die Abwesenheit von Babys natürlichem Drang zur Routine hatte mich außer Gefecht gesetzt, und ich fuhr wie benommen in die Slipgatan. Von der Straße aus konnte ich sehen, dass die Küchenlampe brannte, was ihm gar nicht ähnlich sah. Naiv, wie ich war, dachte ich, er wäre ebenso verwirrt von der Trennung wie ich und ließe deshalb kleine Katastrophen zu. Ich sah Baby da oben herumlaufen. Jede Zelle meines Körpers spürte ihn, was bedeuten musste, dass er mich auch spürte, und wenn ich den Türcode eingab und die

Treppe hochging und die Tür öffnete, als wäre nichts geschehen, dann würde er sich schon darauf einlassen. Mein T-Shirt roch stark nach dem Rasierwasser des Casino-Mannes und weckte ein Wohlgefühl in mir, das ich begraben wollte. Baby würde nichts davon erfahren, aber ich würde ihn heute Abend zum Essen einladen, einfach so. Ich checkte mein Handy. Niemand hatte sich gemeldet. Kenneth hatte kein Geld überwiesen. Ich begriff, was Marite meinte, wenn sie behauptete, dass auch das, was wir nicht sagten, etwas aussagte. Kenneth hatte was gesagt. Die Frage war, was. Wie alle fremden Gerüche hüllte mich das Rasierwasser erneut ein, aber es war wie ein anderes Leben. Dieses Leben war nicht die Art und Weise, wie ich meinen Liebsten zurückbekommen würde, und das Wichtige war, so ermahnte ich mich selbst, nicht mit mir selbst zu Baby zu kommen, sondern mit dem, was ich zu opfern bereit war.

Und am Dienstag, mit einem Haken im Herzen, der an einer Schnur befestigt war, die zu seinem Herzen führte, war ich immer noch bereit, alles aufzugeben. Die Nacht hatte mich an etwas erinnert, das mir luxuriöserweise gelungen war zu verdrängen … Dass selbst wenn Tag und Nacht aufeinanderfolgten, als wären es Spiegelungen, sie doch wenig miteinander zu tun hatten. Ich hatte gekämpft, um aus der Nacht in den Tag zu kommen. Ich hatte weder die Zeit dafür, noch konnte ich es mir leisten, nachzugeben. Nächstes Jahr wurde ich vierzig. Da hat man nachts draußen nichts mehr zu suchen, wie ich selbst über Leute meines Alters gesagt hatte, als ich in einem anderen Alter gewesen war. Aber die Jahre waren schneller vergangen als gedacht, natürlich. Genau wie man es mir gesagt hatte. Sehr viel schneller.

Nachdem ich mich von meinem gewöhnlichen Liebhaber verabschiedet hatte, war ich die Straße runtergegangen und hatte für sechshundert Kronen Rosen gekauft. Im Taxi zur Slipgatan überlegte ich, was ich noch zu verschenken hatte. Ich konnte aufhören, meine Filme zu gucken, wenn Baby das wollte, oder wieder mit dem Podcast anfangen. Der Taxifahrer wünschte mir viel Glück, dann schlug ich die Tür zu. Baby erkannte den Unterschied zwischen teuren Blumen und Blumen aus dem Supermarkt nicht, aber ich würde ihm sagen, wie viel sie gekostet hatten. Immer wenn ich ihm etwas schenkte, sagte ich dazu, was es gekostet hatte, egal wie gern ich es gelassen hätte. Nimm die Rosen, würde ich sagen, wenn er mir aufmachte, sie sind ein Beweis meiner Liebe und Loyalität, und dann würde ich zwei Sätze sagen, die wir so oft zueinander gesagt hatte, dass wir sie im Schlaf sagen konnten, Rücken an Rücken.

»Entschuldige, nimm mich wieder zurück.«

»Entschuldige, verlass mich nicht.«

Manchmal drehte ich mich dann zu ihm um und betrachtete die Kratzspuren, die über seinen gesamten Rücken bis über die Beine heruntergingen. Ich fuhr mit dem Zeigefinger die Striemen entlang, und in der Dunkelheit fragte er mich, ob ich ihn verlassen würde, und ich sagte jedes Mal nein. Immer, immer sagte ich nein. Nein war die einzig mögliche Antwort auf diese Frage. Und so war ich an diesem Morgen in der Slipgatan, nachdem ich die Nacht mit einem Fremden verbracht hatte, vollkommen davon überzeugt, dass wenn eine Person etwas sehr stark empfindet, die andere Person genau dasselbe fühlt. Diese Trennung tat weh, das begriff ich jetzt, und meine Angst war so überwältigend, dass ich mir wünschte, sie würde erwidert. Falls er fragen sollte, wofür ich um Entschuldigung bat, würde ich sagen: »Für alles, was du willst. Ich entschuldige mich für alles.« Ich würde das mit den Filmen sagen, und ich würde versprechen, wieder ernsthaft arbeiten zu gehen. In letzter Zeit hatte ich mir meistens Clips mit Männern angesehen, die Sex mit Gummipuppen hatten, das konnte ich ihm erzählen. Das schadete niemandem. Das schadete keiner Frau, denn Baby hasste es, wenn etwas Frauen schadete. Ich würde aufhören, mich nachts an ihn zu schmiegen, ich würde weinen oder nicht weinen, was ihm lieber war. Ich würde mich nie mehr einsam fühlen oder denken, die Welt wäre ein schwarzes Loch, in dem ich wie gelähmt lag, während ich auf das andere schwarze Loch wartete, den Tod. Ich würde nie mehr mit der Faust gegen die Tür schlagen oder das Handy auf den Boden schleudern oder eine Tasse an die Wand werfen.

Ich verspreche, nie mehr _____, und dann durfte er aussuchen, was er da eintragen wollte.

153

Oben schaltete Baby die Küchenlampe aus und verschwand vom Fenster, kehrte jedoch kurz darauf ans Spülbecken zurück. Ich stand auf der anderen Straßenseite, aber es war eine schmale Straße, der Abstand zwischen den Häusern war gering. Um diese Zeit war es ruhig. Vielleicht hatte er mich gesehen, glaubte aber, sich zu täuschen. Er ging an den Kühlschrank, und ich wusste, dass er jetzt die Hafermilch rausnahm und in seine Tasse goss. Die Blumen lagen in meinem Arm, und ich begann, auf die Tür zuzugehen. Wenn er mich jetzt entdeckte, sähe ich aus wie eine Traumfrau. Aber plötzlich geschah etwas Seltsames, das ich nicht begriff. Ein anderer Körper betrat die Küche, ein kurzer Körper mit langem Haar. Ich konnte das Gesicht nicht erkennen. Baby drehte sich zu dem Körper um, allem Anschein nach nicht überrascht, dass jemand Fremdes in unserer Wohnung war, und die Münder der beiden Köpfe trafen sich. Bevor ich noch mehr zu sehen bekam, bog ich rasch links ab und ging die Högalidsgatan hinauf.

BABY II

BABYS VATER hatte Baby geschlagen, als dieser Teenager war, und Baby fand, er wäre selbst schuld gewesen, weil er schlecht in der Schule war und am Wochenende nicht arbeiten ging. Ich protestierte, aber als Baby dann seine Wutanfälle mir gegenüber bekam, begriff ich seine Argumentation; aus unserer inneren Logik heraus konnte ich seine Wut verstehen, wie er die seines Vaters verstanden hatte. Die Wut war nichts, was zu Baby als Person gehörte oder aus ihm herauskam, sondern etwas, das zu unserer Beziehung gehörte und aus der Stimmung aufbrach, die wir gemeinsam schufen. Außerdem schlug er mich nie richtig. Oft warf er eher Sachen nach mir oder schlug mit der Faust an mir vorbei, jedoch nie so, dass er mich dabei traf. Manchmal zielte er mit der Faust auf mein Gesicht, hielt aber kurz vor meiner Nase inne, sodass ich lediglich seine Fingerknöchel an der Nasenspitze spürte. Einmal packte er mich so hart am Arm, dass ich tags darauf Blutergüsse hatte, und schüttelte mich, während er gleichzeitig brüllte, ich solle ihm aus dem Weg gehen. Aus einem Reflex heraus stieß ich ihn vor die Brust und sagte: »Dann schlag mich doch, Arschloch.« Ganz ruhig sagte ich das. Schlag mich doch. So hatte ich es von meinem ersten Freund gelernt, der wochenlang mit mir übte, wie ich es zu ihm sagen sollte, wenn wir miteinander schliefen. Um die Fiktion aufrechtzuerhalten, war es wichtig, dass es ernst gemeint klang. Zu Beginn hatte er immer ein schlechtes Gewissen bekommen, wenn er mich schlug, ohne dass ich darum bat. Deshalb übten wir das, und ich schaffte es, ich machte die Lüge zu einem Teil von mir, sodass sie am Ende echt klang, und als ich es dann viele Jahre später zu Baby sagte, hörte es sehr überzeugend an.

Als ich mit Elahe noch über Babys Launen sprach, erzählte sie mir im Gegenzug immer die Geschichte, wie ihr Mann einmal wütend geworden war und mit der Faust auf den Tisch geschlagen hatte, dass die Kerze aus dem Ständer gefallen war. Da hätte sie, Elahe, ihm klargemacht, dass das völlig inakzeptabel sei und er das nie wieder tun dürfe, woraufhin er sich entschuldigt habe und so etwas nie wieder vorgekommen sei. Das, meinte Elahe, sei etwas, was Bibbs Baby zu verstehen geben müsse. Aber es war unmöglich, jemand anderen dazu zu bringen, etwas zu kapieren, das einem selbst intuitiv klar war. Mir fehlten die Argumente, warum Baby das nicht tun sollte, es war ein Wissen, das ich im Körper hatte, das ich ihm aber nicht weitervermitteln konnte. Ein tiefes Gespür und etwas, das dem, was Marite die andere Seite nannte, am nächsten kam. Es war leicht für Baby, wütend auf mich zu werden, denn ich sah einen Menschen an und erkannte genau, was er am wenigsten über sich selbst hören wollte, und das sagte ich ihm dann. Meine schlechten

Seiten waren absolut offensichtlich, doch worin ich gut war, war schwieriger zu erkennen, es war poröser.

Wir sprachen verschiedene Sprachen, Baby und ich, oder: Es war unsere Herausforderung, dass Baby mich jeden Morgen wie zum allerersten Mal traf und sich nicht erinnern konnte, was mir Angst gemacht hatte. Als ob das romantische Versprechen, meiner niemals überdrüssig zu werden, einen allgemeinen Gedächtnisverlust als Schattenseite mitbrächte. Jedes Mal, wenn Baby brüllte, mit Büchern nach mir warf oder etwas von den Wänden riss, war es, als hätte er vergessen, dass er das nicht tun durfte. Mein wiederholtes Flehen, er möge damit aufhören und seine ständige Versicherung, das sei wirklich das letzte Mal gewesen, grenzten an Wahnsinn und führten dazu, dass ich nachvollziehen konnte, dass er es immer wieder vergaß, denn ich vergaß ja auch jedes Mal, wie oft er es mir schon versprochen hatte. Diese Verdrängungsarbeit war notwendig, weil meine Angst, verlassen zu werden, am Tag, an dem wir uns kennengelernt hatten, genauso stark war, wie am Tag, an dem er mich verließ. Die Angst, er könnte gehen, war ein Grund dafür, dass ich die Wunde in ihm immer wieder aufriss, sobald ich sie erblickte, was wiederum jedes Mal dazu führte, dass Baby mich vernichten wollte, was wiederum dazu führte, dass ich die moralische Überlegenheit erlangte, was wiederum darin endete, dass Baby mich anflehte, *ich* dürfe *ihn* nicht verlassen. Und nicht umgekehrt. Unser Konflikt war deshalb nicht nur logisch, sondern auch harmonisch. Wenn er mich also nicht richtig schlug, entsprach das der Logik unserer Beziehung, so unausweichlich die Gewalt aber auch war und so gut ich sie auch zu erklären vermochte, berichtete ich Elahe nicht mehr davon. Sagen zu können: »Er schlägt mich«, oder wie bei meinem ersten Freund: »Er vergewaltigt mich«, war ein Pokal für alle Makellosen. Für diejenigen, die niemals darum baten. Die Aussage (»Er schadet mir«) ist die schönste Auszeichnung, und so tapfer, so frei von Schuld war ich persönlich nie. Deshalb lohnte es sich nicht, einer Außenstehenden zu erklären, was zwischen uns vor sich ging. Unser harmonischer Konflikt hatte zur Folge, dass unsere Intimität eine auf Leben und Tod war. Baby hasste sich für sein aufbrausendes Temperament, und auf dem Höhepunkt seiner Anfälle richtete er die Wut stets gegen sich selbst, schlug sich mit der Faust so fest ins Gesicht, dass er blaue Flecken bekam. Anschließend weinten wir gemeinsam und nahmen uns gegenseitig in den Arm. Niemand durfte meinem Baby wehtun. Nicht einmal Baby selbst. Ich wurde ganz feucht, wenn ich jetzt daran dachte. Ich hatte gedacht, ich wäre unentbehrlich für ihn.

KENNETH KEHRTE mittags immer im selben Lokal ein, einem Thailänder in Hornstull, wo ein Mann hinter der Theke saß, den noch nie jemand von seinem Stuhl hatte aufstehen sehen. Der beste Thailänder der Stadt, verteidigte sich Kenneth, wenn man ihm vorwarf, unflexibel zu sein, denn die Routine und das Befolgen von Gewohnheiten ließen ihn so alt erscheinen, wie er tatsächlich war. Für die meisten war es undenkbar, bei dieser Hitze zu Mittag zu essen, aber Kenneth hatte seine Tage sorgfältig strukturiert, um nicht aus dem Takt zu geraten. Ganz hinten in der dunkelsten Ecke saß er an einem Tisch und aß Hühnchen-Larb ohne Reis, um nicht zuzunehmen. Ich legte den riesigen Rosenstrauß neben seinen Teller und zog mir einen Stuhl heran, ohne zu grüßen. Blumen neben einem, der ihrer nicht würdig war. Dennoch würde ich die Rosen einfach hier liegen lassen, bei Kenneth, der nie Rosen verschenkte und auch nie welche bekam. Jetzt blickte er von seinem Teller auf, Verwirrung und Angst huschten über sein Gesicht – aber wo sollte er hin? Wir waren allein im Lokal.

»Ich bin gekommen, um dich zu töten.«

Kenneth schnaubte.

»Ich hatte die Tage echt viel zu tun, Bibbs.«

Wir wussten beide, dass das die schlechteste Ausrede überhaupt war, denn unsere Tage glichen sich auf peinliche Weise. Wir hatten beide nicht das Geringste zu tun, und alles, was wir dennoch in Angriff nahmen, waren Aufgaben, die wir uns selbst ausdachten. Bevor wir weiterreden konnten, kam eine Frau zur Tür herein und sagte: »Kenneth«, als wäre Kenneth genau der Mann, den sie gesucht hatte. Kenneth lehnte sich zurück, offensichtlich erleichtert.

Milli war Fotografin und hatte sich zunächst einen Namen mit Bildern vom Nachtleben gemacht, als die Zeitungen und Magazine dafür noch Profis bezahlten. Unter der dünnen Bluse ahnte ich die Umrisse ihrer Brüste, die ich mal gesehen hatte, als Pripps zum Baden im Schärgarten eingeladen hatte. Ihre Brüste bestanden lediglich aus einem Zentimeter perfekter Brustwarzen. Inzwischen schrieb sie für verschiedene Lifestyle-Magazine über Kunst und hatte sich als erstaunlich kenntnislose Kritikerin etabliert, nachdem sie zuvor mit einer Ausstellung über ihre Erfahrungen als Diabetikerin sehr erfolgreich gewesen war. Die Fotos waren in einer kleinen Galerie gezeigt worden, die jeden ausstellte, der jemanden kannte. Milli und ich waren ungefähr gleich alt und kannten uns seit zwanzig Jahren, ich mochte sie nicht, weil sie sich nach ihrem dreißigsten Geburtstag ein Lispeln zugelegt hatte sowie eine bestimmte Art, die Nase zu rümpfen. Und weil ich den Verdacht hatte, dass sie mit Baby geschlafen hatte.

»Bibbs! Ich hab dich gar nicht erkannt mit den dunklen Haaren.« Millis Haar war glatt und glänzend wie rostfreier Stahl.

Wenn man die Tage damit verbrachte, durch die Stadt zu streifen, bestand das Risiko, dass man auf alle möglichen Idioten traf. Solche, von denen man sich denken konnte, dass man sie treffen würde, und solche, die man vergessen hatte und wegen derer man sich deshalb keine Gedanken gemacht hatte. Milli lebte mit einem berühmten Musiker zusammen, das letzte Mal, als wir uns getroffen hatten, erzählte er, dass er ihr in all den Jahren mit seiner Band (die weltberühmt war) treu gewesen sei und Horden junger Frauen abgewiesen habe, die sich nach seinen Auftritten auf ihn gestürzt hätten. Weil er an Milli gedacht habe, die zu Hause auf ihn wartete. Kannst du dir das vorstellen?, wiederholte er immer wieder, als wir an der Bar im Brillo zusammenstanden. Der Erfolg war mit der Zeit abgeklungen, und als er als ganz gewöhnlicher Mann nach Hause zurückkehrte, hatte Milli, die ihm Tausende von Bildern von ihren langen Brustwarzen geschickt hatte, aufgehört ihn zu begehren. Seit Jahren schon schliefen sie nicht mehr miteinander, und er bekam einen Ständer, wenn er in der U-Bahn eine Frau sah. »Er ist immer halbsteif«, hatte er gesagt und sein Bier gekippt, »aber jetzt bin ich nur noch ein alter Knacker, der an jemand Berühmtes erinnert.« Ich umarmte Milli halbherzig, ohne auf ihren Kommentar zu meinen Haaren einzugehen. Ihre Haut war gespannt wie das Fell einer Trommel.

»Schade, das mit dir und Baby.« Die Spitzen ihrer Augenbrauen knickten zum Haaransatz ab, statt dem Brauenbogen zu folgen.

»Was ist denn mit mir und Baby?« Ich sah Kenneth an und meine Handflächen begannen zu schwitzen. Er versuchte, meinem Blick auszuweichen. Jemand trat ein, ging aber gleich wieder, und wir richteten alle unsere Aufmerksamkeit für einen Moment dorthin. Ein Radio dudelte, vielleicht hinten in der Küche, wo ein Mann arbeitete, den wir noch nie gesehen hatten. Ansonsten war der Sommer still, das sah man auch draußen vor den großen Fenstern. Der Sommer ist generell stiller, nicht wie der Winter, wenn der Schnee über anderen Schnee fegt. Oder der Herbst, diese Feuchtigkeit im rotgelben Boden, oder auch der Frühling, wenn alles sich in zwei teilt und dann noch einmal in zwei. Milli wandte sich wieder mir zu, bemüht, zurückzunehmen, was sie gesagt hatte, aber das war unmöglich.

»Oh, sorry, ich dachte. Ich dachte, ihr hättet Schluss gemacht.«

»Nee, wir haben nicht Schluss gemacht.«

Kenneth räusperte sich und hustete, als hätte er sich verschluckt. Milli sagte: Kenneth, was machst du denn. Kenneth sagte: Ich habe wieder angefangen zu rauchen.

»Na gut, okay, wir haben Schluss gemacht. Aber erst vor Kurzem. Woher weißt du es?«

»Oh, Bibbs, entschuldige, ich ...«

»Hat Kenneth es dir verraten? Ich hab es dir im Vertrauen erzählt!« Ich sah Kenneth vorwurfsvoll an, aber er wirkte nicht so schuldbewusst, wie jemand wirken müsste, der eine Vergewaltigung ausgeplaudert hatte.

»Oh, Bibbs, entschuldige, ich ...«

Milli erzählte, dass sie Baby und die dicke Schauspielerin Nina aus Örkelljunga letzten Abend verliebt herumturteln sehen hatte – zur selben Zeit also, als ich anderswo mein Glück gesucht hatte. Nein, nicht einmal »Glück«. Glück klang viel zu ambitioniert. Ich hatte mir Hoffnungen gemacht und eine Summe Geld gesucht, auf der mein Name stand, mich gefragt, ob es sie vielleicht irgendwo gab, ohne dass ich davon wusste. Es gab so viel auf der Welt, und so wenig war für mich vorgesehen. Während ich den Gürtel des Mannes geöffnet hatte, hatten Nina und Baby verliebt im Blecktornskällaren gestanden, einem lebenden Altar für Alkoholiker, um darauf zu sterben. Der Tag erwächst aus dem Tag, und ebenso die Nacht, auch wenn ich nicht da bin und dabei zusehen kann. Im Blecktornskällaren also, in dem frittierter Fisch und tiefgefrorene Erbsen serviert wurden, manche aufgetaut, andere nicht. Eine Institution für Teenager und Verliebte; für die Verliebten nur, weil es keine Rolle spielt, wo man hingeht, wenn man verliebt ist und man das beweisen muss. Die dicke Nina ... Ich hatte mir solche Mühe gegeben abzunehmen, für Baby, und gedacht, er würde mich trotz meiner Speckfalten lieben, nicht wegen ihnen. Was ich jetzt über die Präferenzen meines Mannes erfahren musste, ließ seine Liebe weniger echt erscheinen. 163

Baby hatte also gar nicht seine Ideale für sein Begehren nach mir geopfert. Er hatte überhaupt nichts geopfert, ich dagegen so viel. Milli beschrieb, wie sie an der Bar gestanden und Bekannte umarmt hätten, und Nina hätte laut gelacht. Baby hätte es genossen, sie zum Lachen zu bringen. Sie hätten sich geküsst und in den Armen gehalten, und Milli hatte ihn sagen hören:

»Ich möchte, dass die Welt von uns erfährt.«

Wie konnte seine Welt so klein sein, dass sie nur ich war, dachte ich, doch Baby hatte seinen Willen bekommen: Ich wusste es jetzt. Milli redete weiter, mit mir aber ging die Angst durch. Kenneth bewegte die Lippen, und Milli ebenfalls, ich nickte, aber das Brausen verschluckte ihre Stimmen und der Sommer, der eben noch still gewesen war, kam mir plötzlich ohrenbetäubend laut vor. Wie lange hatte Baby es schon auf jemand anderen abgesehen gehabt? Ich wusste ja, dass es schwierig war, sich seine Treue zu sichern, und im ersten Jahr hatte ich alles daran gesetzt, ihn am Fremdgehen zu hindern, indem ich die Bibbs war, die diesen Namen ausfüllte, nach der seine Freunde sich entzückt erkundigten. Aber es war anstrengend, diese schablonenhafte Frau zu sein, und am Ende kostete es mich weniger, ihn durch Brüllen bei mir zu halten und mit Hilfe von Katastrophen. Was ich auch anstellte, raubte die Arbeit, Baby zu halten, mir jede Ruhe, und deshalb war ich gealtert, obwohl die ganze Geschäftsidee doch darauf beruhte, eben nicht zu altern. Wenn er jedoch tat, was ich wollte, war das meine Mühen wert. Elahe hatte mal gesagt, nur eine verrückte Frau würde glauben, dass dieser Mann ihr treu bleiben könnte, aber genau das war der Grund, weshalb ich, Bibbs, die Aussicht gehabt hatte, es zu schaffen. Nina in der Küche bedeutete das Zunichtemachen all meiner Arbeit. Ich kam mir dämlich vor, weil ich es verpasst hatte, dieses Verlieben zu verhindern. Mein Auftrag, hatte ich fälschlicherweise gedacht, sei den Schwanz daran zu hindern, dass …

»Nina? Meine Freundin Nina?«

»Ihr seid ja nicht wirklich befreundet, oder«, sagte Kenneth, und ich sagte zu Milli: Ich war es, die ihn verlassen hat. Ich wiederholte: Ich war es, die ihn verlassen hat. Mir war heiß und kalt zugleich. Die Rosen auf dem Tisch, ohne Papier drum herum. Denn er hätte sie direkt ins Wasser stellen sollen. Zwei Nuancen von Rosa, die eine Rose cerise und die andere so hellrosa, als handelte es sich nur um einen Vorschlag für rosa. Ich hatte mir bei der Auswahl etwas gedacht, und das wollte ich Baby enthusiastisch erklären, um ihn an meinen Erfindungsreichtum und meine Brillanz zu erinnern. Als ich Baby mit dem anderen Körper am Fenster gesehen hatte, hatte ich gedacht, es wäre ein Missverständnis. Ich hätte nicht richtig gesehen. Es war nur zufällig jemand dort. Baby bezahlte jetzt vielleicht ebenfalls für Sex, genau wie der gewöhnliche Mann. Oder er schlief einfach nur mal mit jemand anderem. Aber Nina, die einen Preis bekommen hatte und von der Tagespresse interviewt worden war. Nicht nur von den Klatschblättern. Nina, die mir vor ihrem Durchbruch immer wieder geschrieben hatte, dass sie mich verehrte und dass sie meinen Blog läse. Du bist mutig, schrieb sie, und sie hatte den Mut genommen, den ich all die Jahre gratis verteilt hatte, und in ihr Herz gelegt und sich selbst in den Weltraum geschossen und war dort hängengeblieben. Denn sie konnte ein paar Dinge, die ich nicht konnte, die ich aber hätte lernen können, wenn ich gewollt hätte. Wenn ich gewollt hätte. All die täglichen Verrichtungen stahlen einem die Zeit für das, woraus sich ein Talent hätte entwickeln lassen. Nina war, wenn man es genau betrachtete, ein Fan. *Mein* Fan. Traue niemals deinen beschissenen Fans. Mickey hatte mich gewarnt, aber ich musste ja … Und jetzt die Vernichtung und der Verrat. Milli stand auf, um Essen zu bestellen, als hätte sie mir nicht gerade in die Brust geschossen. Ich wollte, dass Baby käme, um mich abzuholen. Weg von diesen bösen Menschen. Wir hatten uns lediglich in der Nacht verirrt, jetzt konnten wir wieder nach Hause. Komm. Ich dachte: Ich muss Baby anrufen und fragen. Denn irgendetwas war falschgelaufen. Er wollte Kinder mit mir. Ich war mit ihm Kind gewesen. Wir gingen zur Paartherapie und zur Alkoholtherapie und zur Therapie wegen seiner Wut. Ich hatte Zeit und Gedanken und wer weiß was investiert. Auf den Ertrag wartete ich immer noch. Ich hatte ihm all mein Geld gegeben, und dann hatte er mir seins gegeben. Ich nahm es an, aber niemals mit derselben Freude. Er hasste es, für mich zu zahlen, genauso wie er es hasste, mir alles zu geben, ja, selbst das Geringste, wie wenig es auch sein mochte. Dennoch verlangte er immer mehr. Als wäre er der Tag selbst. Manchmal, wenn er von der Arbeit kam und fragte: Was hast du heute gemacht?, sagte ich: Trainiert. Aber hatte ich das? Das war von Mal zu Mal verschieden. Mein dringlichster Anreiz, überhaupt etwas zu tun, war jedoch, mich vor Baby zu inszenieren. Dinge zu tun und vorzugeben, dass man sie getan hatte, war dasselbe, Hauptsache er sagte: »Prima, Schatz«, und streichelte mir das Haar.

Wie konnte er?, sagte ich, und Kenneth hatte wieder Farbe im Gesicht und sagte etwas über Ninas Charakter, so was wie: sie will dich ganz. Nein, sie will ich sein, sagte ich.

Keine Chance, Mann, dass er mit jemandem wie ihr zusammen zusammengekommen wäre, wenn nicht durch mich, versteht ihr? Ich bin sein erotisches Kapital. Er kann nur mit einem Star schlafen, weil ich ein Star bin.

Milli sagte gedankenverloren: »Baby hatte immer schon Stil.«

Ich erhob mich.

Es ist bestimmt bald wieder Schluss, sagte Kenneth. Wieso, sind sie denn zusammen?, fragte ich.

Kenneth und Milli vereint in unheilvollem Schweigen.

Ich muss los, sagte ich, und dann ging ich tatsächlich. Ich fand schon immer, die Hornsgatan sei die hässlichste Straße von ganz Stockholm, und ich hasste es, sie entlangzugehen. Als ich am hässlichsten Haus auf der hässlichsten Straße vorbeikam, rief ich Kenneth an. Seit wann weißt du es, fragte ich, als er dranging. Erst seit ein paar Wochen, Bibbs. Erst seit zwei Wochen. Drei, vier.

MANCHMAL WENN ICH über die Väster-Brücke ging, dachte ich über all diejenigen nach, die sich hier runtergestürzt und für Cry Babys gehalten hatten. Von der Hornsgatan konnte man sich nicht runterstürzen, denn es ist lediglich eine Straße, auf die man nur runterspringen kann, von der Felswand hinunter oder aus kleinen Fenstern, die zu Wohnungen gehörten, die wir nach Partys aufsuchten, vor zehn Jahren oder fünfzehn. Es konnte einem ja ganz schwindlig davon werden, wie die Zeit raste. An jenen Morgen, als wir jung waren und bei irgendwem zu Hause weiterfeierten, nahmen wir immer den Aufzug nach unten, um Geld am Bankautomaten zu ziehen, und dann wieder rauf, um dem Dealer auf der Straße nicht begegnen zu müssen. Das Beste, was wir hatten, war, dass wir nichts hatten, die Zeit lag vor uns wie ein Rätsel, das niemand sich zu stellen bemühte. Niemals hätte man geahnt, wer sterben würde oder wie viele von uns trockene Alkoholiker werden würden. Wir begriffen auch noch nicht, wie viel Geld es gab und wie schlecht wir es verwalteten. Die Redakteure bezahlten dafür, dass Kolumnisten in landesweit erscheinenden Zeitungen einen Text nach dem anderen über ein und denselben Nachtclub in Stockholm schrieben, und sie druckten

Doppelseiten darüber, von welchen Jeans jemand fand, dass man sie kaufen müsse. Niemand hätte geahnt, wie wenig einmal übrig bleiben würde. Ich hatte keine Lust zu sterben, fragte mich aber, wie ich noch einmal neununddreißig ebensolche Jahre erfinden sollte. Die Finesse, die ich für das bereits hinter mir liegende Leben hatte aufwenden müssen, schien zur Jugend gehört zu haben. Finesse und Ehrgeiz und Erfindungsreichtum und das Gefühl, dass Schönheit und Anerkennung wichtig waren. Die Müdigkeit fiel wie ein Hammer auf mich herab, wie ich so die Straße entlangging. Zu leben ist vor allem die Fähigkeit, Entscheidungen zu treffen und an den Entscheidungen, die man getroffen hat, festzuhalten, und seit einer Weile plagte mich eine gewaltige Unsicherheit. Oder ein andauernder Schmerz darüber, dass alles komplexer war, als ich gedacht hatte. Sozusagen wie ein Lichtstrahl, der durch einen Kristall an der Wand sichtbar wird. Inzwischen starrte ich auf Fotos, die ich machte, nicht um jeden einzelnen körperlichen Makel zu registrieren, sondern weil sie mir lächerlich vorkamen. Ich las die Mails, die ich bekam, und sie erschienen mir unwichtig. Als ich mit Nina im Tennstopet gesessen und sie davon geredet hatte, man müsse dies oder jenes einfach versuchen, war ich neidisch auf ihren absoluten Glauben gewesen, dass das, was sie der Welt zu bieten hatte, etwas Neues wäre. Nein, es erfüllte mich mit einer erwachsenen Zärtlichkeit. Sie würde schon merken, dass alles bereits entdeckt war. Wer war ich, ihr diese Freude zu nehmen.

Mickey rief an und ich ging dran. Hast du es gewusst?, fragte ich, und er behauptete, von nichts zu wissen. Ich erklärte ihm, was passiert war, und er stellte keine weiteren Fragen, als hätte er es doch bereits gewusst. Auf der Straße fuhren ruckelnd die Busse vorbei, wie fette, sexgeile Robben. Ich hatte das alles auch früher schon mal geschafft, mehr als einmal. Zweimal hatte ich das alles schon mal geschafft. Heartbreak, Schmerz und Feuersbrünste. Persönlicher Bankrott, Zellveränderungen, Nachbarschaftsstreit. Mickey sagte: Bibbs. Baby ist nicht solidarisch mit dir. Weshalb solltest du ihm gegenüber solidarisch sein? Ist es nicht eine Fortsetzung der Gewalt, ihn zu schützen? Wenn du es später bereust, nachdem Nina ihre Beziehung publik gemacht und alle sehen, dass sie dir den Mann weggeschnappt hat, dann kannst du nicht mehr erzählen, was er getan hat. Denn dann! Werden die Leute denken, du tust das aus Rache.

Mickey redete weiter, aber die Vier fuhr vorbei, deshalb konnte ich kaum verstehen, was er sagte. An der Kreuzung hielt der Bus, und Menschen strömten heraus, schnappten nach Luft. Ich sagte: Von Rache kann hier nicht die Rede sein, Mickey. Es geht um Richtig und Falsch. Das Gesetz ist nicht rachsüchtig, sagte ich, und auch du bist das Gesetz, sagte Mickey.

Und dann habe ich ja auch eine Verantwortung gegenüber Nina, sagte ich, gegenüber allen Frauen, sagte Mickey.

Einmal, als wir seinen Vater besuchten, stießen wir auf ein verlassenes Haus im Wald, ich und Baby. Und als er auf der Steinmauer stand, die um das Haus herumlief, sagte Baby: »Ich möchte Kinder haben, Bibbs.« Ich glaubte ihm alles, was er mir sagte, außer das. Ich glaubte an gute Zeiten, auch wenn gerade die schlimmsten herrschten. Ich glaubte an Geldzauber. Geldzauber bedeutet, Geld rauszuwerfen, um mehr Geld anzulocken. Ich glaubte daran, dass sich die Welt in Loser und Idioten aufteilen ließ. Ich und Baby waren Idioten, und Nina ein Loser. Kenneth und Elahe ebenfalls Loser, Mickey Idiot und Texas ein Loser. Ich glaubte daran, Entscheidungen zu treffen, die nicht gut ankamen. Aber daran zu glauben, eine Frau mit Kind zu sein. Noch dazu ein Kind ausgerechnet mit Baby, von allen Idioten und Losern, die auf der Erde herumliefen. Damals lachte ich und ging in das leer stehende Haus, und ich hatte so ein feierliches Gefühl, als würde jemand das Ganze filmen. Als würden wir das hier spielen, weil wir mussten, als hielte uns unsere Beziehung die Pistole an die Stirn und sagte: »Los, sag's jetzt.« Sich zu lieben wie Baby und Bibbs, war eine Luftspiegelung in der Wüste, der Wüste der Liebe zwischen Mann und Frau. Mann und Frau hinderten uns daran zu zeigen, wer wir wirklich waren, und das leer stehende Haus hatte keinen Fußboden; stattdessen Gras und gestampfter Lehm. Weiße Löwenmäulchen wuchsen hoch oben aus einem Busch. Jemand hatte Feuer gemacht und etwas an die Wand getaggt. Leev, stand da. Wo sollten wir denn wohnen, fragte ich. Die Slipgatan ist zu klein. Hier, sagte Baby und breitete die Arme aus. Hier werden wir wohnen.

Ich hätte mich gern neben Baby begraben lassen, mit ihm zu leben, war schwieriger. Hatte ich mich nicht oft nach einem Ausweg gesehnt, obwohl ich mich nicht für Selbstmord interessierte? Mich interessierte es, Dinge in Bewegung zu setzen, nicht, sie anzuhalten. Außerdem war ein Selbstmord der fehlgeleitete Versuch, das Unabänderliche zu ändern. Okay, ich bereute nichts. Okay. Ich fragte mich nur, ob alles, was ich getan hatte, richtig war. Baby hätte gesagt, das sei die Krise. Die Krise, wegen der ich nicht arbeite, wie ich sollte. Die Krise, wegen der ich essen und dann meinen Pullover ausziehen und mich vor den Spiegel stellen würde. Wie hatten meine Brüste vorher ausgesehen? Vielleicht hatte er recht, es war die Krise, aber es war auch ein Verlust früherer Ideale und eine alles verschlingende Leere hinter mir, die mich unwiderstehlich anzog, weil ich nicht wusste, welches meine neuen Ideale werden könnten.

Ich dachte an alle möglichen Auswege: Eine Boutique eröffnen. Umziehen. Selbstmord war das Einzige, woran ich niemals dachte. Außer an diesem Nachmittag auf der Hornsgatan. Um dafür zu sorgen, dass diese Arschlöcher nie wieder glücklich würden.

Ich betrat ein Lebensmittelgeschäft am Zinkensdamm und wünschte mir, ich wäre in Vasastan. Vasastan ist der einzige Stadtteil, der sich wie eine Stadt anfühlt.

An der Kreuzung Frejgatan/Dalagatan kann man eine Tasse Kaffee für fünfzehn Kronen kaufen. Baby fand immer, Kaffee müsse zehn Kronen kosten. Im Zinken kostete Kaffee aus dem Automaten zehn Kronen. Unter dem Automaten saß ein weißgelockter Hund ohne Leine. Ich begrüßte den Hund. Der Verkäufer sah aus wie eine Wasserleiche. Ist das Ihr Hund?, fragte ich. Nee, antwortete er. Der hängt hier nur ab. Ich versuchte das Gesicht des Hundes auszumachen. Der Mann trat durch eine Wand aus Milchkartons. »Dasselbe wie immer?« Ich schaute mir über die Schulter, aber da war niemand.

»Entschuldigung.«

»Ja. Dasselbe wie immer?«

Der Mann sah mich an, als würden wir uns kennen, und ich wusste, warum er das dachte. Aber ich durfte es mir nicht anmerken lassen, denn das hassten sie. Sie mochten es lieber, wenn ich mitspielte. Ich tat, als würde ich nachdenken.

»Sie müssen mich mit jemandem verwechseln.«

Ich merkte, dass ihm klarwurde, wer ich war. Er wurde patzig.

»Warum stehen Sie dann rum, als würden wir Sie kennen.«

Ich entschuldigte mich, nahm den Kaffee und ging, aber dann fiel mir ein, dass ich vergessen hatte das zu kaufen, weswegen ich hergekommen war, und ich ging wieder rein.

»Eine Schachtel Camel blue und ein Feuerzeug«, sagte ich zu dem jungen Typen an der Kasse. Der Ladenbesitzer redete mit dem Hund. Der Typ an der Kasse war eine Sommeraushilfe. Alles, was er eingab, piepte falsch.

»Und, geht's noch in den Urlaub?«, fragte ich.

Der Ladenbesitzer hatte sich an das andere Kassenband gestellt und öffnete und schloss die Lade.

»Ja, im August wahrscheinlich, drei Tage.«

Ich nickte.

»Ist im Grunde ja nur ein normales Wochenende«, sagte ich dann. Der Mann sagte: Ich gehe dann mal ins Lager. Ich nahm Zigaretten und Kaffee mit einer Hand und verließ den Laden. Draußen standen Eimer mit den Blumen, die ich am allermeisten mit meiner Kindheit verband.

Es stand jetzt außer Zweifel, dass Kenneth nicht fand, mein Problem mit Baby wäre ein Darlehen von hunderttausend Kronen wert. Das hatte er gesagt, ohne es zu sagen. Vielleicht zögerte er, weil es Baby gelungen war, sein persönliches Markenzeichen mit einer jüngeren Frau weiterzuentwickeln, während ich einfach nur älter wurde. Die Wahrheit konnte ich Kenneth aber auch nicht sagen: dass ich den Eurojackpot-Laden in der Nähe der Slipgatan brauchte und dass ich mich verloren hatte. Sie war zu kompliziert und nicht besonders spektakulär. Baby hatte bestimmt ebenfalls irgendwelche Dinge über mich behauptet, für Kenneth war also die Frage, wer von uns schuld war, heikel und schwer zu beurteilen. Für mich war die Schuld nicht schwer, weder auszumachen noch zu tragen. Mathematisch gesehen war es eine einfache Formel, denn Schuld lässt sich zurückzahlen und wiedergutmachen. Mit der Scham war es schwieriger. Es war nicht sicher, dass man sich die Scham anrechnen lassen konnte. Baby hatte sie fest im Griff. Er versuchte sie abzuwenden, indem er einen Job machte, den er hasste, ohne mehr als halbherzige Versuche zu unternehmen, sich was anderes zu suchen; indem er Sex nicht genoss und trank, bis er alles vergaß. Als wir frisch verliebt gewesen waren, begleitete er mich nach der Grammis-Gala noch auf eine Party und trank so viel, dass er hinterher einen Filmriss hatte. Im Taxi hing ihm der Kopf auf die Brust, und er furzte laut, im Taxi, in dem sonst nichts zu hören war, außer den Reifen auf dem Asphalt im langen Tunnel Richtung Hagapark. Er war zu besoffen, um zu begreifen, was er getan hatte, aber die Scham, die sonst er immer trug, wurde meine. So ist Scham. Sie vergiftet. Kurz davor hatte der Taxifahrer mit mir über seinen Traum von einem eigenen Weinberg gesprochen und wiederholte nun den letzten Satz seiner Geschichte:

»Das ist zwischen Erde und Gott«, sagte aber »ihm« statt »Erde«.

»Das ist zwischen ihm und Gott.«

Baby war an dem Abend so betrunken, dass er gar nicht richtig bei sich war, und zum ersten Mal empfand ich meine an sich ehrenwerte Aufgabe als seine Freundin als anstrengend. Zu Hause angekommen, schleifte ich ihn hinein und half ihm aufs Bett. Baby erwachte wieder zum Leben, als ich mich abschminkte, ich hörte ihn den Kühlschrank öffnen, um sich ein Glas Wein zu zapfen und hinter die Binde zu kippen, bevor er wieder einschlief. Welche Summe hätte Kenneth mir wohl für diesen Abend geliehen, und für alle ähnlichen Abende? Es war eine zu peinliche Anekdote, und ich war Babys Bild von sich selbst gegenüber loyal, weil dieses Bild auch mit meinem Selbstbild zu tun hatte. Natürlich war es schwierig, in einem Beruf zu arbeiten, wenn ich so hart für Baby arbeiten musste, das hätte Kenneth eigentlich selbst einsehen können. Auch hier war die Schuldfrage unklar, denn zu Beginn hatte es mir durchaus Spaß gemacht, Baby nach Hause zu helfen und die Gläser zu zählen, ohne dass es jemand merkte. Drei, vier, fünf waren okay. Bei mehr als sieben wurde ich nervös und begann zu schmollen. Baby fragte dann immer, was los sei, obwohl er die Antwort kannte, und ich sagte: nichts. Außerdem war Baby tagsüber wirklich gut, perfekt, nachts dagegen schlecht; während ich nachts gut war, am Tag aber schlechter.

DIE KRÄNE AM SLUSSEN sahen aus, als gehörten sie zum Himmel, und der Kirchturm der Riddarholmskyrkan ragte am Horizont auf. Manchmal konnte man einfach nur denken: Stockholm, wie schön du bist. Eine Frau war neben mir stehen geblieben, um aus ihrer Wasserflasche zu trinken. Sie trank hastig, und das Wasser lief ihr aus den Mundwinkeln, wir sahen einander nur eine Sekunde an. Ich stellte meinen Pappbecher auf einem Stromkasten ab. Der Kaffee war noch nicht abgekühlt. Oben am Katarinenaufzug hatte ich einmal im Winter gestanden und gedacht: »Warum bin ich noch hier?« Aber wo sollte ich sonst hin? Und wer würde mich hinbringen? Ich schaute noch einmal über den Slussen, diesen Verkehrsknotenpunkt, diesen gegen seinen Willen vom Boden hochgezogenen Asphalt. Es lag ein feierlicher Ernst in diesem Moment, von dem ich mich einhüllen ließ. Vor ein paar Jahren noch hatte ich keinerlei Verbundenheit mit Menschen empfunden, deren Leben das Ergebnis von Ideen zu sein schien, die andere Menschen zufällig fallen gelassen hatten, aber als ich jetzt vor dem chaotischen Bauwerk stand, wo Gleise neben Gleisen herliefen, wusste ich: So sehr man sich auch etwas wünschen mag, ist man angesichts dessen, wie es gemeint war, vollkommen hilflos.

»Leute«, schrieb ich unter das Foto, das ich ausgewählt hatte, ein Foto meiner manikürten Hand, zu einem weißen Himmel hochgereckt, »ihr wisst, dass ich immer ehrlich gesagt habe, wer ich bin. Ob es nun darum ging, euch Tipps zu geben, wie ihr euren Körper lieben lernen könnt, oder darum, mit Idioten im Fernsehen zu streiten. In den letzten Jahren habe ich weniger von meinem Leben erzählt, als ich gerne hätte. Wahrscheinlich bin ich erwachsen geworden und habe versucht, mich auf die Menschen in meinem unmittelbaren Umfeld zu konzentrieren. Aber es gibt noch einen anderen Grund, weshalb ich aufgehört habe, über mich zu schreiben. Jemand, den ich geliebt habe & dem ich die letzten Jahre sehr nah gewesen bin, hat mir leider etwas Unverzeihliches angetan. Mir fällt es immer noch schwer, es Vergewaltigung zu nennen, aber wenn die Debatten der letzten Jahre uns etwas gelehrt haben, dann dies: dass es ein weites Spektrum sexueller Übergriffe gibt. Was passiert ist, hat jdfs. dazu geführt, dass ich mein Leben ändern musste. Ich schreibe euch das, um mich selbst zu befreien. Zurzeit habe ich keinen Ort, an dem ich wohnen könnte, bin zum Glück aber bei einer Freundin untergekommen, die sich gut um mich kümmert. Bemitleidet mich nicht, und bitte, schreibt in eure Kommentare keine Namen von Leuten, die ihr für schuldig haltet. Ich wollte es euch nur erzählen, weil ich jetzt wieder weiß, dass ich stark bin. Und wenn es da draußen jemanden gibt, der diesen Zuspruch gerade brauchen kann: Ich weiß, dass auch du stark bist. Küsse! /Bibbs«

Ich las mir den Text zweimal durch, bevor ich ihn postete, gerührt, dass ich mitten in der Krise die Geistesgegenwart hatte, mich an andere Frauen zu richten, die Unterstützung benötigten. Gerührt, weil ich mit meinem Namen unterschrieb. Das war die Bibbs, wie wir sie kannten. Die Bibbs von damals. Ich wischte mit dem Finger übers Handy, und jemand hatte bereits reagiert. Dieses Bekenntnis war Kenneths Sicherheit für das Geld, das er mir leihen sollte. Dieses Bekenntnis war mein Schlüssel zur Slipgatan und die Klinge des Messers, das mich und Baby durchtrennte, wo unsere Körper zusammengewachsen waren. Um mich zu befreien. Dieses Bekenntnis war eine Kapitulation: Okay, Nina. Nimm ihn, wenn du ihn so unbedingt haben willst.

NACHDEM ICH das Bild gepostet hatte, erfüllte mich eine Art anti-energetische Energie, und ich verließ schnellen Schritts den Slussen, ging am Wasser entlang zur Skepps-Brücke. Das Grand Hôtel war klein. Dort war ich mal betrunken durch die Lobby getorkelt, hatte aber keine Lust, mich daran zu erinnern, und ging weiter Richtung Kungsträdgården. Ich hatte weder Fahrrad noch Zimmerpflanzen gehabt, als ich Baby kennenlernte, aber er hatte Sukkulenten. »Die sollen gar nicht blühen«, hatte er zu mir gesagt, als ich ihn aufgeregt auf der Arbeit anrief, um ihm mitzuteilen, dass sie blühten.

Alle Leute, die mir entgegenkamen, waren lässig gekleidet. Ich hatte dasselbe an wie am Vortag, die Badelatschen scheuerten und mein T-Shirt roch nicht mehr nach dem Rasierwasser des gewöhnlichen Mannes. Unter der Jacke begann ich zu schwitzen. Würde der gewöhnliche Mann glauben, was ich über Baby geschrieben hatte? Baby hatte oft behauptet, er wolle sterben, und wenn ich ihn gefragt hatte, ob er das ernst meine, irgendetwas Unverständliches gezischt. Er war selten am Handy, dennoch wusste ich, dass er bereits wusste, was ich geschrieben hatte. Ich spürte es in meinem Skelett. Bis in die Knochen. Und wenn das Mark im Knochen sitzt, dann wusste ich dort, dass Baby es wusste. Ich schaltete mein Handy aus, panisch. Aber hatte er mich nicht ebenfalls verraten? Im Nobelkaufhaus NK kaufte ich ein Parfüm für zweihundertfünfzig Kronen. Auf Babys und meiner ersten gemeinsamen Shoppingtour hatte ich mir in der Parfümerie Cow drei teure Parfüms gekauft, ohne auch nur an einem davon gerochen zu haben. Vor dem Laden hatte mich Baby umarmt, und ich hatte gespürt, wie sein Schwanz an meinem Schritt hart wurde. Es machte ihn an, dass ich so sorglos Geld ausgab.

Mit dem Parfüm in der Sommertüte von NK ging ich weiter zum Make-up. Wie antwortet man auf die Frage: »Hast du sie vergewaltigt?« Wer würde Baby als Erstes fragen? Ein kurzer, aber selbstgerechter Sturm von Eifersucht zog über mich hinweg. Nina würde weinen und ihn fragen, ob es stimme. Man konnte diese Frage nicht mit nein beantworten, genau wie man die Frage »Lügst du?« nicht mit nein beantworten konnte. Jede Antwort, die kein Ja war, klang wie eine Lüge. Baby konnte es nicht abstreiten, außerdem hatte er kein Forum, um es zu tun. Meine Stimme reichte weit, er hatte keine Plattform. Ich war seine Plattform. An der Tom Ford-Theke fragte ich mich, ob Baby wohl sauer war, oder würde er begreifen, dass ich tat, was in meiner Macht stand? Oder war ich ihm so unwichtig, dass er sich nicht weiter darüber aufregte?

Das Kaufhaus war voller Menschen. Im September werden wieder alle direkt zur U-Bahn oder zu den

S-Bahnen rennen, dachte ich. Jetzt schlendern sie hier durch das Einkaufszentrum, völlig aufgeschmissen ohne den Sinn, den ihnen die Arbeit gibt. Im obersten Stock bestellte ich mir ein Glas Wein, um mich zu erfrischen, bevor ich die Rolltreppe nach unten fuhr und den Sergelgången nach draußen nahm. Auf der Freifläche Plattan baute ein Mann einen Tisch mit Erdbeeren, Blaubeeren und Kinderschuhen auf. Ich blieb etwas entfernt davon stehen und steckte mir eine Zigarette an. Auf ein A4-Blatt hatte der Verkäufer ERDBEEREN geschrieben, aber nichts von Blaubeeren und Schuhen.

»Woher kommen die Beeren?«, fragte ich und drückte meine Zigarette aus.

»Schweden.«

Wir sahen einander an, wussten beide, dass er log, und ich spürte ein intensives Zusammengehörigkeitsgefühl. Ich ging die Treppe hinauf, wo nach dem Terroranschlag die Blumen für die Toten gelegen hatten. Auf der Drottninggatan und drum herum reihten sich Restaurants ohne besonderen Ruf aneinander, Restaurants, die blühten, und Restaurants, die ihre Schanklizenz verloren hatten und nun um ihr Überleben kämpften. Jedes Restaurant hatte mindestens fünf Jobs zu vergeben. Ich hätte im Restaurant arbeiten können, aber mir fehlte das erforderliche Talent: die Fähigkeit, Prioritäten zu setzen. Am Cityterminalen saßen drei Maurer auf dem Boden und rauchten. Maurer, dachte ich, was für ein altmodischer Beruf. Je härter du arbeitest, desto sichtbarer ist dein Beruf, so erklärte ich mir die Tatsache, dass ich in dem Sommer, als ich Baby kennenlernte, lediglich Größe vierzig getragen hatte.

Männer zischten auf E-Rollern an mir vorbei, und ihre Gesichter verschwammen, so schnell waren sie. Ich betrat die Station T-Centralen und nahm die grüne Linie zum Odenplan.

IN EINEM MONAT würden die starken Farben verblasst sein, erschöpft von der intensiven Sonne. Die größte Veränderung, die ich beim Altern feststellte, war, dass die Dinge, die ich begehrte, teurer wurden. Ein gut geschnittener Mantel gibt Aufschluss über das Alter einer Frau, ansonsten ist es nahezu unmöglich zu erraten. Elahe meinte, sie hätte gemerkt, dass sie älter wurde, als die Jungs im Geschäft sich nicht mehr um sie bemühten. Da mich aber jeder kannte, bemerkte ich keinen Unterschied zwischen der einen Sorte Bemühen und der anderen. Elahe meinte, dass sie es auch daran gemerkt hätte, dass die Dinge, die ihr früher etwas bedeutet hatten, es plötzlich nicht mehr taten, und das war eine nur schlecht verpackte Kritik an meinem Leben. Der Mann, mit dem ich vom Casino nach Hause gegangen war, hatte mich auf neununddreißig geschätzt, und morgen wurde ich tatsächlich neununddreißig. Das war ja wohl nicht weiter schlimm. Manche sind in dem Alter längst tot. Ein weiterer spürbarer Unterschied war, dass sich der Kissenabdruck morgens länger auf der Wange hielt. Meine Kieferpartie hatte ihre schärfste Kontur bereits vor ein paar Jahren verloren, und meine Lider kamen mir schwerer vor. Manchmal ertappte ich mich selbst auch dabei, wie ich nachdenklich an dem Fettpolster unter meinem Kinn zupfte. Und außerdem sah ich, wie ich im Fenster der U-Bahn feststellte, inzwischen furchtbar aus, wenn ich einen Kater hatte. Alles in allem ein geringer Preis für die Tatsache, am Leben zu sein. Ich war weder wie meine Mutter noch wie Baby, ich wollte nicht sterben. Ich wollte leben und schöne Dinge kaufen. Die Liebe zu den Dingen legt sich bei mir wie ein Deckel über die Nervosität, aber je mehr ich kaufe, desto größer wird paradoxerweise meine Nervosität. Das hält mich aktiv. Mein Handy fühlte sich schwerer an, wenn es ausgeschaltet war, und so schaltete ich es wieder ein. Zwei unbekannte Nummern hatten angerufen.

Die Station Odenplan erinnert mich immer an eine Schwimmhalle. Als ich jünger gewesen war, hatte ich alles Mögliche ausprobiert, ohne wirklich zu wissen, wozu, und ich versuchte jetzt oft, diesen Zauber wiederzubeleben, aber es war schwierig. Damals waren wir nicht so hübsch. Niemand war das, natürlich nicht. Das ständige Hübschsein kam erst später, um 2013, als wir anfingen jeden Tag Fotos zu machen. Davor war es gar nicht nötig gewesen, denn man wurde nur in dem Augenblick gesehen, in dem einen jemand erblickte, oder wenn Milli ein Foto in der Spy Bar machte, mit langer Belichtungszeit, sodass die Glut auch im Nachhinein noch zu erkennen war. Alles war leichter zu bekommen, denn es gab so viele Dinge und so wenig Menschen.

Als ich am Tennstopet vorbeikam, bemühte ich mich, den Blick auf die Straße zu heften, aus Furcht,

Nina und Baby an einem der Tische entdecken. Nina würde niemals wagen, mit einem Vergewaltiger zusammen zu sein, das wusste ich. Ich selbst hatte mich schon vor langer Zeit entschieden, bei Baby zu bleiben, auch wenn ihm etwas vorgeworfen würde. Wenn mein Mann ein Dieb ist, liebe ich eben einen Dieb, sagte ich zu mir selbst, wenn ich ihm etwas verzeihen wollte. Meine Augen, die anscheinend ein Bedürfnis hatten zu leiden, wurden von der Terrasse angezogen wie von einem Unfallort. Niemand erkannte mich oder wusste, was ich über Baby gesagt hatte. Vielleicht würde sich nichts verändern, nicht einmal Elahe mit ihrer Moral wollte wissen, was Männer mal getan oder nicht getan hatten. »Nein, das kann ich mir nicht vorstellen«, hatte sie mehrfach gesagt, als ich ihr erzählte, dass ein gemeinsamer Bekannter auf den Oberschenkel seiner Geliebten abgespritzt hatte, während er gleichzeitig aufzählte, was er an ihr hässlich fand. Wieso konnte sie sich das nicht vorstellen? Andererseits schwächte das Misstrauen die Größe meiner Lüge ab. Niemand würde es sich vorstellen können, und was spielte eine Lüge für eine Rolle, wenn keiner sie glaubte. Auch Kenneth würde mir eigentlich nicht glauben. Er musste aber zumindest so tun, als ob.

Ich checkte mein Handy, während ich darauf wartete, dass die Autos an der Kreuzung hielten. Über hundert Personen hatten bereits geschrieben, und meine Freude hatte einen Kern von Ekel: Am Ende hatten sie mich doch gekriegt, nackt und entblößt, die Pussy von innen nach außen gestülpt. Jeder konnte hingehen und seine stinkenden Finger hineinstecken. Nichts war für die Leute so befriedigend wie eine geschlagene Frau, und von nun an würden sie an meinen nackten Körper als an einen geschundenen denken, jedes Mal, wenn sie mich sahen. Und sie würden *O nein, das tut mir so leid* sagen, aber wenn sie dann auf der Toilette die Unterhose runterzogen, wäre da ein feuchter Fleck. Ich wollte keine Sekunde länger vor dem Tennstopet stehen. Nina war damals bestimmt nur auf der Terrasse sitzen geblieben, um mir zu erzählen, dass sie mir den Mann weggeschnappt hatte, und nicht, weil sie mich bewunderte oder weil sie mit mir zusammenarbeiten wollte. Meine hochmütige Art mit ihr zu reden, schlug wie ein Blitz in meinem Kopf ein. Wie geht man mit der Scham um, wenn einem ein Kinderstar von Herpesbefall an den Schamlippen erzählt und man den Hinweis nicht kapiert hat? Ich sah die Bläschen regelrecht vor mir. Mein Baby. Mir wurde schlecht. Was, wenn ich sie falsch eingeschätzt hatte! Wenn sie genau wie ich dachte, dass Gewalt zur Intimität gehörte und dass diese beiden Dinge uns zu Frauen machten. Der Zweifel hielt mich eisern im Griff. Was, wenn die Gewalt sie nicht auseinanderbrachte, sondern dazu führte, dass sie sich nur umso inniger küssten, leidenschaftlich. Ich sah zwei Münder in Großaufnahme vor mir, deren Zungen sich trafen und denen es gleichzeitig gelang, sich gegenseitig zu verschlingen und zu vereinen. Ich ging über den Fußgängerüberweg und wusste plötzlich, dass Münder das Zentrum für das Übel der Welt sind.

Der Mund, der dich küsst und dich die Fassung verlieren lässt, der Mund, der lügt und dich glauben macht, es wäre wahr, was er sagte. Wie konnte er seiner Zunge erlauben, woanders einzudringen. Ja, die Wahrheit erschütterte mich, aber ich sagte zu mir selbst: »Reiß dich zusammen, Bibbs.« Viele finden, es wäre besser nicht zu wissen. Aber ich nicht. Die wahre Liebe fordert ALLES. Auch eingefressenen Dreck und burning fire. Meine Lüge erschien mir im Vergleich zu Babys nur wie eine schlecht erzählte Anekdote. Niemand wurde wegen Vergewaltigung verurteilt, und Menschen erinnerten sich nie, was Männer getan hatten. Die Hälfte der Redaktion von *Dagens Nyheter*, Schwedens größter Tageszeitung, schlug ihre Frauen, Kenneth hatte mit einer schlafenden Teenagerin Sex gehabt, und ich hatte behauptet, dass Baby dasselbe mit mir getan hätte, obwohl es nicht stimmte. Im gesamtkulturellen Zusammenhang betrachtet, war mein Verbrechen, jemanden fälschlich der Vergewaltigung beschuldigt zu haben, größer, das wusste ich; gleichzeitig musste jemand die Schläge abbekommen, die ich eingesteckt hatte, ohne darum zu bitten. Die nächtlichen Ohrfeigen meines ersten Freundes und die blauen Flecken am Tag danach, oder als ein anderer Freund meinen Kopf über seinem Schwanz festhielt, bis ich mich auf seinen Bauch erbrach. Hinterher war ich diejenige, die um Entschuldigung bat, denn das mit der Kotze war eklig, und mein Freund nahm die Entschuldigung an, als stünde sie ihm zu. Wer würde mich dafür entschädigen? Leider Baby. Wenn er gedacht hatte, ich würde ihm nichts wegnehmen ... Wenn er gedacht hatte, ich würde die Slipgatan verlassen, ohne noch einmal zurückzukehren ... Dann hatte er sich getäuscht. Ich kann alles-alles niederbrennen. Es gehört ja doch nicht mir. Ich hätte es ja doch nicht gekauft, wenn ich mich hätte entscheiden dürfen.

Die Panik lockerte ihren Griff, nachdem ich beschlossen hatte, den Weg durch den Vasapark zu nehmen. Marite meinte immer, die Natur würde einen wieder ins Gleichgewicht bringen. Auf der Wiese saßen Familien, die wie undurchdringliche Maschinenräume wirkten, hineinzuschauen war sinnlos. Nichts, was auf den Decken zu sehen war, verriet, wie die Maschine funktionierte. Jemand rief meinen Namen, und ich hob aus Reflex die Hand. Ich war eine Maschine, die man mit einem Zehner fütterte, dann wurde man zurückgegrüßt. Leute, die Spaß daran haben, Leute zu rufen, die sie nicht kennen, sind Penner. Wenn man reagiert, führt das nur dazu, dass sie noch mehr wollen, sie sind nie zufrieden, dennoch muss man versuchen sie zufriedenzustellen. Wenn man dick ist, wollen sie einen richtig fett. Wenn man eine lustige Geschichte erzählt, wollen sie gleich noch eine. Wenn man ein Bild postet, wollen sie sofort wissen, wo man den Pullover gekauft hat, damit sie entscheiden können, ob er billig ist oder teuer. Ich bin in ihrer Gewalt. Nein, ich meine: ihnen zu Diensten. Auf der anderen Seite des Parks wartete ich an einem weiteren Fußgängerübergang. Um diese Jahreszeit sollte man nicht warten, bis der Flughafenbus vorbeigefahren ist, man sollte aufs Meer hinausschauen und drei verschiedene Arten von Blau sehen. Das Blau des Himmels, das Blau des Meeres und das Blau, in dem beide sich treffen. Ich ging über die Sankt-Eriks-Brücke. Auf der einen Seite der Brücke lagen Schönheitssalons und auf der anderen die Filialen von Fitnessstudio-Ketten. Ich fragte mich, wie sie zurechtkamen. Es gehörte zu den vielen Dinge, die Baby irritierten: Wenn ich die Leute fragte, wie sie zurechtkämen. Viele unserer Bekannten wirkten so satt, obwohl sie eigentlich so hungrig waren. Wenn wir sonntags durch den Djurgården gingen, stießen wir auf alte Freunde von mir, die inzwischen TV-Persönlichkeiten, Komiker oder Produzenten geworden waren. Menschen, die vor zehn Jahren noch damit angegeben hatten, wie wenig sie zu tun brauchten, redeten nur noch darüber, wie viel sie machten. Ich erinnerte mich ganz genau an ihre früheren Gesichter: welpenhaft und offen. Da waren sie frisch hergezogen aus irgendeinem Kaff und trugen ihren Traum sichtbar vor sich her. Dann wurden alle vom selben Fernsehsender angestellt, der von denselben drei Männern geleitet wurde, die es wiederum in Vollzeit genossen, sich einen runterholen zu lassen, und meine Bekannten arbeiteten als ihre Wichser. Als wäre eine geballte Faust keine Waffe, sondern ein Loch, um den Schwanz hineinzustecken.

Ich verzeihe ihnen, dachte ich großmütig. Ich versteh das ja. Es gibt kein easy money. Es gibt kein »Gratisessen«. Eine durchaus legitime Kritik an meinen alten Freunden, die durch den Djurgården bummelten, war jedoch, dass sie sich weigerten sich einzugestehen, was es kostete. Ich bin diesbezüglich ein alter Hase. Ich bin hier geboren. Ich bin nicht voller Aufregung vom Land hierhergezogen, und deshalb wage ich es auch zuzugeben, dass das, was einem am Heiligsten ist, für einen weit geringeren Preis weggeht, als man es sich vorgestellt hat. Die Wahrheit ist, dass man verloren hat, sobald man sich auf Verhandlungen einlässt. Mickey und ich haben immer gewusst, dass wir nicht mit Glamour arbeiten. Wir arbeiten als fahrende Händler, und wir senken die Preise, wenn wir dazu gezwungen sind. »Bibbs Stimme« und die konstruierte Nähe waren nichts wert gewesen, wie sich herausgestellt hatte. Nur ein paar wenige Dinge kosteten alles-alles. Den Stolz gab es leider beinahe umsonst, und falls es Wiedergutmachung gab, würde ich erst am Zahltag selbst erfahren, wie viel er gekostet hatte. Meine Wiedergutmachung war die Slipgatan. Vielleicht kostete mich die Slipgatan die Jugend, das Messer, dann bekam Baby diese noch obendrein. Als ich mich jetzt dem Fridhemsplan näherte, wünschte ich mir beinahe, dass sie weniger kostete, aber es war nicht ich, die darüber entschied, was dies oder jenes wert war. Ich weiß nicht, wie ich erklären soll, wer über den Preis entscheidet. Es ist wie eine unsichtbare Hand, die sich herabsenkt und alles umstellt, falls man sich darunter etwas vorstellen kann. Eine unsichtbare Hand ohne emotionale Verbindung zu den Menschen, die sie versetzt. Der Sveavägen Richtung Fridhemsplan war der einzige Ort in Stockholm, der an einen anderen Ort erinnerte, und wenn ich mich richtig entsinne, traf ich niemanden. Bald wurde es Abend, und darauf folgte die Nacht, ebenfalls schwül in ihrer Plattheit. Wir warteten auf Regen, ein Zustand, den Stockholmer nicht gewöhnt sind und der der Stadt einen gewissen europäischen Anstrich verlieh. Er machte uns alle ein bisschen hochnäsig.

ICH WILL NICHT sagen, dass ich es bereits am Mittwochmorgen bereute, aber es irritierte mich schon, dass mein öffentliches Statement nicht sofort zu einer Lösung führte. Was ich mir vorgestellt hatte, klingt wie nachträglich konstruiert. Das Geld, klar, aber vor allem wollte ich, dass Baby litt. Es war nur so eine Idee gewesen, das gebe ich gerne zu. Ich umarmte Elahes langes Kissen. Diese Idee hatte leider das Unangenehme mit der Lüge gemein, dass ich sie nicht zurücknehmen konnte. Ich klemmte mir ein weiteres Kissen zwischen die Oberschenkel, um meine schmerzende Hüfte zu entlasten. In der Nacht war ich ein paarmal aufgewacht und hatte in meine App geschaut, ohne ein Lebenszeichen von mir zu geben, weder meinen Followern gegenüber noch Leuten, die ich kannte. Jetzt las ich mir noch einmal meinen Text durch, immer noch zufrieden mit meinen Formulierungen. In Elahes Zimmer war es wahnsinnig heiß, und ich hatte kaum geschlafen, weil ich das Rollo nicht runtergelassen hatte. Als ich aufstand, hatte Baby bereits zwölfmal versucht mich zu erreichen, Marite hatte angerufen, Elahe und wieder eine Nummer, die ich nicht kannte. Kenneth dagegen hatte weder geschrieben noch angerufen. Ich schaute auf mein Konto. Kein Geld.

Im Wohnzimmer schaltete ich den Projektor ein und deckte den Tisch vor dem Sofa. Ich hatte mir am Abend zuvor Sauerteigbrot und Fenchelsalami, Romantica-Tomaten und frisch gepressten Saft gekauft. Eine Art Sonntagsfrühstück. Dann schaute ich wieder auf mein Handy. Nur ein paar Leute hatten etwas Gemeines oder Kritisches geschrieben, ansonsten hörte ich unisono Fürsorglichkeit heraus, und Wut auf Baby. Mehrere Frauen hatten mir privat lange Vergewaltigungsstorys geschickt, und ich fragte mich, wieso. Ihre Distanz-losigkeit ekelte mich. Nichts war mehr heilig. Marite schrieb, sie hätte das schon die ganze Zeit im Gefühl gehabt, mich aber nicht warnen wollen, weil ich ohne-hin schon pathologisch fixiert auf schlechte Zeichen gewesen sei. Ich wünschte mir, Elahe würde nach Hause kommen. Neben Baby war sie diejenige, die hin-ter mir aufräumte, und es gab keine sauberen Tassen mehr. Ineinandergestapelt standen sie überall herum, und das wenige Besteck, das ich benutzt hatte, lag in der ganzen Wohnung verstreut.

Elahe hatte, genau wie Baby, großes Selbstvertrauen, was die alltäglichen Verrichtungen anging, und sie erle-digte sie hintereinanderweg, ohne groß darüber nachzu-denken. Nee, das hier war nicht mein Zuhause, und mein Chaos passte nicht in diese Wohnung. Die Slipgatan dagegen, und das gelbe Licht. Das Messer schmerzte. Hatte Baby in unserem Bett Ninas Arsch geleckt.

Ich schloss den Laptop an, und auf der Leinwand er-schien Pornhub. Nachdem ich mir einen relativ langen

Stiefsohn-Film herausgesucht und mein erstes Brot geschmiert hatte, begann mein Handy zu klingeln. Es war Mickey, der einfach nicht mit seinem verschobenen Tagesrhythmus zurechtkam.

»Scheiße, Bibbs, das war echt stark! Mann, war das stark. Siehst du das?«

Er hielt den Arm vor die Linse, um zu zeigen, dass sich die Härchen daran aufgerichtet hatten. Um ihn herum war es dunkel und im schwachen Licht des Displays wirkte sein Gesicht abgehetzt.

»Es war bescheuert von mir, dass ich das gemacht hab. Ich fasse es nicht, dass ich es wirklich getan habe.«

»Ich schon. Du hast immer zu deiner Wahrheit gestanden, Elisabeth. Ja, ich nenn dich echt Elisabeth, so wie deine Mutter dich getauft hat. Sie wird so stolz auf dich sein!«

Der Porno war laut, und ich drehte ihn herunter.

»Ich weiß nicht, Mickey, das haben doch schon so viele vor mir gemacht«, sagte ich bescheiden.

»Aber du bist so crazy on point, und du hast das Talent, ehrlich zu klingen.«

»Mickey, ich *bin* ehrlich. Fang jetzt bloß nicht an, mich infrage zu stellen.«

»Nein, nein, das meine ich gar nicht. Ich meine nur, du bist so eine, der man glaubt, was sie sagt! Du hast echt vor gar nichts Angst, Bibbs.«

Mickey hatte unrecht. Ich hatte ständig Angst. Bei anderen hatte ich eine ähnliche Angst gesucht, aber ohne Erfolg. Ja, ich hatte immer Angst, wenn ich etwas von mir preisgab, aber ich hatte ebenso Angst, wenn gar nichts passierte. Der Angst war das egal, sie mahlte geduldig weiter, in mir drin. Mickey pushte mich, bei allem, was ich tat oder sagte, und tröstete mich, wenn ich zu weit gegangen war. Als ich schrieb, eine beliebte Politikerin sehe aus wie eine fette Kuh, oder als ich mich in meinem Blog mit meinem ehemaligen Liebhaber stritt, oder als ich im *Expressen* erzählte, wie ich mal was bei NK geklaut und dabei erwischt worden war. Solange ich den Fehltritt sichtbar für alle beging, tröstete er mich. Trost und Vergebung erkannten mich als das an, was ich war: ein hoffnungsloser Fall. Und Mickey liebte mich nicht dafür, dass ich Fehler kaschierte. Er liebte mich, weil ich die Beste im Schlechtsein war. Das Bild von Mickey bewegte sich plötzlich langsamer, und ich sah zwar noch, dass er redete, hörte aber nichts mehr. Ich checkte mein Konto (nichts) sowie die App, auf der die Aktivitäten ohne mich weiterliefen. Ein feministischer Enthüllungsaccount hatte meinen Post repostet und ein Foto von mir und Baby bei einer Kinopremiere in die Slides gestellt. Babys Gesicht war verpixelt. Ich ging wieder auf FaceTime.

Mickeys Stimme kehrte zurück, und ich fragte, was jetzt der nächste Schritt wäre. Das Bild verzögerte sich erneut, er begann auf und ab zu gehen.

»Der nächste Schritt? Wohin denn? Das ist jetzt sozusagen Teil deines Erfahrungsschatzes, oder was denkst du?«

Auf der Leinwand saß der Junge jetzt so, dass sein Schwanz aus der Unterhose guckte, und er schien mit jemandem hinter der Kamera zu reden.

Marite hatte gesagt, ihre Arbeit sei ganz einfach, denn jeder Mensch verfüge über einen natürlichen Kontakt zur anderen Seite und könne, wenn er wolle, lernen, mit den Verstorbenen zu kommunizieren. Ausdauer sei das Einzige, was man benötige. Habe man den Zugang zum Mystischen erst gefunden, brauche man nicht einmal mehr hellseherische Fähigkeiten, denn die Toten wüssten mehr über die Zukunft als die Lebenden und erzählten gern.

»Aber was du machst, kann nicht jeder, Bibbs«, sagte Marite dann, »dazu braucht man eine andere besondere Gabe. Du bist eine Meisterin darin, dich nicht darum zu scheren, was andere Leute von dir denken.« Marites Lob tat gut, auch jetzt noch. Ich würde mich nicht um Babys Meinung zu alldem kümmern. Mickeys Stimme klang abgehackt und ich sagte: »Ich höre dich ein bisschen schlecht.«

Die Stiefmutter trat ins Bild, sie schien ungefähr in meinem Alter zu sein.

Seit gestern hatte ich siebentausend neue Follower, aber ich wollte sie nicht. An die bisherigen Follower hatte ich mich inzwischen gewöhnt und mochte sie, weil sie mir halfen, mich über Wasser zu halten. Bevor ich in die Slipgatan gezogen war, war ein Großteil meiner Denk-Zeit dafür draufgegangen zu überlegen, wie ich sie halten konnte. Mickey hatte von YouTube erfahren und schlug vor, ich solle vloggen, aber ich hatte keine Lust, was Neues zu lernen. Was ich zuvor meinen Followern vorgespielt hatte, spielte ich jetzt Baby vor, was bis vor ein paar Tagen mindestens genauso lukrativ gewesen war. Mickey sah auf dem Bildschirm aus wie Gesichtssuppe. Wir waren anscheinend beide nicht für bewegte Bilder geschaffen. Ich drückte das Gespräch mit ihm weg und stellte den Film lauter. Das Haus gegenüber war so weit weg, dass die Nachbarn nicht erkennen konnten, was ich mir anschaute, und ich sehnte mich nach der Slipgatan, wo ich immer Filme von inszenierten Vergewaltigungen geguckt und gehofft hatte, dass die Nachbarn es sehen würden. In der Slipgatan hockte man so dicht aufeinander, dass es bestimmt ein paarmal vorgekommen war, und das war ein harmloser Kick, den Baby mir noch gönnte, nachdem ich mit vielen anderen Dingen aufgehört hatte.

Während ich mit Mickey telefonierte, hatte Elahe geschrieben. Sie sei nicht sauer, dass ich es ihr nicht erzählt habe. Sie sei auch nicht überrascht, es tue ihr nur leid, dass ich Baby so lange ausgeliefert gewesen sei. Aber eigentlich sei das ja auch nicht schlimmer als andere Dinge, die er sich geleistet habe. Ich fand Elahe Baby gegenüber zu kritisch und wollte ihr schreiben, dass sie sich beruhigen solle, legte das Handy aber wieder beiseite. Elahe und ihr Mann redeten im Urlaub anscheinend schlecht über uns, wahrscheinlich weil Baby und ich uns über alles Mögliche in die Wolle kriegten. Aber wir stritten uns, weil wir jeden Scheiß für wertebesetzt hielten und dachten, es ginge immer gleich um »wer, verdammt, bist du eigentlich im tiefsten Innern« oder »wer, verdammt, bin ich eigentlich im tiefsten Innern« und ob diese beiden auf irgendeine unvorstellbare Weise zusammenfinden könnten. Pornos, hatte ich Baby mal erklärt, seien wie essen, wenn man satt war, oder Sachen kaufen, die man nicht brauchte. Es war einfach die Lust auf etwas, und wenn ich Lust auf was hatte, dann verbarg ich das vor niemandem, es lag völlig offen für alle da. Auch für die Nachbarn. Ohne sie fühlte es sich einsam an, den Jungen onanieren und die Rosette der Mutter zu sehen. Mickeys Ideenlosigkeit, wie wir jetzt mit der Lüge weitermachen sollten, hatte mich aufgerüttelt. Ich hatte kein schlechtes Gewissen, aber etwas war zerbrochen.

Ich schmierte mir noch ein Brot und öffnete die App erneut. Jemand hatte Babys geschlossenen Account, der nur etwas mehr als hundert Follower hatte, in den Kommentaren zu meinem Post getaggt. Ich löschte den Kommentar und schaltete das Display aus. Als ich ins Brot biss, vereinte sich eine große Flocke des groben Salzes in meinem Mund mit der Süße der Tomate, was dieser einen noch runderen Geschmack verlieh, und neben diesem ausgesprochen luxuriösen Frühstück hatte ich mir auch noch Schnittblumen gekauft, Pfingstrosen. Bis zur nächsten Tulpensaison war es noch fast ein Jahr hin, erst dann würde man wieder das Aneinanderreiben der langen Blätter zu hören bekommen. Babys Version der Geschichte, wie wir uns kennengelernt hatten, war total peinlich, trotzdem tat ich immer so, als fände ich sie voll schön, denn wenn Baby etwas hasste, dann Kritik. Eines Abends, als ich im tiefsten Östermalm aufgelegt hatte, kam er extra hin, um mich anzubaggern. Wenn er das so vor meinen Freunden erzählte, lächelte ich zwar, schämte mich aber für ihn. Es klang nicht besonders. Er klang wie bei jedem anderen auch. Manchmal sagte ich dann zu ihm: »Darauf hatte ich Jahre gewartet«, damit es nach was Besonderem klang, und in gewisser Weise stimmte das. Baby war ein Gewicht an meinen Füßen, das mich erdete. Dieser Herpes zum Beispiel. Vor Baby hatte ich nie irgendwelche Geschlechtskrankheiten gehabt, und Baby brachte mir den Herpes. Er gab nie zu, dass er mich angesteckt hatte, tröstete mich aber immer, es sei ganz normal, er hätte das auch. Okay, dann hatten das eben alle, aber ich hatte vorher keinen gehabt. Ich bin mir sicher, dass du das Virus schon vor mir hattest, sagte er, als ich den ersten Ausschlag bekam und das so heftig, dass ich beim Pinkeln jedes Mal wimmerte. Die kleinen Wunden verteilten sich wie ein Sternbild auf den Nervenbahnen meines Unterleibs, von der Haut oberhalb meiner Klitoris bis zum Anus. Zu Beginn kam mir seine Erklärung unwahrscheinlich vor, aber nachdem wir eine Weile in der Slipgatan gewohnt hatten, begann ich ihm zu glauben. In der Slipgatan stand die Wahrheit immer zur Debatte. Trinkst du wieder?, fragte ich etwa, wenn er während einer seiner trockenen Episoden plötzlich mit einem Bier in der Hand dastand, und er sagte: »Nein«, und begegnete meinem flackernden Blick mit seinem flackernden. Einmal, als wir Elahe und ihren Mann zum Essen eingeladen hatten, bekam Elahe unseren Wortwechsel mit, und als wir auf die Straße runtergingen, um zu rauchen, sagte sie mir, ich solle aufhören, Fragen zu stellen, auf die ich die Antwort schon kannte. »Du siehst doch, dass er trinkt«, meinte sie, »sag ihm lieber, er soll damit aufhören.« Ich konnte es ihm nicht sagen. Denn in der Slipgatan war die Wirklichkeit verzerrt, oder bestenfalls eine doppelte. Wenn er wieder mal eine nüchterne Periode beendete, ohne mit mir darüber gesprochen zu haben, oder wenn ich an der Rückseite der Oberschenkel spürte, wie der Ausschlag zurückkehrte. Du machst da eine viel zu große Sache draus, sagte Baby zu allem, was mir wichtig war. Aber die Wunden waren ein weiterer Beweis für meine Untauglichkeit. Meine Pussy, die das letzte Schöne an meinem nur noch so wenig jugendlichen Körper war, war nun ebenfalls hässlich geworden und konnte andere hässlich machen. Manchmal dachte ich, dass es romantisch von Baby gewesen war, mich anzustecken, und wenn er mich auch nicht liebte, so tat ich ihm doch leid. Weil es mir schwerfiel, zwischen diesen beiden Gefühlen zu unterscheiden, dachte ich, für ihn wäre es genauso.

Eine Nachricht blinkte auf meinem Handy auf, von Milli, die mir seit Jahren nicht geschrieben hatte.

»Wie geht's dir, Bibbs? Ich hatte wirklich keine Ahnung.«

»Wir alle haben keine Ahnung von Dingen, die wir nicht wissen«, antwortete ich. Milli war die Erste, der ich antwortete, und ich dachte an Mickey, der keinen Plan gehabt hatte. Am härtesten arbeitet man immer für sich selbst.

Milli war mit einer Medienfrau befreundet, die Bodil hieß, und Bodil wollte mich gern bei einem Podcast dabeihaben, schrieb Milli. Ich weiß nicht, schrieb ich. Ich weiß nicht, ob ich schon bereit bin, darüber zu reden. Es ist ein geschützter Raum, versicherte Milli, und die Leute würden ja doch über mich schreiben. Ich tat nur so zögerlich, denn eigentlich wartete ich schon ewig darauf, zu Bodils Podcast eingeladen zu werden. Tatsächlich waren alle Frauen Stockholms bereits bei ihr gewesen, und auch ein paar aus Göteborg, nur ich nicht. Bodil hatte früher immer bis spätnachts auf irgendwelchen Partys herumgesessen und schwule Männer Kokain von ihren Brüsten schnupfen lassen, damals war sie Herausgeberin eines Buchs über freiwillige Kinderlosigkeit. Dann wurde sie Mutter, und auf einer Party kurz nach der Geburt fragte einer der bekannteren Schwulen, ob er mal aus ihrer Brust trinken dürfe, und das durfte er. Milli machte an diesem Abend eins ihrer letzten Partyfotos, und das Bild bekam nie jemand zu sehen, aber wir waren zehn, zwölf Leute, die wussten, dass es dieses Bild gab. Das Ganze passierte am Ende einer Ära, in der man noch drinnen rauchen durfte, und ich saß am Kopfende des Küchentischs, den Kopf an die Wand gelehnt. Die Zigarettenasche fiel mir in den Schoß, und als ich meine Hose abklopfte, blieb ein grauer Fleck zurück. Ich redete nicht viel, wie so oft, wenn man mich mal live traf, und als Bodil ihre große Brust auspackte und alle schrien und lachten, dachte ich, von uns beiden wäre dann schon eher ich diejenige, die mal groß rauskommen würde. Dieser Gedanke war so überzeugend, dass ich ihn für die Wahrheit hielt. Der Mann, der sie geschwängert hatte, besaß mehrere Immobilien, und als ich Bodil ein paar Jahre später zufällig in Birkastan traf, hatte sie gerade eine eigene Produktionsfirma gestartet. Ich schrieb ein paar höhnische Worte dazu an Mickey, aber die Gewissheit, wer von uns jetzt die Gewinnerin war, kam ins Wanken. Als ich sie das nächste Mal traf, hatte sie sich einen Pagenkopf schneiden lassen. Alle Frauen über fünfunddreißig legten sich einen Pagenkopf zu und stemmten die Hände keck in die Seiten. Zu diesem Zeitpunkt war ihr Podcast bereits zu einem der führenden Stockholms geworden, und sie hatte Tausende Zuhörerinnen.

»Wenn du diesen Sommer auf Gotland bist, musst du mal vorbeikommen«, hatte sie damals zu mir gesagt.

Ich rauchte, und sie legte die Hand über ihre Nase.

»Entschuldigung«, sagte sie. »Aber ich kann den Geruch nicht ausstehen.«

Zu Bodils Podcast eingeladen zu werden, um von mir zu erzählen wie eine normale Frau mit normalen Erfahrungen, kam mir vor wie eine Chance: Zweihunderttausend Hörerinnen würden mir vielleicht eine Antwort auf die Frage geben, ob meine Enthüllung etwas wert gewesen war.

»Bitte, denk drüber nach«, schrieb Milli, als ich dennoch vorgab zu zögern. »Es wäre eine gute Tat für alle Frauen.«

Ich werde mich für immer an diesen Mittwoch erinnern. Nachdem ich die Stiele sorgfältig gekürzt hatte, stellte ich die Pfingstrosen auf den Esstisch. Der Junge auf der Leinwand war kurz vorm Orgasmus, aber ich war immer noch nicht feucht. »Weißt du, was an Mickey sympathisch ist?«, hatte Baby zu mir gesagt, als wir nach einem Essen mit Mickey und Texas nach Hause gegangen waren. »Er nimmt ständig ab und wieder zu«, und ich fühlte mich in meiner Eigenschaft, ständig ab- und wieder zuzunehmen, so geliebt, dass ich seine Hand fest drückte, bis er anfing zu lachen.

»Lass das, das tut weh.« Baby würde schon erfahren, dass es stärker wehtat, wenn ich losließ, als wenn ich ihn festhielt. Ein furchteinflößender Gedanke, der mir manchmal nicht aus dem Kopf wollte, war: »Stell dir vor, alle, die du kennst, sind tot«, und dann dachte ich: »Das wird einem von uns passieren«, und dann kam Baby mir unendlich weit weg vor, obwohl er nur arbeiten war. Mickey würde nicht anrufen, das wurde mir langsam klar. Ohne besonderes Engagement begann ich zu onanieren, fand aber keinen Rhythmus. Selbst wenn die Nachbarn näher wären, könnten sie bei Tageslicht das Bild auf der Leinwand kaum erkennen, und ich stand auf, um die Wohnungstür anzulehnen, als wäre sie von selbst aufgesprungen. Dann stellte ich den Film lauter und begann auf dem Rücken auf dem Sofa liegend wieder zu onanieren. Ich versuchte mir vorzustellen, jemand würde zuhören, aber immer noch keine Vibes. Ich wölbte die Hand über meinem Venushügel. Stell dir vor, alle, die du kennst, sind tot. Das wird einem von uns passieren. Dann wird das hier keine Rolle mehr spielen.

DIE LEUTE haben blödsinnige Vorstellungen davon, wie man eine Lüge am besten aufrechterhält. Es gibt dabei nur eine Möglichkeit, und die heißt, dass einem die Lüge in Fleisch und Blut übergehen muss. Man muss sie sich mit dem Speichel vermischen, aus den Wunden eitern und zum eigenen Atem werden lassen, sodass die Lüge, wenn sie einem über die Lippen kommt, wahr klingt. Auch für den Körper, aus dem sie stammt. Am Mittag dieses Mittwochs fuhr ich zu Bodil, nachdem ich mir die Haare geföhnt und Milli mir versprochen hatte, ebenfalls dabei zu sein. Ich trug einen BH, und ich weiß nicht, was ich mir erhoffte, aber da war Hoffnung. Bodil hatte Essen bestellt und entschuldigte sich, dass sie nicht selbst gekocht hatte. Aber es sei ja eine sehr spontane Idee gewesen, meinte sie und nahm das Essen aus den Boxen. »Not kennt kein Gebot.« Im Falle von Bodil stellte sich die Not als Dorschrücken mit geschmolzener Butter, Kartoffelpüree, frischen Krabben und süßen grünen Erbsen heraus. Die ganze Wohnung war in Pastelltönen gestrichen, jeder Raum in einer anderen Farbe. Der Flur war hellrosa, das Wohnzimmer hellgrün und das Esszimmer hellgelb. »Wahrscheinlich spinne ich da ein bisschen«, sagte sie in Bezug auf die Farben. Milli betrat das Esszimmer. Hast du ein Dessert besorgt?, fragte sie, ohne zu grüßen.

Na klar!, sagte Bodil und klatschte in die Hände, sodass ihre Ringe klackten. »Desperate times call for desperate measures!«

Bodil hatte alle Schwangerschaftskilos abgespeckt und war schlanker, als sie es als junge Frau gewesen war. Sie legte ihre kühle Hand auf meine Schulter, und ihr knöchellanges Kleid aus fliederfarbener Seide ließ ihren blonden Pagenkopf silbrig schimmern.

»Ist das echt«, fragte ich vor einem Kunstwerk von Jenny Holzer stehend.

Bodil lächelte.

»Ich habe es von Sten zum fünften Firmenjubiläum bekommen.«

Milli, sagte Bodil, hol mal den Wein. Milli kehrte mit der Flasche zurück, entfernte die Folie und zog den Korken heraus. Sie goss den Weißwein in die dünnen Gläser, die Kohlensäure blubberte und das Glas beschlug von der Kälte.

Ich hatte mir die Sandalen ausgezogen und war jetzt als Einzige barfuß.

»Prost«, sagte Milli, und wir erhoben die Gläser, dann zogen wir die Stühle heraus und setzten uns. Der Wein war trocken und frisch, ohne jede Schärfe. Die Säure blieb auf der Zunge liegen.

»Dann kommen wir doch mal direkt zum Punkt, dahin, wo's wehtut«, sagte Bodil.

Ich erklärte, ich wüsste nicht, wo ich anfangen sollte.

»Klar, nur keinen Stress. Du brauchst natürlich keine Details zu nennen.«

Milli schüttelte den Kopf. »Also, ich habe ihn ja noch nie gemocht.«

»Nee, ganz ehrlich«, ergänzte Bodil, »irgendetwas war schon immer ein bisschen weird an dem.«

»Aber ich wusste nicht, dass es so weird war«, sagte Milli.

»Nein, natürlich nicht, nicht so weird.«

Ich hatte meinen Wein bereits ausgetrunken, und Bodil griff nach der Flasche und schenkte mir nach.

»Sorry, wenn ich das so sage, aber als er noch bei Acne Studios gearbeitet hat, da dachte man ja vielleicht, es wird mal was aus ihm. Wie man das von jedem süßen Verkäufer denkt. Aber das ist ja jetzt schon einige Jahre her.« Milli deutete auf ihr Glas, und Bodil schenkte auch ihr nach. »Sten und ich haben heute früh darüber gesprochen, und Sten war echt fertig. Sten ist schließlich Feminist.« Milli murmelte zustimmend. »Und er kennt den Personalchef von H&M. Also den vom ganzen Konzern.« Milli schnappte nach Luft. »Wir könnten dafür sorgen, dass er heute noch fliegt, Bibbs. Wenn es das ist, was du möchtest.«

Was wollte ich. Was steckte eigentlich in der Hoffnung. Eine Erwartung, als Versprechen getarnt.

Der Fisch war zart und zerschmolz wie Butter auf der Zunge, und die echte Butter darauf schmeckte knusprig. Das Kartoffelpüree war mit Sahne gemacht.

Mein Fisch ist nicht richtig heiß, sagte ich.

Bodil tastete nach ihrem schweren Ohrring aus Gold. Soll ich ihn dir aufwärmen?

Nein, er ist trotzdem sehr lecker, danke.

Die Wohnungstür schlug zu.

Da kommt Sten, sagte Bodil.

Hallo, Bibbs, sagte Sten, nachdem er Bodil geküsst hatte.

Hallo, Sten, sagte ich.

Ich erinnerte mich, wie Sten sich nackt vorgebeugt hatte, um seine Jeans aufzuheben. Seine Pobacken hatten sich geteilt, und ich blickte in den Schlund seines Arschs. Dieser Schlund ähnelte Stens ganzer Art, er war vollkommen nichtssagend.

Lange nicht gesehen, sagte er.

Ja, alles gut?, fragte ich. Sten war von den vielen Tennismatches an der frischen Luft sonnengebräunt und hatte sehnige Arme, aber die Haut unter dem Bizeps wirkte schlaff, genau wie bei Kenneth. Dennoch wagte er, T-Shirts zu tragen. Am rechten Handgelenk trug er eine dicke Uhr, die sein stilvolles Outfit mit einem Zwinkern zum Protzigen hin komplettierte. Diese Uhr hatte oft auf meinem Nachttisch gelegen, und er hatte erzählt, wie er sie gekauft hatte, aber das war eine langweilige Geschichte. Wenn wir Sex hatten, kniete sich Sten immer vor mich hin und saugte an meinen Brüsten. Eines Abends, nachdem er ordentlich gekokst hatte, blickte er dabei plötzlich wie ein Baby zu mir auf. »Mama«, sagte er, allerdings auf Französisch. »Maman.« Ich sprang auf, Scheiße, was soll das.

Es war ein unwillkürlicher Impuls, eine chemische Reaktion, wie wenn ein Element auf ein anderes trifft und einfach überläuft. Als ich merkte, was ich angerichtet hatte, versuchte ich das Ganze zu überspielen und wollte, dass er weitermachte. Männer dürfen sich unter keinen Umständen kritisiert fühlen, wenn man will, dass sie es mit einem aushalten. »Komm her, mein Süßer«, lockte ich ihn, aber es war zu spät. Das war unser letzter gemeinsamer Abend, und ein Jahr später hielt er mit einem Armreif aus Weißgold, besetzt mit fair gehandelten Diamanten, um Bodils Hand an.

Vielleicht musste er ebenfalls daran denken, wenn er mich jetzt sah, aber nichts in seinem Gesicht deutete darauf hin. Eher sah er mich an, als wären wir uns nie zuvor begegnet. Niemand sagte etwas, und das Schweigen breitete sich im Raum aus, der eben noch voller Hektik gewesen war. Alles in mir öffnete sich, aber statt dass es aus mir herausschoss wie sonst, schwebte es. Ich dachte an einen Traum, der mich lange begleitet hatte, von einem anderen Leben, und zum ersten Mal seit ewigen Zeiten wurde ich nicht von den Möglichkeiten überwältigt, die ich verpasst hatte, sondern ich sah auch all diejenigen, die mir noch offenstanden. Sten hätte mein Mann werden können, und diese Wohnung hier wäre meine geworden, und die kühle Hand auf meiner Schulter hätte meine eigene Hand auf der Schulter einer anderen sein können. Das alles war nur eine Winzigkeit von mir entfernt, ebenso wie Jenny Holzer, schlank zu sein oder der

Kauf von Sandstein für das Anwesen auf Gotland und das Abendessen mit dem Dramatiker nebenan. Marite sagte immer ... Was sagte sie noch mal? Wenn sich was ändern soll, kostet das, ja, aber hatte ich nicht bezahlt? Hatte ich nicht für eine weitere Möglichkeit bezahlt, indem ich Baby von der Väster-Brücke ins kalte Wasser geworfen hatte? Dass Bodil mich eingeladen hatte, bedeutete, dass sie eine Gemeinsamkeit zwischen uns erkannte. Sie erkannte an, dass das Gebrochene in mir auch das Gebrochene in ihr war. Die Gemeinsamkeit baut niemals auf Kraft oder Willen auf, wie hatte ich das nur glauben können. Gemeinsamkeit baut darauf auf, eine Niederlage einzugestehen, und *wie* ich sie eingestand. Kostete es die Beichte, würde ich beichten. Sagt ihr, mein Leben sei ein Verbrechen, bin ich bereit zu sühnen.

»Wir sprechen gerade darüber, wie sehr wir Männer hassen«, sagte Bodil, und Sten küsste sie erneut.

»Okay, Mädels, dann lass ich euch mal in Ruhe.«

Bodil küsste seine Hand. Ich entschuldigte mich und nahm mein Handy mit auf die Toilette.

Kenneth nahm sofort ab. Die Kacheln verliehen meiner Stimme etwas Gellendes.

Wo bist du?, fragte Kenneth.

Bei Bodil, zum Mittagessen.

Welche Bodil?

Du weißt, welche.

Er wusste es tatsächlich, und wäre gestorben für

eine Einladung nach Gotland, und wäre sie auch genauso unehrlich gemeint gewesen wie die, die ich in Bodils Stadtwohnung erhalten hatte. Sie waren alle gute Freunde gewesen, bis Kenneth seinen Job verloren hatte und sein Ansehen gleich dazu. Hätte Kenneth eine Fake-Einladung bekommen, hätte er so getan, als wüsste er nicht, dass sie fake war. Er wäre über Ostern nach Gotland gefahren und hätte im Hotel eingecheckt, nur um sich bei Bodil oder Sten zu melden und zu fragen, ob er nicht vorbeikommen könne. Sie wären gezwungen gewesen, ja zu sagen, auch wenn sie sich beim Warten darauf, dass er auf ihrer gekiesten Einfahrt vorfuhr, fragten, wie das nur wieder hatte passieren können.

Ich werde Gast in ihrem Podcast sein, sagte ich.

Ich überweise dir das Geld sofort, sagte Kenneth.

Ich setzte mich aufs Klo. Jedes Kilo meines Körpers wog zwei. Jeder Knochen und jeder Knorpel zwischen den Knochen war aus schwerem Metall.

Danke, Kenneth, sagte ich und meinte es ernst.

Grüß Bodil, sagte Kenneth.

Okay, sagte ich. Versprochen.

Im Esszimmer unterhielten sie sich leise, und ich ging wieder hinein.

»Da ist sie«, sagte Bodil. »Wir haben gedacht, wir machen ein Interview.

Wo warst du denn,

lautet die einleitende Frage. Also, nach dem Motto, wie ist es dir ergangen, und dann kannst du erst mal erzählen, was du die letzten Jahre beruflich gemacht hast und ja. Du hast doch dieses Dings für

Maria Bingo gemacht,

davon kannst du erzählen. Dann kannst du von dem Prozess erzählen, den du durchlaufen hast, bis du

deinen Körper akzeptieren konntest.

Der war ja ein wichtiger Teil deiner

Präsenz. Mutig.

Wir müssen natürlich auch über deine ›Verurteilung wegen Drogen‹ reden,

aber nur kurz, ich glaube nur, es wäre gut, was dazu zu sagen, damit es nicht aussieht, als wollten wir was *unterschlagen.*

Das alles soll natürlich so als

Frauengespräch rüberkommen. Wie jetzt dieses Essen. Das ist unsere Atmosphäre. Wenn man sich eine Stunde Zeit abknapst, von seinen Kindern, und einfach nur,

du weißt schon,

seine Freundinnen trifft und zwei Gläser Wein trinkt, mitten am Tag.«

Ich schenkte mir selbst nach, und sagte, ich weiß schon, aber ich hatte keine Ahnung und hatte mich auch nie danach gefragt.

»Anschließend reden wir über Baby und deine

ja, deine

deine

und welche Kraft darin liegt, es zuzugeben: Ja, ich bin tatsächlich ein Opfer.

Das bin ich.

Wieso durfte er so was tun, und der Trost, der darin liegt, eine von so vielen, so unglaublich vielen Frauen zu sein, die …«

»Eine von vielen was? Eine von vielen, die mit Baby geschlafen haben? Wer denn noch?«

»Äh, nein, eine von vielen Frauen, die auch eine, eine …« Bodil versuchte ein anderes Wort als Vergewaltigung zu finden, das aber ebenso schwerwiegend klang.

»Die Opfer geworden sind«, sprang Milli ihr bei.

Die Reihe der Frauen, in die ich mich nach Bodils Vorstellung einreihen sollte, war länger als die Geschichte. Es widerstrebte mir, mich als Letzte ins Glied zu stellen, denn es sah mehr wie eine Schlange aus als wie eine Garde. Ich hatte nicht an die Konsequenzen gedacht, hinter Tausenden anzustehen, die alle riefen »Nimm mich, nimm mich«, während sie weinten und bluteten mit verkrampften Muskeln, und die liebten, weil einem nichts anderes übrig blieb. Mir drehte sich der Magen um.

»Nein, das ist nicht so mein Ding. Ich bin nicht. Ich habe nicht.«

Bodil legte die Hände in den Schoß.

Wie meinst du das, Bibbs?

»Ich möchte nicht sagen, ich bin eine von ihnen, oder von euch? Oder …«

Eine große Lüge zurückzunehmen ist einfacher, als eine kleine zurückzunehmen.

»Was meinst du?«

Ich hatte eine ganze Brioche gegessen, ohne es zu merken, und jetzt waren die Kohlenhydrate bereits im Körper, schnurstracks dahin unterwegs, wo sie sich festsetzen wollten. Ich nahm mir ein weiteres Brötchen. Es war alles zu spät.

»Ich möchte es nicht Vergewaltigung nennen«, sagte ich, konnte aber nicht weitersprechen. Das Brötchen war so weich im Mund, und die Butter auf dem Fisch war salzig und süß.

Bodil legte den Kopf schief.

»Wir brauchen es natürlich nicht Vergewaltigung zu nennen.«

Und Milli sagte: »Du bist bestimmt nicht die Einzige, die diese Erfahrung mit Baby gemacht hat«, und der Gedanke an Babys Leben vor Bibbs versetzte mir einen Stich. Ich wollte das Thema wechseln, hing aber wie festgefroren an Millis Lippen, die sich bewegten, und heraus kamen die Beweise, dass Baby nicht aus meiner Liebe zu ihm auferstanden war.

»Ich hoffe, du nimmst mir das nicht übel, aber«, in der Ferne begann es zu brausen, »als wir miteinander geschlafen haben.«

»Und das ist ja hundert Jahre her«, versicherte Bodil.

»Ja, Gott, es war eine andere Zeit, lange bevor ihr euch kennengelernt habt«, Sten kam herein, kehrte zurück, »es war nur ein Mal, aber ich spürte, dass irgendwas *weird* war.«

Ich sah vor mir, wie Baby in Milli eindrang, ihre Augäpfel leuchteten. In einem der Pornos, die ich mir häufiger ansah, kam ein Mann in einer Frau, und ein anderer hob mit den Fingern ihre Lider an, sodass sie aussah, wie ein aufgeschrecktes Tier.

Oh, Baby, sagte sie in meiner Fantasie. Milli, sagte daraufhin er, Milli, ich liebe dich mehr als Bibbs.

»Wie denn, *weird*?«

»Na, eben *weird*. Er war wirklich nichts für mich. Diese Welt ist nichts für mich.«

Ich leerte mein Glas, aber es war bereits leer, und ich suchte nach den richtigen Worten, sagte aber stattdessen: »Was für eine Welt?«

Milli war eine unsichere Frau und zupfte oft an ihren Fingern herum, das war der Grund, weshalb ich nie mit ihr über Dinge sprechen wollte, die über freundlichen Smalltalk hinausgingen, und wenn sie zufällig etwas sagte, auf das man näher eingehen wollte, hätte sie es jedes Mal am liebsten wieder zurückgenommen. Sie wiederholte:

»Welt, ach nein, gar keine bestimmte«, und zog an den Fingern, bis die Gelenke knackten.

Bodil unterbrach sie: »Das war eine ganz andere Zeit, Bibbs. Vielleicht könnt ihr einander stützen.«

Ich nahm eine Handvoll Kartoffelpüree und stopfte es Milli in den geschlossenen Mund. Den Mund, der an Babys Mund gelegen hatte. Mit der sinnlichen und natürlichen Wölbung der Oberlippe. Nein, das Püree war alle. Ich sagte nichts. Bodil schenkte mir Wein nach. Milli lächelte, und Bodil, und am Ende auch ich.

Entschuldigt mich, sagte Milli und ging raus und kam mit Crème brûlée im Glas zurück.

Ist es okay, wenn wir das Karamellisieren weglassen, fragte Milli.

STEN, schrie Bodil, STEEEN, und Sten kam ins Esszimmer und nahm die Gläser mit in die Küche. Ich erinnere mich ganz genau an seine Pobacken, denn er war so dünn, dass es aussah, als säße das Arschloch auf seinem Rücken. Wir suchten alle verzweifelt nach einem neuen Thema.

»Milli und ich kochen ja beide nicht – wie ist das bei dir?«, fragte Bodil.

»Nein«, sagte ich und schenkte mir nach, »ich esse lieber.«

Bodil lachte, ein Lachen, dessen Absicht es war, das Zimmer zu sprengen.

»Das sehe ich.« Sie sagte es noch einmal: »Das sehe ich.« Und dann sagte sie: »Ich habe dasselbe Problem.«

Das Brausen, das zuvor weit weg im Kopf gewesen war, war jetzt so überwältigend, dass ich kaum antworten konnte. Was sah sie? Milli sagte: Oh Gott, ja, ich auch. In meinem Schädel begann es zu fiepen. Sah Milli das auch? Milli sagte: Wir stopfen uns ja immer mit Krabben voll, Bodil.

Mmh, sagte Bodil. Und Austern. Ich entschuldigte mich, ging wieder ins Bad und wusch mir das Gesicht mit so kaltem Wasser, dass es gefror. Das Eis breitete sich bis in die Zähne aus, in den Kiefer hinein.

Jetzt gehst du wieder raus und isst nichts mehr vor diesen Menschen, sagte ich zu mir selbst.

Ich rief Kenneth an. Wieso rufst du schon wieder an. Ich habe dir das Geld überwiesen. Bist du betrunken. Du klingst betrunken.

Ich ging zurück zu den anderen. Sie unterhielten sich nun lauter. Es klang, als wüssten sie, dass ich da war. Sten hatte den Nachtisch auf den Tisch gestellt, die weiche Oberfläche des Puddings hatte eine Kruste bekommen.

»Möchtest du Dessertwein dazu?«, fragte Bodil.

Bibbs, sag nein!

»Ja, gerne.«

STEEEN, den Dessertwein. Na dann, hau rein!

Ich rührte den Teelöffel nicht an, und Milli und Bodil ihre auch nicht. Sie sahen mich an, und ihre Augen waren leere Töpfe. Hau rein, wiederholte Bodil. Ich lehnte mich auf dem Stuhl zurück und bemerkte, dass sie die Blumen auf dem Fensterbrett wild angeordnet hatte. Dieses Wilde war fake. Spielt ihr, fragte ich, im Casino? Jetzt musst du aber wirklich deinen Nachtisch essen, Bibbs. Schaffst du es, Sten glücklich zu machen, fragte ich. Bodils Töpfe schepperten. Sten kam mit dem Dessertwein herein und schenkte ein.

Na dann, ich bin euer Butler.

Milli lächelte, als wäre sie es, die alles bekam, was Bodil bekam. Ein Mann kann sich einer Frau nur unterwerfen, wenn er es selbst will. Eine Frau dagegen tut es gegen ihren Willen.

Prost!, wir erhoben die Gläser, und ihre Gesichter

sagten mir nichts. Außer, dass ich diejenige war, die als Gewinnerin aus diesem Leben hätte gehen müssen. In den ersten Jahren als Promi hatte ich mich bewusst bemüht, die Angestellten im Laden zu grüßen und auf dem Kassenband den Strichcode nach oben zu drehen. Alle waren Spione und darauf aus, mich zu ertappen. Alle waren Spione, die Informationen darüber sammelten, wie unfreundlich ich war und wie ich eigentlich aussah, ich, die von MTV. Und jetzt, hundert Jahre später, sah Bodil, dass ich aß. Vor zehn Jahren war ich so nett zum Inhaber des Diesel Stores gewesen, dass ich zum Geburtstag seiner Kinder eingeladen wurde, und ich ging hin. Stand wie ein Trottel im Garten rum und wurde von allen angestarrt. Viele Aufgaben, die die Slipgatan mit sich brachte, erledigte Baby, aber um die Schnittblumen kümmerte ich mich immer selbst, und es gelang mir, es so erscheinen zu lassen, als wüchsen sie aus der Wohnung, in sie hinein. Nicht wie Bodils Blumen, arrangiert wie an einer Gedenkstätte. Ich müsste hier die Gewinnerin sein, denn ich stand vor der Kamera. Ich schrieb den Blog. Ich redete über meine Pussy. Ich schrieb, dass ein Programmleiter beim Vierten in meine Unterhose gewichst hatte. Ich sagte im Frühstücksfernsehen, dass ein Produzent beim Fünften ein Arschloch war, und berichtete, wie wenig ich verdiente. Ich machte mich nackig. Während Bodil hinter der Kamera blieb und sich alles genau anhörte. Der Unterschied zwischen ihr und mir war lediglich, dass mir ein »Was soll das?«, herausgerutscht war, als Sten mich Mama genannt hatte, während Bodil so schlau gewesen war die Klappe zu halten. Sten, ich habe mich versprochen. Ich war die rechtmäßige Gewinnerin. Mein Einsatz war viel höher gewesen.

»Schmeckt dir der Dessertwein? – Oh, scheint so«, sagte Bodil.

Gelächter.

Mein Glas war schon wieder leer. Bodil erhob den Löffel über den Nachtisch, und ich tat es ihr nach, unter dem Einfluss des starken, süßen Weins, und als sie mit dem Löffel die Kruste antippte, stürzte ich mich in meinen Nachtisch hinein und tauchte erst wieder auf, als er weg war. Bodil dagegen hatte den Löffel wieder neben ihr Glas gelegt, die Kruste war unversehrt.

»Willst du nicht probieren?« Ich wischte mir den Mund an der Stoffserviette ab.

»Nein«, sagte sie und legte sich die schlanke Hand auf den flachen Bauch, »ich bin satt. Furchtbar satt.«

ALLES HAT SEINEN PREIS

DAS SCHLANKSEIN kostet Hunger. Der Lebensstil kostet Loyalität. Der Erfolg kostet Intimität, die Arbeit kostet Integrität, und Baby kostet Bibbs. Marite hatte damals, nachdem ich mit der Faust gegen die Tür geschlagen hatte, meine Hand mit den aufgeschürften Knöcheln in ihre genommen und mich gezwungen, sitzen zu bleiben, obwohl ich aufstehen wollte. Sieh mich an, sagte sie. Hör zu. Du musst nicht immer wieder auf die Knie gehen. Du musst kein Hund sein.

Ich verstand die Wörter, jedes für sich, konnte sie aber in ihrer Gesamtheit nicht begreifen. Klar, manchmal hatte ich zaghafte Versuche unternommen, meine Hundehaftigkeit in den Griff zu bekommen. Mit dem Gedanken gespielt, eine Grenze zu setzen, aber jedes Mal, wenn sie überschritten wurde, kam ich doch wieder zu dem Schluss, dass es besser war ein Hund zu sein als niemand. Hätte Baby mich nicht auf alle viere gezwungen, hätte das eben der hässliche Teil der Hornsgatan getan oder mein Name, von dem ich fand, dass er nicht zu mir passte. Diese dürren, reichen Frauen waren ebenfalls Hunde. Wie goldig, sie hatten gelernt, auf zwei Beinen zu stehen! Das machte sie aber nicht weniger hündisch. Es machte sie zu Zirkushunden. Alles hat seinen Preis. Auch die flimmernde Sonne in den Bäumen und im Wald dahinter, falls man die Schönheit sucht. Ich bin jedoch nie eine von jenen ohne Herz und mit Blut an den Händen gewesen. Ich war zu empfindlich. Zu gewöhnt an den Schmerz. Deshalb verlangte ich auch nicht nach Schönheit. Nur nach ein bisschen Gesellschaft, mein Schatz. Deshalb sagte ich: »Du liebst mich nicht«, wenn ich meinte: »Ich liebe dich nicht.« Deshalb ertrug ich die Angst, wenn ich Baby wütend zur Tür hereinkommen hörte, denn ich gab der Angst einen anderen Namen.

Wenn ich nur irgendwo jenseits der Slipgatan etwas hätte sehen können, eine verdammte Wohnung in der Nähe einer Brücke, die übers Wasser zu einem Lottogewinn führte, so unwahrscheinlich, dass er nichts taugte. Doch ich sah nichts. Es gab nichts als die Scheiße, oder ein Leben als Bibbs, wieder ganz allein. Ich wusste sehr wohl, dass meine Liebe krankhaft war. Also wer, wenn nicht er? Der ebenfalls alles über das Zerstören wusste? Ich hatte meine Hand aus Marites Griff gerissen und die Teetasse umgestoßen, sodass das braune Wasser über die Karten auf dem Tisch rann. Sie verzog keine Miene. Im Küchenfenster hing ein Traumfänger, und jetzt wirkte die ganze Szene einfach nur kindisch. Als hätte Marite gar keinen Kontakt zur anderen Seite. Sie wusste nichts über mich. Keine einzige der hundert Karten, die sie gelegt hatte, hatte recht gehabt.

ICH KLINGELTE an der Tür, und Kenneth öffnete. Er trug dieses weiße Hemd und diese Jeans.

»Bibbs? Was machst du denn hier?« Ich wollte, dass er sich in Acht nahm, aber er nahm sich nicht in Acht. Mann, hab dich nicht so!, dachte ich, aber er blieb einfach seelenruhig stehen. Lass mich doch einfach nur rein!, dachte ich. Mir war schlecht von der Taxifahrt. Es war fast neun.

»Warst du bis jetzt bei Bodil und Sten?«

Willst du mich nicht reinbitten?, fragte ich, und Kenneth trat beiseite.

Seine Wohnung war riesig. Er wohnte schon länger in diesem Haus als Elahe, dennoch sah es immer noch so aus, als wäre er gerade erst eingezogen. Hier hatte ihn lange keine Frau mehr geliebt.

Keine Frau liebt dich, erklärte ich. Kenneth sagte: Danke dafür.

Er führte mich in sein Schlafzimmer, wo er immer auf dem Tagesbett lag und Serien guckte. Nachdem er den Laptop zugeknallt hatte, legte er sich hin, die Arme hinter dem Kopf verschränkt, als wäre er ein glücklicher Mann ohne Probleme. Ich setzte mich auf die Bettkante und legte meine Hand auf seinen Bauch. Das

Hemd war steif.

Bibbs, wieso bist du hierhergekommen?

Ich öffnete einen Knopf, um meine Hand auf seine Haut zu legen, aber er hatte ein Unterhemd drunter.

Er versuchte sich aufzurichten, aber seine Bauchmuskeln waren nicht stark genug, er musste die Arme zu Hilfe nehmen. »Wollen wir irgendwo was trinken gehen?«

Ich schüttelte den Kopf.

»Okay, dann mach ich dir einen Drink.«

Beim Aufstehen stöhnte er.

»Warte im Wohnzimmer auf mich.«

Kenneths Wohnung verfügte über zwei Wohnzimmer und drei Bäder. Ich setzte mich in das Wohnzimmer mit mehr Möbeln drin. Kenneth kam mit zwei Vodka Soda herein und setzte sich neben mich aufs Sofa.

»Es tut mir alles so leid, Bibbs.«

Ich nippte an meinem Drink und wollte sagen, dass es mir ebenfalls leidtat, wenn auch anders. Hätte ich zugelassen, dass Sten Mama zu mir sagte, oder wäre ich nicht in Babys Leere ertrunken … Als wäre seine Leere ein Ort, an dem ich mich hätte entfalten können. Wenn ich ihn Bruder hätte nennen dürfen und nicht Schatz. Denn man kann nicht aufhören, Bruder zu sein, auch wenn man will. Man kann sich nicht entbrüdern, so sehr man das auch möchte. Anders ist das mit Schatz. Flüchtig. Hätte ich Mickey nicht kennengelernt, und hätte Mickey nicht etwas in mir gesehen, dass ihn wahrscheinlich an sich selbst erinnerte … Ich stellte den Drink auf dem Fußboden ab, und Kenneth sprang auf. Pass mit dem Boden auf! Er stellte das Glas auf eine Zeitung. Ich rückte näher. Kenneth erwähnte das Geld, aber das brauchte er nicht. Ich kannte meine Schulden. Die Wände der Wohnung gähnten leer, und ich wusste, was dort hängen könnte und in welchen Farben. Kenneth verfügte über ein anderes Budget, als was ich Baby bieten konnte oder Baby mir. Kenneth plapperte sichtlich nervös drauflos. Ich nahm ihm den Drink aus der Hand und stellte ihn ebenfalls auf die Zeitung. Zeigte damit, dass wir einander verstanden. Dann setzte ich mich mit gespreizten Beinen auf seine schmalen Hüften und rieb mich an seinem Schritt, und obwohl mir immer noch schlecht war, warf ich mir das geföhnte Haar über die Schultern. Sein Schwanz war nicht zu spüren. Ich nahm Kenneths Hände und legte sie auf meine Brüste, zog mein T-Shirt herunter und auch den BH. Baby starb für diesen Augenblick.

»Bibbs.«

»Ja, Baby.«

»Bibbs, du hast da was missverstanden.«

Ich hörte auf mich zu bewegen, und er blickte zu mir hoch.

»Wir passen eher als Freunde zusammen, du und ich.«

»Wieso, du hast doch gesagt, wir beide könnten tolle Kinder zusammen haben?«

Kenneth wälzte mich von sich herunter. »Du willst gar keine Kinder, Bibbs. Ich will tatsächlich noch welche.«

»Wieso? Mit denen, die du hast, verbringst du doch nie Zeit.«

»Ich will eine neue Chance. Um alles richtig zu machen.«

Ich will vielleicht auch Kinder, sagte ich wie in einem Traum, den jemand anderes träumt. Kenneth fuhr mit der Hand durch das, was von seinem Haar noch übrig war. »Baby ist voll traurig, weil du keine Kinder willst.«

Der Stuck an der Decke war gut erhalten.

»Ich habe ihm immerhin versprochen nicht abzutreiben, falls ich schwanger werden sollte.«

Kenneth fuhr sich erneut durchs Haar.

»In deinem Alter wird man aber nicht mehr einfach so schwanger.«

Ich hielt die Hände hinterm Kopf verschränkt, so wie Kenneth kurz zuvor.

»Vielleicht will ich später mal Kinder«, sagte ich.

Kenneth legte die Hand auf meinen Bauch. »Glückwunsch zum neununddreißigsten, übrigens.«

Ich legte meine Hand auf seine. »Danke, Schatz.«

Kenneth streichelte ein paarmal mit seiner Hand über meine Haut.

»Ich habe ein Geschenk für dich.«

Er kehrte mit einem viereckigen Päckchen zurück, und ich zog die Satinschleife um das braune Papier auf. Ein Notizbuch lag darin. »Da kannst du deine Schulden reinschreiben«, sagte er. Das Geschenk war ein Scherz.

»Was soll man einem Mädchen schenken, das schon alles hat.«

»Ich glaube, ich bin kein Mädchen mehr, Kenneth.«

»Hat er dich wirklich vergewaltigt?«

Ich setzte mich auf, die Brüste hingen mir immer noch aus dem T-Shirt.

»Spielt das eine Rolle?«

Kenneth streckte die Hand nach meinen Brüsten aus, die auf meinem Bauch auflagen.

»Nee, vielleicht nicht.«

Kenneths Schuld war jetzt beglichen, wofür auch immer.

Kenneth streichelte weiter meine Brust.

»Entschuldige, du willst vielleicht nicht drüber reden, während ich dich anfasse.«

»Das macht nichts. Irgendwie hängt ja doch alles miteinander zusammen.«

Ich zog mich wieder an und sagte, ich müsse los, und dann ging ich tatsächlich. Er versuchte nicht, mich aufzuhalten. Aber mein Abschied bedeutete ja auch nichts weiter als ein Tschüss, also, wieso hätte er? Es war keine Geste und keine Erpressung. Wir hören uns später, sagten wir zueinander und meinten es so. Ich wollte noch nicht nach Hause. Ich ging auf die Straße runter und nahm mein Handy raus. Ich schrieb an Sten. Ich schrieb an Mickey und Texas. Ich schrieb an Kenneth, obwohl wir uns gerade erst verabschiedet hatten.

Männern gelingt auch nach krassen Vorwürfen immer wieder ein Comeback. Der Restaurantbesitzer, der mit einer Fernbedienung eine Frau vergewaltigt hatte, betrieb inzwischen eine Tapasbar in der Roslagsgatan.

Der Künstler, der eine Freundin unter Drogen gesetzt und ihr den Schwanz in den Hals gesteckt hatte, veranstaltete die beliebtesten Sommerpartys des Jahres. Das waren die beiden Fälle, die mir am frischesten in Erinnerung waren. Alle anderen Vergehen waren vergessen, und wenn sie doch einmal erwähnt wurden, verlief das Gespräch schnell im Sande. Was bedeutete es, sich zu erinnern? Kollektiv bemühten wir uns zu vergessen, das war die Voraussetzung des Seins, und es fiel den Leuten schwer, die Männer sowohl als die, die sie liebten, als auch als Täter zu sehen. Mir nicht, aber ich identifizierte mich mit den Tätern. Wo die Frauen, die sie mit solcher Vehemenz angeklagt hatten, hin waren, wusste ich nicht. Ich stand an der Bushaltestelle und rauchte, unter der Erde fuhr die blaue Linie, und ich tröstete mich, an Babys Stelle. Baby hatte nicht viel zu verlieren. Nicht so viel, wie ich verloren hatte. Und ich fragte mich, ob Mickey nicht schon wieder unrecht hatte. Es war vielleicht doch keine Hilfe, gruppenvergewaltigt worden zu sein. Mickey war zu alt, und das galt auch für mich. Ich rief ihn an, um zu fragen, was ich tun sollte, doch er ging nicht dran. Das Klingeln war eine Schiffshupe, meilenweit entfernt. Meine einhunderttausend Kronen würden mir die Slipgatan wiederbringen. Vielleicht.

Die Abendluft war drückend. Ich hatte es mir selbst noch nicht eingestanden, aber mein Eingeständnis spielte schon keine Rolle mehr: Ich hatte verloren. Ich hatte bereits verloren, als ich aus der Wohnung in der Slipgatan gestürmt war. Meine Zeit war vorbei, und die, die hinter mir auftauchten, um meinen Platz einzunehmen, kannten ihre eigene Geschichte nicht. Sie wussten nichts über Bibbs, und dass sie bereits alles getan hatte. Die, die es wussten, wie etwa Kenneth und Sten, wollten nichts mehr von mir wissen, wollten nicht, dass die jungen Frauen ihr Alter errieten. Was war mein Plan gewesen, vor zehn Jahren? Ich hatte wahrscheinlich nicht geglaubt, dass ich noch so lange leben würde. Wer glaubt das schon. Schon bald würde ich nicht mehr schwanger werden und behaupten können, es wäre ein Unfall gewesen. Bodil hatte es durch das Nadelöhr geschafft, und all die anderen Huren auch, während ich mich darauf verlassen hatte, dass sich alles von allein lösen würde. Die Taxifahrer lehnten an ihren Wagen. Heute Abend würden sie nicht viel zu tun bekommen, aber am Montag würde ich aufhören zu rauchen, mit oder ohne Baby. Baby, der recht gehabt hatte: Ich konnte es mir nicht leisten, allein in der Slipgatan zu wohnen. Ich konnte es mir nicht leisten, auch nur irgendwo allein zu wohnen. Stockholm war wie der Tag oder wie Baby, es verlangte alles und schenkte einem nichts. Nicht einmal Heiterkeit. Ich fuhr zum Theatergrill unter Schock oder im Zustand der Leugnung. Dort saß Milli und wartete. Als ich die Leute in der runden Bar sah, zog ich mein Handy heraus. Sten hatte geschrieben: »Schreib mir nicht mehr.« Ich checkte mein Konto. Das Geld war noch da. Ich legte mein Handy vor Milli auf den Tisch. Ich geb dir einen aus, sagte ich zu Milli, die allein zwischen zwei eher stillen Grüppchen saß. Milli hatte bereits was zu trinken, aber ich wollte bezahlen. Sie möge Drogen nicht, sagte sie, aber von Alkohol fühle sie sich immer so aufgeschwemmt. Wollen wir, fragte sie und klopfte sich mit dem Zeigefinger an den Nasenflügel. Ich lehnte ab, und sie verschwand auf die Toilette.

»Keine Frau will mit neununddreißig verlassen werden«, sagte sie, als sie zurückkehrte. Ich hatte einfach nur dagesessen wie in einem Zeitloch. Neununddreißig? Wovon redete sie da?

»Ich habe Baby verlassen«, sagte ich. Dann sagte ich: »Ich glaube, Sten will was von mir.«

»Wir können nur alles dafür tun, dass niemand auf uns herumtrampelt«, sagte Milli, und ihre gelbe Seidenbluse war unter den Armen knittrig geworden. Die gleiche Bluse hing in der Slipgatan.

»Ich könnte dir wirklich eine Freundin sein, Bibbs.«

Der Abend verging, und einen Moment lang sah es aus, als könnte es ein glücklicher werden. Wenn ich im richtigen Augenblick zugegriffen hätte, hätte ich das Glück zum Bleiben zwingen können, glaube ich. Aber ich bin Romantikerin. Die Hälfte hätte genügt.

»Du wirst jemand Neues kennenlernen, Bibbs«, tröstete mich Milli, »wenn sich alles etwas beruhigt hat.« Über dem Bartresen hingen Weingläser von der Decke wie Kronleuchter. Es war das Schönste, was ich je gesehen hatte. Manchmal muss man einfach sagen: Stockholm. Du bist schön.

»Was meinst du damit, wenn sich alles beruhigt hat?«, fragte ich.

Ich war neidisch, weil Milli sich getraut hatte, sich die Nase machen zu lassen, ihre war ein kleiner Knopf in ihrem Gesicht, während meine nach wie vor menschliche Züge hatte.

»Hat Sten erzählt, dass wir mal zusammen waren?«, fragte ich.

Milli rülpste.

»Nee.« Ich versuchte auszumachen, ob sie log.

»Wie jetzt, hat Bodil ernsthaft nie erzählt, dass Sten und ich zusammen waren, bevor sie zusammengekommen sind? Waren wir aber.« Milli war neidisch, das wusste ich, denn das waren wir alle.

»Er hat einen echt kranken Mutter-Fetisch. Will gewickelt werden und alles, das volle Programm.«

Milli begann, an ihren Fingern zu ziehen.

»Sten ist vor ein paar Jahren fremdgegangen«, sagte sie schließlich, heiß auf Chaos und mit Koks in der Nase, schaffte sie es nicht, die Klappe zu halten.

»Ach, echt? Mit wem?«

»Mit einer, die ihn angezeigt hat.« Milli sagte das alles leichthin, aber ich wusste, dass sie wusste, dass das ein verbotenes Gespräch war.

»Wer war es? Und wo ist sie jetzt?«

»Tot, halt.«

»Nein, im Ernst, wo ist sie?«

»Na ja, sie hat sich umgebracht.«

Ich stieß den Stuhl so heftig zurück, dass die Menschen um uns herum aufblickten. An der Bar bestellte ich drei Gläser Riesling und kippte eins davon gleich im Stehen, dann drehte ich mich um und ging mit den beiden anderen Gläsern zu Milli zurück.

»Und was hältst du von Kenneth?«

Milli scrollte auf ihrem Handy.

»Kenneth ist fertig 4life.«

»Ich meine, von Kenneth und mir. Glaubst du, wir würden zusammenpassen?«

Millis Lider wollten gegensätzliche Dinge tun, sich aufreißen von den Drogen und runterfallen vom Trinken.

»Du bist zu alt für ihn.«

»Ich bin zehn Jahre jünger als er.«

Milli lachte herzlich, als wäre sie ganz sie selbst, und zum ersten Mal mochte ich sie.

»Ja, eben. Das ist viel zu alt.«

IN DER NACHT zu Donnerstag erwachte ich mit Schmerzen in der Brust in Elahes Schlafzimmer. Der Schmerz strahlte vom Herzen aus. Ich drückte meine Hand auf die Stelle, von der das Übel kam, ganz fest, um es zurückzuschieben. Der Kopf dröhnte mir vom Wein, und ich dachte: Gleich platzt er. Das Rollo war heruntergezogen, sodass ich mich zum ersten Mal in diesem Sommer im Dunkeln wiederfand. »Jemand muss kommen und den Schmerz von mir nehmen«, sagte ich, um zu hören, wie meine Stimme klang. Dann sagte ich Babys Namen, um zu hören, wie das klang. Ich war allein, wieder mal. Baby hatte mich mit in den Hagapark genommen, um den Blutmond zu sehen. Wir gingen im Dunkeln nebeneinander her. Ich erinnere mich noch, wo wir standen, als wir den Mond nicht sahen. Die Nächte waren für mich ein Loch. Albdruck nannte man das, laut Marite. Kein Omen. Lediglich etwas, das zur Nacht gehörte. Baby war zum Rand des Lochs geworden, ich klammerte mich an ihm fest, wenn der Albdruck kam. Als würde ich in diesem Schwarz verschwinden, wenn ich mich nicht festhielte. Eine Verzweiflung wie ein Sturm, die uns Angst machte. Ich weinte stundenlang, wusste aber nicht, warum. Der Albdruck und das Weinen kamen, als wir sechs Monate in der Slipgatan wohnten. Wenn es eine Antwort auf die Frage nach dem Warum gab, dann war sie zu kompliziert. Nicht eindeutig, ungefähr wie die Wahrheit. In dieser Nacht zu Donnerstag vermisste ich Baby so sehr, dass es mich zerriss. Ich schwöre. Du warst so schön, wenn auch mit einem wandernden Auge. Du hast gut gevögelt, ich meine, gut-gut. »Verlass mich nicht« – wie oft hatte ich das nicht befohlen? »Wenn du mich verlässt«, sagte ich, »dann raube ich dich aus. Hände hoch, damit ich die Arme um deine Taille legen kann.« Ich schlug mir an die Brust und sagte seinen Namen. Zu verschmelzen tut weh, ja. Alles, was ich tat, tat ich für ihn. Ich brezelte mich für ihn auf, ich zog mich für ihn aus. Aß für ihn. Machte die Sendung für ihn. Grüßte die Nachbarn für ihn. Könnte für ihn sogar ein Comeback hinlegen. Baby brauchte nur eins zu tun: zuzusehen.

Es war unmöglich, in Elahes Bett liegen zu bleiben. Ich wollte den Schmerz aus mir herausschlagen. Aber ich hatte den Blutmond nie gesehen. Wusste auch gar nicht, was ich erwartet hatte. Dass er eine geteilte Blutorange wäre, von der der rote Saft heruntertropfte. Vor dem Albdruck, in den Nächten des glücklichen Sommers, hatte ich Angst, Baby könnte Borreliose bekommen und suchte ihn nach Zecken ab, bevor wir das Licht löschten. Entschuldige, dass ich gesagt habe, du wärst ein Parasit meiner Freude. Das warst du nicht. Du warst meine Freude, die einzige. Ich wusste nur nicht, dass Freude etwas so Schwieriges ist.

AN DIESEM NACHMITTAG beschloss ich, aus Stockholm rauszufahren. Ja, ich war nicht ich selbst. Die grünen Viertel der Stadt wirkten wie ein Märchen, wenn man hindurchfuhr, Wohnungen und Einfamilienhäuser und Männer, die über ihre Gärten wachten, Menschen, die man sich unmöglich aufrichtig vorstellen konnte. Der U-Bahn-Waggon war leer, wie immer um diese Jahreszeit.

»Jetzt weiß ich, woher ich dich kenne. Ich habe gerade deinen Post gelesen.«

Vor mir stand eine Frau mit Gesichtszügen wie festzementiert, und alles an ihr war klein, außer ihrer Präsenz, die fordernd und groß war, einen auslaugte. Ich wollte ihre Behauptung zurückweisen, sagen, sie täusche sich in meiner Person, aber das war eine der wenigen Lügen, die ich nicht wie eine Wahrheit aussprechen konnte.

»Ich habe deinen Post gelesen. Du bist mutig.«

Entschuldigung, sagte ich unterwürfig, denn die Regel lautet, dass man unterwürfig sein muss, Entschuldigung, aber ich möchte gern in Ruhe gelassen werden. Die Frau nickte, ja, klar, und setzte sich zwei Sitze von mir entfernt, mit dem Gesicht zu mir.

Es war ein wolkenloser Tag. Wir warteten noch immer hochnäsig auf den Regen. Es war stickig im Waggon, und ich dachte an das Geld, an meine Freunde und ehemaligen Liebhaber. Ich überlegte, für wen die Fremde mich hielt. Um die Frau abzuschütteln, blickte ich auf mein Handy, und mein Name schaute zurück. Ich würde Baby das Geld überweisen und schreiben: »Verzeih.« Verzeih, in der Betreffzeile der Überweisung. Nicht das Slipgatangeld, das war meins, aber das Babygeld. Ich würde Babygeld organisieren. »Verzeih mir« würde ich schreiben, wenn genügend Platz war. Dies war der Tag, an dem ich neununddreißig wurde. Elahe hatte morgens angerufen und für mich gesungen, und ich hatte geschwiegen, bis sie fertig war. Ich habe keine Ahnung von Numerologie und weiß nicht, was meine Schicksalszahl ist. So weit sind wir nie gekommen, Marite und ich. Aber neun plus drei ist ja dreizehn, das konnte nicht gut sein. »So einfältig ist das Unbekannte nicht«, hätte sie dazu wahrscheinlich gesagt.

Der Zug wurde langsamer und hielt am Bahnsteig. Die Türen öffneten sich, und die Frau drehte sich um, kurz bevor ich ausstieg, hob ich die Hand zum Winken. Das Winken kostete alles. Die Regel lautet, unterwürfig zu sein, erinnerte ich mich selbst.

IM DRITTEN STOCK war das Licht kaputt, und als die Alte die Tür öffnete, kniff sie die Augen zusammen, anscheinend nicht sicher, wer ich war.

»Erkennst du mich?«, fragte ich.

»Klar erkenne ich dich.«

Ich schob die Tür weiter auf und ging an ihr vorbei in die Wohnung, während sie hinter mir stehen blieb, ratlos, dann setzte sich ihr Körper in Bewegung. Langsam schlurfte sie an mir vorbei in die Dunkelheit. An den Wänden stapelten sich Zeitungen und Schuhkartons, zusammengerollte Teppiche lehnten an den Möbeln, und auf dem Boden lagen Lampenschirme ohne Ständer oder Lampenständer ohne Schirm. Zwei Tiefkühltruhen standen übereinandergestapelt, und ich trat ans Fenster und zog die Jalousie hoch. Der Spielplatz draußen lag verlassen da, und die Nachbarn, die sonst immer viel lärmten, waren träge und trotteten vom Wasser nach Hause, wo sie den ganzen Tag wie geschmolzene Schnecken herumgelegen hatten.

Die Frau setzte sich auf den Sessel, und als ich mich neben sie hockte, wäre ich beinahe hintenübergefallen, konnte mich aber gerade noch an der Armlehne festhalten. Die Haare an meinen Beinen waren golden, aber zu fein, als dass sie sie hätte erkennen können. Außerdem hielt sie die Lider geschlossen. Ihr Gesicht weckte keine Sentimentalität, und in den dünnen Armen liefen blaugrüne Venen, die sie von innen leuchten ließen. Als Kind hatte ich die Angewohnheit gehabt, von oben in ihre Bluse auf die großen Brüste zu gucken, um die Brustwarzen herum wuchsen Warzen, die ebenso groß waren, wie die eigentliche Warze. Wenn Mama sagte, ich solle damit aufhören, sagte Oma: Lass sie doch. Lass sie.

»Oma.«

Ich rüttelte an der Armlehne.

»Oma.«

Ich rüttelte an ihrem dünnen Arm.

»Ach hallo, Bibbs! Du hier? Schön, dich zu sehen.«

»Ja, ich wollte dir helfen, die Miete zu überweisen.«

Sie roch nach fester Seife und ganz leicht nach Urin.

»Die Miete? Ist es schon wieder so weit?«

Am Monatsende bezahlte ich immer ihre Rechnungen und goss die Pflanzen. Die Pflanzen warteten darauf, sterben zu dürfen, aber ich ließ sie nicht und steckte die Finger in die nährstoffarme Erde, als wüsste ich, was ich herausfinden wollte. Manchmal säuberte ich auch den Kühlschrank oder wusch eine Maschine Wäsche, je nach Stimmung. Ich stand auf und begann ihr iPad zu suchen. Ihre Freundinnen aus dem Nähclub hatten ihr eingeredet, dass sie sich eins wünschte, und es war ein Wunsch, von dem sie nie gedacht hätte, dass er in Erfüllung gehen würde. Wie wenn man sagt: »Ich wünschte, es wäre ein bisschen kühler.« Deshalb machte es Spaß, es ihr zu schenken. Ein Silberfischchen flitzte über den Tisch, als ich einen Stapel Werbeprospekte anhob, und ich fluchte, entschuldigte mich aber, noch ehe sie mich deswegen schelten konnte. Oma stand auf und verschwand im Schlafzimmer. Obwohl mich niemand darum gebeten hatte, half ich ihr bei allem Möglichen. Ich hatte mich nie beklagt oder irgendetwas dafür verlangt. Ich hatte sie nie um Geld gebeten, und ich hatte unsere Treffen nie, oder nur selten, kurzfristig abgesagt. Ich brauchte das Geld, um »Verzeih« in die Betreffzeile der Überweisung schreiben zu können. Oma fand, es war gut, wenn man sich als Erste entschuldigte. Stolz hilft der Liebe nicht, Bibbs. Das hatte sie bekümmert zu mir gesagt, als wir noch miteinander redeten. Sie schlurfte mit dem iPad unterm Arm auf mich zu, und das ausgeblichene Flanellnachthemd bauschte sich über ihren krummen Füßen.

»Meine süße Elisabeth. Ich guck dich immer im Fernsehen.«

Sie tätschelte mir die Wange, und ich nahm ihr das Tablet ab und half ihr wieder in den Sessel. Ohne abzuwarten, bis sie wieder eindöste, loggte ich mich mit meinem Geburtsdatum als Passwort bei der Bank ein. Sie hatte dreißigtausend Kronen auf dem Sparkonto. Hätte sie hundertdreißigtausend gehabt, hätte ich mich nicht an Kenneth zu wenden brauchen. Omas Lider sahen aus wie rosa Gelatineblätter. Es war komisch, dass sie nicht da durchgucken konnte. Ich hatte nie um eine Gegenleistung gebeten, obwohl diese Wohnung einen sofort in schlechte Stimmung versetzte, auch wenn man vorher gut gelaunt gewesen war. Außerdem benutzte sie das iPad, das sie von mir bekommen hatte, nie. Hätte ich sie um Geld gebeten, hätte sie ja gesagt, aber es lohnte sich nicht zu fragen. Es war zu kompliziert. Ich überwies zwölftausend Kronen auf mein Konto. Oma war wieder eingeschlafen, ihr Atem ging flach und schnell. Das Geld wurde sofort abgezogen.

Ich legte das iPad unter die feuchten Werbeprospekte auf dem Tisch, kein Silberfischchen weit und breit. Kurz überkam mich der Impuls aufzuräumen, aber ich wusste, dass Oma ihre Prospekte und die leeren Gefäße liebte. Es waren ihre Sachen.

»Ich gehe jetzt«, sagte ich laut, um sie zu wecken.

Sie blickte auf.

»Ach, hallo Bibbs, was machst du denn hier?«

»Ich bin vorbeigekommen, um hallo zu sagen. Mama lässt ausrichten, dass sie morgen mal reinschaut«, sagte ich und küsste Oma auf die Stirn. Im Treppenhaus war es wärmer als in der Wohnung. Bevor die Tür hinter mir zufiel, hörte ich sie noch rufen, ich solle Baby grüßen.

MEINE MUTTER gratulierte mir nicht zum Geburtstag, als ich in ihr Schlafzimmer trat, behauptete aber, sie hätte mich durchs Fenster kommen sehen und fragte, warum ich humpelte.

»Ich humple doch nicht!«

Genau wie Oma hatte sie anscheinend gerade eine lichtempfindliche Phase und lag bei heruntergelassenen Jalousien im Bett. Deine Mutter ist eine Sucherin, hatte Oma mal gesagt, als wir noch miteinander redeten, und das war nicht zu übersehen. Mama suchte in Karten, im Mond und in allen möglichen Sternen. Wonach sie suchte, interessierte mich nicht.

»Als ich in deinem Alter war, hatte ich schon zwei Kinder«, sagte sie, das Gesicht zur Wand gedreht. Ich konnte kaum hören, was sie sagte, aber ich hörte es trotzdem.

»Ich weiß.«

»Warst du heute schon bei Oma oben?«

Am Fridhemsplan hatte ich eine Dose Snus gekauft, und der Priem unter meiner Oberlippe tropfte. Ich nahm ihn raus, legte ihn aber nicht in die Dose zurück, sondern behielt ihn nass in der Hand. Mama rauchte nicht, und heute, an meinem neununddreißigsten Geburtstag, hatte ich seit neun Jahren damit aufgehört. Aufhören war ein Verb. Etwas, das permanent geschah. Ungefähr wie ein Zwangsgedanke. Es gab kein Ende beim Aufhören, denn ein Ende hätte bedeutet, dass man wieder angefangen hatte, und dann begann das Aufhören von vorn. Allerdings rauchte ich nicht bei meiner Mutter, denn ich gönnte ihr die Schadenfreude nicht. Kitte, unser erstes Familienmedium, hatte Zahnblenden und einen Taschenkalender von Gucci gehabt. Ich wusste nicht, was diese beiden Dinge bedeuteten, ahnte aber, dass sie wichtig waren, und wollte sie auch. Meine Mutter, hatte Kitte gesagt, sei in ihrem vorherigen Leben eine Eisprinzessin gewesen. Deshalb hasse sie es zu arbeiten. Meiner Oma war egal, dass ich rauchte, aber sie mochte den Geruch nicht.

»Wie geht es dir?«, fragte ich meine Mutter.

»Frag nie jemanden über siebzig, wie es ihm geht.«

Ich ging in die Küche und rief, ja, ich sei bei Oma gewesen und sie habe mich nicht erkannt, das mache mir aber nichts mehr aus. Der Küchenschrank meiner Mutter war voller schneller Kohlenhydrate, und sie hatte ein ganzes Kühlfach voll Light-Limonaden. Als ich mit einem Glas Wasser ins Schlafzimmer zurückkehrte, setzte sie sich auf, obwohl die weiche Matratze des Bettes sie wieder herunterzog.

»Ich dachte, du isst kein Gluten mehr«, sagte ich und reichte ihr das Glas.

»Ich kann gut verstehe, dass Baby dich verlassen hat«, antwortete sie und nahm es entgegen.

Meine Mutter trocknete sich nach dem Duschen nie die Haare, und ihre Hände mit den langen Fingern waren altersfleckig. Pigmentflecken, sagte ich einmal, aber meine Mutter sagte, nein, Sommersprossen sind schicker. Ihre Fingernägel waren mit einem Gel-Lack lackiert, der so weit rausgewachsen war, dass man die Halbmonde des Nagelbetts sah.

»Nein, er hat mich nicht verlassen. Ich habe ihn verlassen.«

Sie sog an ihren Zähnen.

»Und was sagt Mickey dazu?«

Das Geräusch, das sie mit dem Mund machte, erinnerte mich an die Grillen, die zur Tür hereingehüpft kamen, als Baby und ich im glücklichen Sommer im gelben Haus im Hagapark gewohnt hatten.

»Je mehr Zeit vergeht, desto häufiger wirst du dich fragen, ob dieser Sommer wirklich glücklich gewesen ist«, hatte meine Mutter gesagt, während der glückliche Sommer noch stattfand. Das hatte Baby verletzt, aber ich hatte sie verteidigt. So ist sie eben, sie lebt im Verlust. Jedes Mal, wenn wir uns sahen, nörgelte sie herum, dass wir uns öfter sehen müssten, und wenn ich wieder ging, sagte sie, war ja klar. Auch wenn ich wusste, dass meine Mutter eine Unke war, nahm ich ihre Äußerung über den glücklichen Sommer mit zu Marite. Grillen, die durchs Fenster hereinhüpften, seien kein Omen, beruhigte mich diese. Omen seien selten etwas so Klassisches. Omen seien vielmehr Zeichen, die man unmöglich erkennen könne, deshalb seien sie so bedrohlich. Marite meinte, das würde mich jetzt vielleicht stressen, und so war es auch.

Wir hatten uns gestritten wegen der Insekten, Baby und ich, denn er lag mir in den Ohren, ich solle das Fenster schließen, nachdem wir zum dritten Mal Grillen im Haus gehabt hatten. Er konnte keine Tiere töten. Mir war es egal, ob sie tot oder lebendig waren, Hauptsache, sie befanden sich nicht lebendig in meiner Wohnung. Ich hatte herumgeschrien, als ich die Grillen an den Wänden und an der Innenseite der Schlafzimmertür entdeckt hatte, sie waren nicht hektisch, sondern total gelassen, wie fette Kröten.

»Gut«, sagte meine Mutter, als ich ihr nicht sagte, wie Mickey das fand. »Gut, dass du ihn verlassen hast. Es ist am besten, wenn man selbst derjenige ist, der geht.«
    Ich sagte, das wisse ich.
    »Ich weiß, dass das am besten ist.« Ihr Blick blieb an einem Punkt irgendwo hinter mir haften, und sie sagte noch mal, gut. Ihr Blick verlor sich in ihren Augen. Mein Blick blieb an ihr hängen.

Wir lästerten über Baby und Mickey, bis sie einschlief, und ich vermied es, aufs Handy zu gucken. Wäre das Handy weniger eindeutig zu sehen gewesen, hätte ich es als Omen betrachtet. Aber Marite hatte gesagt, man könne den Boten nicht mit dem Omen gleichsetzen, denn Boten seien Freunde, die lediglich anderen zu Diensten seien. Unten auf der Straße dufteten die Blumen, die so stark blühten, dass sie aussahen, als würden sie gleich platzen. Die Hitze des Tages hatte sich gelegt und machte den süßen Duft weich. Kein Regen in Sicht. Am Kiosk auf dem Marktplatz kaufte ich mir eine Schachtel Zigaretten. Ein Ventilator stand in der Tür, und ich rauchte die erste Zigarette des Tages, während ich gleichzeitig Omas Geld an Baby überwies. »Verzeih«, schrieb ich anstelle von »Verzeih mir«. Ich wollte keine negative Aufmerksamkeit auf mich ziehen. An meinem letzten Geburtstag waren wir mitten in der Nacht in den Hagapark zurückgekehrt. Das war, als wir nach dem Blutmond gesucht hatten. Wir gingen durch den wilderen Teil des Parks, die Wiesen waren nass vom Tau und Zweige kratzten uns. Ich fragte mich immer noch, wie der Mond wohl aussah. Die Süße des Grüns drang durch den Zigarettenrauch, und ich ging zur U-Bahn hinunter. Bald kam die geruchlose Zeit. Aber erst diese Zeit, erst diese hier.

MANCHE FRAUEN sind kein Licht, das durch Stein brennen kann. Manche Frauen sind eine andere Art Licht, ein normales. Aber nicht ich; stellt mich unter einen Stein. Ich schmelze ihn. Mit dieser Überzeugung kehrte ich an jenem Freitag in die Slipgatan zurück. In Elahes Treppenhaus roch es nach Seife, und die Frauen, die sauber machten, drückten sich an die Wände, um mich vorbeizulassen. Ich trug neue Sandalen. Ich hatte Geld auf dem Konto. Ich würde mir holen, was mir zustand. Das Taxi wartete schon, und nachdem ich die Tür zugeschlagen hatte, fuhr der Fahrer mit quietschenden Reifen auf die Kreuzung, als ginge es um Leben und Tod. Jemand schrie, scheiß Irrer.

Es war heiß in der Wohnung, und die Luft stand, als wäre den ganzen Sommer niemand da gewesen. Aber es fühlte sich nur so an. Die Post des Tages lag auf der Flurkommode, dort ließ Baby sie von ungefähr fünfzehn Uhr, wenn er von der Arbeit kam, bis nach dem Essen, gegen zwanzig Uhr, liegen. Dann trug er sie in die Küche, um sie zu öffnen. Er hatte das Make-up, das ich auf dem Waschbecken stehen gelassen hatte, nicht weggeräumt, und ich spürte, wie der Haken an der Leine, die mein und Babys Herz verband, ruckte. 247

Das Bad sah aus wie vor einer Woche, aber Nina hatte sich hier im Spiegel betrachtet, und ich wühlte in meinen Pinseln und Schwämmen auf dem Waschbecken. Gut möglich, dass sie sie im Gesicht gehabt hatte, deshalb warf ich sie in die Toilette und zog ab. Die Schäfte wirbelten im Wasser. Ich pinkelte, ohne mich abzuwischen und zog noch einmal ab, und ein Schwamm verschwand, mehr aber auch nicht.

In der Küche standen vier Flaschen Wein auf der Spüle, zwei davon waren bereits leer, und ich warf die ungeöffneten in den Mülleimer. Abgesehen davon, dass Baby das Foto von uns bei Elahes Hochzeit vom Kühlschrank genommen hatte, sah alles so aus wie immer, aber ich sah das Foto auch ohne es vor Augen zu haben. Das Bild war auf dem Sveavägen aufgenommen worden, und wir hatten uns ordentlich aufgebrezelt. Ich trug ein beiges Kleid, das Baby mir geschenkt hatte, nachdem er jedes Mal, wenn ich ihn während des Urlaubs mit Elahe anrief, sofort aufgelegt hatte. Unsere Gesichter auf dem Foto waren angespannt und entspannt. Meins war das angespannte und seins das entspannte, denn es war einer der Abende, an denen er wieder zu trinken begonnen hatte, und als die Feier zu Ende gewesen war, warf er am Norr Mälarstranden einen seiner Schuhe nach mir. Baby hatte sich eine Blase gelaufen, und ich weiß nicht, warum ihn das wütend machte, aber ich, die ich den ganzen Abend schnippisch gewesen war, wurde ruhig und träge. Bevor ich auf seine Attacke reagieren konnte, zog er sich auch den zweiten Schuh aus und rannte davon. Ich rief, doch er drehte sich nicht um. Der Mälar-Pavillon war mit bunten Lämpchen geschmückt, und ich sah ein Paar, das die Fahrräder neben sich herschob, nur um die Zeit miteinander zu verlängern. Als ich in der Slipgatan ankam, wartete Baby im Treppenhaus auf mich, mit geröteten Augen. Natürlich verzieh ich ihm. Das tat ich immer.

Ich fand das Bild von der Hochzeit ganz oben in einer der Küchenschubladen und befestigte es wieder am Kühlschrank. Im Schlafzimmer war das Bett gemacht, und die Kissen lagen auf dem schweren Überwurf, den ich nun herunterriss. Ich zog auch das Laken ab und das übrige Bettzeug und trat auf den Balkon. Der Hof unten war leer. Ich wollte, dass es dramatisch aussah, wie ein Segel, als ich das Bettzeug über das Geländer warf, aber das tat es nicht. Es sah aus wie ein Klumpen.

ALS ICH die Augen öffnete, sah ich jemanden, den ich liebte. Das Licht war ein Schatten. Ich streckte die Hand nach Babys Wange aus, doch er zuckte zurück. Er hatte zu reden begonnen, bevor ich aufgewacht war, und der Schlaf sog mich wieder in sich hinein. Ich drehte mich um und legte mich auf den Bauch. Es war schön, zu Hause zu sein. Aber Baby gönnte mir keine Erholung von der langen Woche, sondern packte mich am Fußgelenk und versuchte mich aus dem Bett zu zerren. Ich hielt mich am Rahmen fest, und er zog mit aller Kraft. Störrisch hielt ich dagegen, und das Bett bewegte sich von der Wand weg, aber ich blieb liegen. Die Bettpfosten schleiften quietschend über den Boden. Wir sprachen nicht, sondern stöhnten nur, und der Kampf dauerte nicht lange, denn plötzlich ließ Baby los und drehte sich zur Wand, wo das Bild hing, das er mir zu unserem Dreijährigen geschenkt hatte. Es war das gleiche Bild, das auch Elahe hatte, und darauf war eine offene Balkontür hin zu einem glücklichen Innenhof in einem anderen Land zu sehen. Baby schlug mit den Fäusten gegen die Wand, und ich zählte zwölf Schläge. Ich lag immer noch ausgestreckt auf dem Bett, als würde er weiter an mir ziehen, während ich mir gleichzeitig, ohne den Kopf zu bewegen, über die Schulter sah. Meine Augen schmerzten. Vielleicht würden wir uns vertragen, wenn wir beide noch mal einschliefen. Wir hatten viele Konflikte gelöst, indem wir einschliefen, einer im Arm des anderen. Wenn es mir denn gelang, einzuschlafen. Baby nahm den Bilderrahmen von der Wand und hielt ihn eine gefühlte Ewigkeit über dem Kopf, dann schleuderte er ihn durchs Zimmer. Bestimmt würde das Glas kaputtgehen. Das Gesicht in die Matratze gedrückt, sagte ich zu ihm: »Bestimmt ist das Glas kaputtgegangen.«

Schlafen ging nicht mehr, und mein Make-up würde die Matratze versauen. Ich überlegte gerade, was ich tun sollte, als ich ein unbekanntes Geräusch hörte. Ich richtete mich auf. Baby hatte sich auf den Boden gesetzt. Er weinte. Unbehagen gemischt mit Verachtung angesichts der Tränen auf seinen Wangen. Was für eine Lusche. Nicht so widerstandsfähig wie Bibbs. Es war ein stilles und doch verzweifeltes Weinen. Ein Geräusch, das nur er zustande brachte, und Babys Gesicht war offen. Sein Mund ebenfalls. Ich wusste nicht, wie ich ihn trösten sollte, denn es war ein neues Weinen, und ich setzte mich neben ihn auf den Boden.

»Bibbs«, sagte er, und mein Name kam tief unten aus seinem Hals. »Bibbs, du musst gehen.«

Ich schüttelte den Kopf, denn ich wollte, dass er mir vertraute.

»Bibbs, du musst gehen.«

Ich nahm das Haargummi von meinem Handgelenk

und machte mir einen Pferdeschwanz, sodass meine Augen nach oben gezogen wurden, fühlte mich unbeholfen gegenüber dem neuen Baby.

»Bibbs, ich bring dich um, wenn du nicht gehst.«

Okay, dann bring mich doch um, antwortete ich.

Alles in diesem Schlafzimmer hatte ich ausgesucht. Das Glaskästchen, in das wir unseren Schmuck legten, den kitschigen Rosenkranz, der auf Babys Seite des Betts hing, sowie den Bettüberwurf, der jetzt unten auf dem Gehweg lag. Ich hatte alles ausgesucht, bis auf das Bild, das er mir zum dritten Jahrestag geschenkt hatte. Den gelben Balkon. Das Bild unseres glücklichen Sommers.

Baby saß mit geschlossenen Augen an die Wand gelehnt da und schlug den Hinterkopf kraftlos gegen die Wand, zwei, zwei, eins, zwei, zwei, eins. Ich war zu hungrig, um abzuwarten, bis er was sagte. Wo das Bild gehangen hatte, war eine Krypta im Rigips zu sehen, gleich neben dem Nagel. Wir hatten ein paarmal danebengehauen, als wir es aufhängen wollten. Das machte aber nichts, denn wir würden für immer hier wohnen bleiben.

Ich ging in die Küche, öffnete den Kühlschrank. Im obersten Fach lag ein Burrata. Baby kaufte immer normalen Mozzarella, also hatte entweder jemand anders den Käse gekauft, oder Baby hatte ihn gekauft, um jemand anderes zu sein. Ich warf den Käse in den Müll und setzte einen Topf Wasser auf, dann ging ich ins Bad, um mir den Schlaf aus dem Gesicht zu waschen. Während ich darauf wartete, dass das Wasser aus dem Hahn kalt wurde, fischte ich die Pinsel aus dem Klo und warf sie in den Papierkorb. Ich wusch mir die Hände. Ich lauschte, aber von Baby war nichts zu hören. Auch das neue Geräusch nicht. Ich nahm gelben Concealer und legte anschließend roten auf. Ich zog meine Unterhose unter dem Kleid herunter und wusch mich mit einem feuchten Handtuch zwischen den Beinen.

Im Schlafzimmer saß Baby immer noch auf dem Boden, ohne zu weinen.

»Ich muss dir was sagen«, sagte ich.

Er deutete mit keiner Miene an, dass er mir zuhörte oder mich sah.

»Ich muss dir was sagen, was du bestimmt hören willst.«

Erstens, sagte ich, weiß ich, dass du mich mit Nina betrogen hast – und dann wartete ich ein bisschen, bevor ich weiterredete, um zu sehen, ob er es abstreiten würde. Stattdessen sah er mich herausfordernd an. Vor lauter Abscheu schlug ich mit der Faust auf die Matratze. Baby sagte zweimal »Krieg dich ein«.

»Sag mir nicht, ich soll mich einkriegen«, drohte ich. Ich drohte ihm, in der Slipgatan. »Du hast gesagt, du fändest sie hässlich.«

Meine Lippen waren trocken und schmeckten nach Blut. Baby zog sein Handy aus der Jeanstasche.

»Sie ist *mein* Fan. Ich weiß, dass du all die Jahre verwechselt hast, wessen Fans sie sind. Also noch mal zum Mitschreiben, denn da scheint dir was durcheinander geraten zu sein. Du hast keine Fans. Die Fans sind meine Fans.«

Er schaute auf sein Handy. Ich dachte, stirb doch. Spürte das Adrenalin in meinem Körper.

»Aber darum bin ich nicht nach Hause gekommen.«

Er legte das Handy neben sich, schaute aber immer noch aufs Display. Während meines Urlaubs mit Elahe hatte Baby mich jeden Tag angerufen, um mir zu sagen, dass er keine Lust hätte, mit mir zu reden.

»Ich wollte dir was anderes sagen.«

Als er mich anschließend in Arlanda abgeholt hatte, hatte ich ihn gefragt, warum, und er sagte, darum.

»Ich habe gelogen.«

Endlich blickte er auf.

»Was ich an alle geschrieben habe. Dass du mich vergewaltigt hast. Das war gelogen.«

Mein Hals war ein dünnes Rohr. Baby war kurz davor etwas zu sagen, unterbrach sich aber, und wir saßen schweigend da und hörten den Nachbarn pissen, im Stehen. Als er spülte, stand Baby auf und ging in die Küche. Der Kühlschrank wurde geöffnet und wieder geschlossen. Mir fiel das kochende Wasser ein, und ich ging ebenfalls in die Küche, aber Baby hatte den Herd schon ausgeschaltet.

»Danke, dass du das sagst, Bibbs, das ist wirklich schön zu hören.«

Es gibt nichts, was sich nicht ungeschehen machen lässt, hatte Baby mich immer getröstet, wenn ich mich mal wieder mit Selbstvorwürfen gequält hatte. Ich sah das anders, aber als er jetzt »Danke« sagte, dachte ich, dass erfolglose Versuche, die Geschichte umzuschreiben, immer Teil von Babys Ethik gewesen waren, was mich irritierte, sich in diesem Fall aber in etwas Gutes wenden ließ. Nicht nur zum Wahrheitverdrehen oder Wütende-Schreie-Zurücknehmen. Es war erst eine Woche her, dass alles normal gewesen war, und eine Woche war gar nicht so lang. Nichts war zu spät. Er war mir untreu gewesen, und ich hatte dieses Lügendings verbreitet, und ich wusste, dass Marite immer sagte, zweimal falsch wird nicht richtig, aber es wird nicht-nicht richtig. Marite redete sich immer ganz heiß, wenn es ums Gleichgewicht ging. Im Universum gehe es immerzu um Gleichgewicht. Mein Kopf fühlte sich leicht an und ich mich benommen. »Klar. Das freut mich. Darüber wollte ich mit dir sprechen, und dann wollte ich noch über uns sprechen und über die Wohnung, weil ...«

»Unglaublich. Willst du mich verarschen?«

»Wieso?«

Baby hatte sein unmögliches Gesicht aufgesetzt.

»Du kannst doch nicht hier einbrechen und mir sagen, dass du lügst.«

Also erstens. Also erstens wohne ich hier. Da kann man nicht von einbrechen reden. Und zweitens, erklärte ich, versuche ich ein Muster zu durchbrechen. Ein Muster, das du immer kritisiert hast. Ich versuche, Verantwortung für mein Handeln zu übernehmen.

»Es ist wirklich unglaublich, dass du mich zwingst, dir das zu erklären.«

Ich fragte nicht, was er damit meinte. Er hatte mich rückwärts an den Küchentisch gedrängt. Endlich berührten wir uns, seine Beine zwischen meinen und sein Gesicht so nah. Unzählige Erinnerungen an seinen nackten Körper sendeten Stromstöße in meinen Unterleib.

»Noch erstaunlicher, als dass du so dumm tust, ist, dass ich mich darüber wundere, dass du so dumm tust! Aber das ist meine eigene Schuld. Schließlich habe ich dich vier Jahre lang das Kind in unserer Beziehung spielen lassen.«

Baby mochte es, mir zu sagen, ich würde schon noch erwachsen werden, obwohl wir im Fernsehen gesehen hatten, dass man in seiner Entwicklung an dem Punkt stehen bleibt, an dem man bekannt geworden ist. So bekannt bist du nicht, meinte Baby, und die Wahrheit zu sagen, war für ihn ein Zeichen von Reife. Er dachte an sich selbst nie als an einen Lügner, sondern als jemanden, der verschiedene Wahrheitsvorschläge präsentierte. Doch die Abwesenheit von Wahrheit sei eine schwer zu durchbrechende Gewohnheit, erklärte ich ihm. Jemand fragt, wann man aufgestanden sei, und man sagt acht, obwohl es um zehn war, jemand anderes fragt, ob man sich am Samstag mit ihm treffen wolle, und man sagte ja, obwohl die richtige Antwort nein gewesen wäre. Kleine Lügen, dem Anschein nach unbedeutend, doch zusammengenommen legen sie sich zwischen den, der sie ausgesprochen hat, und die Welt. Man hat seine Ruhe, aber zu dem Preis, dass die Welt sich entfernt. Über das Begehren zu lügen, war einfacher, denn wenn es ums Begehren ging, war es am schwierigsten, ehrlich zu sein. Baby wusste nicht, dass die Filme, die mir am besten gefielen, die waren, in denen der Mann sich unterwarf, und dass ich die Unterwerfung nie als Fetisch betrachtete. Nein, ich suchte Zärtlichkeit, den Blick des Mannes, wenn er mit dem Kopf auf dem Schoss der Frau lag und zu ihr aufschaute. Was war abwegig an der Sehnsucht nach Zärtlichkeit? Nichts. Zwischen uns war so viel falschgelaufen, dachte ich, aber mit Babys Körper dicht an meinem und mit seinem Geruch wurde die Wut unscharf. Eins der Dinge, die falschgelaufen waren, war, dass ich nie von meinem Begehren erzählt hatte, und ich erinnerte mich nicht mehr an die Funktion dieser speziellen Lüge. Wie lächerlich. Die Wahrheit zeigte Möglichkeiten auf, von denen ich nichts gewusst hatte.

»Was ich meine, Bibbs, ist, dass du mir nicht zu sagen brauchst, dass du gelogen hast. Ich weiß, dass du gelogen hast. Schließlich hast du eine Lüge über mich in die Welt gesetzt.«

Andere Fantasien waren schwieriger einzugestehen, weil mir selbst nicht klar war, warum ich auf sie abfuhr. Und wie soll man bitte etwas gestehen, was man selbst nicht kapiert?

»Du wünschst dir, dass ich dich vergewaltigt hätte, denn in deinem kranken Hirn bedeutet eine Vergewaltigung, dass jemand dich will.«

Ich wollte das Wasser wieder auf den Herd stellen. Ich hatte Hunger. Aber er war so nah, ich wollte hierbleiben. Ich hatte mich entschuldigt, was konnte ich noch tun? Entschuldige bitte. Baby hatte mich in meinem Urlaub mit Elahe jeden Tag angerufen, nur um wieder aufzulegen.

»Mein Chef hat mich einbestellt, sonst hat niemand was gesagt. Außer massenhaft psychisch kranken Huren, die mir geschrieben haben, ich solle verrecken. Morddrohungen, Bibbs. Kapiert? Und kein einziger meiner Freunde. Ich habe alle angerufen, nicht einmal Mickey, nicht einmal Kenneth, der selbst ... und ich habe nichts gemacht.«

Seine Stimme versagte.

»Mickey ist ja nun nicht wirklich dein Freund, er ist mein Kollege«, sagte ich, um ihm zu helfen.

Baby verstummte und fing dann wieder an zu weinen und sagte verschiedene Versionen von »warum«. Von Nahem war sein Gesicht schwer zu erfassen, und der blaue Schatten unter seinen Augen ging ins Grünliche über mit einem Stich Gelb. Meine Gedanken waren unförmig wie die Erinnerung an einen Traum. In diesem Moment wusste ich nicht, warum ich gesagt hatte, was ich gesagt hatte. Es war ein Bedürfnis gewesen, das mir verborgen war und deshalb war es schwierig, ehrlich zu sein. Ich wusste nicht, warum. Darum? Babys Eindringlichkeit war mir unangenehm.

»Hast du meine Entschuldigung bekommen?«, fragte ich.

Baby unterbrach sein Jammern.

»Ich habe dir zwölftausend Kronen überwiesen. Das ist nicht das Wohnungsgeld, das ist nur für dich. Vielleicht hast du es noch gar nicht gesehen? Aber ich wollte dir was Schönes schenken, damit du begreifst, dass ich es ehrlich meine. Dass meine Entschuldigung ernst gemeint ist.«

Baby legte sich die Hand vor den Mund, als wollte er ein Lächeln verbergen, obwohl er gar nicht lächelte. Ich zählte oft meine Zähne mit dem Zeigefinger ab. Manchmal war die Oberfläche irgendwie glatt, sodass ich abrutschte. Was soll ich noch tun?, fragte ich. Es ist ja nicht so, dass du berühmt wärst. Es kümmert niemanden, ob du jemanden vergewaltigt hast oder nicht, das Einzige, was sie interessiert, ist, ob ich vergewaltigt worden bin. Und das bin ich ja. Du bist übrigens fremdgegangen. Mit einem *Kind.* Niemand weiß, wer du bist. Du hast mich rausgeworfen. Du hast mir versprochen, mich niemals zu verlassen, und dann hast du mich doch verlassen.

Baby packte mich am Kinn und sagte:
»Hör zu.« Seine Nägel waren weit heruntergekaut, und die Nagelhäute standen ab wie harte Splitter. »Ich will dich nicht. Mir wird schlecht beim Gedanken, dich zu vögeln. Kapiert? Du hast mein Leben zerstört. Du bist eine kranke Schlampe. Und außerdem, merk dir das gut, würde ich dich nicht mal vergewaltigen.«
Baby verschmolz mit mir oder verflocht sich mit mir und drückte seinen Schritt an mein Bein, und 259

ich spürte, dass er hart war. Früher hatte ich seinen Schwanz vergöttert, der eher lang als breit war, er rasierte sich nicht, nein, er trimmte sich nicht einmal. Ich zog ihn damit auf, er sei wohl so ein Freak aus den Siebzigern, und ich nahm oft seine Eichel in den Mund und saugte vorsichtig daran, mit Liebe in der Zunge, und dann schob ich mit den Lippen langsam die Vorhaut zurück, während die Spitze in meine Kehle vordrang. Er fand, mein Mund sei so heiß, dass es brenne. Ich oder er waren das Licht. Der andere war der Stein. Eine Art Wechselwirkung, aber irgendwann hatte ich keine Lust mehr auf Oralsex. Wie es eben so ist. Seine Eichel war dunkelrot, wie echtes Fleisch mit Blut. Ich wollte der Intimität auf die Pelle rücken und zeigte auf die Risse in der Vorhaut, wie ich auf seine Zähne gezeigt hatte, und sagte: »Da ist dein Herpes, von dem du behauptest, er sei latent«, aber er wehrte ab, er hätte keine Ahnung davon gehabt. Das war bestimmt richtig. Baby wusste nichts über seinen Körper oder über seine Seele. Als ich einmal seine Ex in einer Kneipe kennenlernte, sagte sie zu mir: »Dann hast du jetzt auch Herpes!« Und diese unbedeutenden kleinen Wunden verbreiteten sich durch ganz Stockholm wie eine Landkarte über Babys hysterische Nächte; jetzt waren sie bei Nina angekommen. Also log er. Ich ebenfalls. Scheiß drauf. Es machte mich zu einer unter vielen. Babys Lügen waren ihm nur schwer nachzuweisen, weil sie eher darauf zielten, mich dazu zu bringen, an mir zu zweifeln, als dazu, ihm zu glauben. Ich hatte geleuchtet, und dann hatte ich es nicht mehr getan, aber ich verzieh ihm, und ich begriff, was er meinte, wenn er sagte, ich würde Vergewaltigung als Kompliment verstehen. Eine Strategie, die ich als Teenager entwickelt hatte, war, mir erotische Fantasien über Übergriffe auszudenken, denn ich dachte, wenn ich bei einer Vergewaltigung erregt wäre, wäre es keine Vergewaltigung mehr. Dann konnte man mich quasi nicht vergewaltigen, und es war immer noch besser vergewaltigt zu werden als verlassen. Am schlimmsten war es, verlassen zu werden. Vergewaltigungen sind im Grunde wie Sex. Identisch in der Durchführung, aber mit einem anderen Gefühl, und dieses Gefühl hatte ich mir vertraut gemacht. Also vergewaltige mich oder schlag mich. Hauptsache, du verlässt mich nicht. Baby irrte sich, wenn er dachte, das sei krank. Ich bin mir sicher, dass es ziemlich verbreitet ist. Mickey sah es jedenfalls auch so. Bodil, alle. Alles war doch nur Rauschen. Alles war Rauschen um das Licht, das durch Stein brennen konnte. Wenn Baby jemand gewesen wäre, der so etwas verstehen konnte, hätte ich es ihm erklärt, aber er war dummdumm, eine Dummheit, die ich liebte. Eine Dummheit, die mir wie die Lüge Raum verschaffte, denn er war nicht klug genug, um mich zu spiegeln oder zu durchschauen. Statt mich zu erklären, schlang ich die Arme um seinen Hals.

»Ich glaube, ich habe dich vermisst«, sagte ich und drückte meinen Mund an sein weißes T-Shirt, und hinter dem Stoff war seine schmale Brust, und ich pustete warme Luft darauf. Der Stoff wurde feucht vom Dampf. Ich öffnete den Gürtel seiner schwarzen Jeans, und Baby zog sie herunter. Wir hatten das schon mal gemacht. Er tastete mit einer Hand nach meiner Pussy und stöhnte, als er merkte, wie feucht ich war. Die Feuchtigkeit kam von Herzen. Die Feuchtigkeit war das Ehrlichste. Baby legte seine andere Hand vorsichtig um meinen Nacken, und die Haare, die nicht im Pferdeschwanz gelandet waren, lockten sich. Es war heiß draußen, und drinnen auch. Wie immer, wenn ich mich richtig erinnerte. Gab es andere Tage, mit hoher, klarer Luft? Nein, das konnte nicht sein. Gab es Tage ohne Laub an den Bäumen? Ich setzte mich auf dem Küchentisch zurecht und zog ungeduldig die Unterhose beiseite. Als er in mich eindrang, sagte er meinen Namen.

»Sag nicht Bibbs«, erinnerte ich ihn, »sag Bruder«, doch bevor wir noch mehr sagen konnten, hatte er sich schon wieder losgerissen.

»Du musst gehen, Bibbs.« Mit vor Erregung weichen Beinen erhob ich mich vom Küchentisch.

»Ich meine es ernst«, sagte er, »geh«, und dann drehte er sich zum Spülbecken und schnappte sich einen Holzlöffel, den er auf die Spüle schlug, bis er zerbrach. Anschließend nahm er einen weiteren Kochlöffel, aus Edelstahl, und schlug damit auf den Herd, bis er verbog. Der Löffel sah aus wie ein großer Angelhaken. Babys Hintern war blass mit dunklem Haar, das fächerförmig zwischen den Pobacken herauswuchs. Er packte das Abtropfgestell voll abgewaschenem Geschirr und schleuderte es ins Becken.

»Musst du so dramatisch sein«, sagte ich und rückte

meine Unterhose zurecht. »Sei so gut und krakeel nicht so rum«, fuhr ich fort und ging in den Flur, ich hatte keine Angst, aber Baby hasste es, wenn ich »sei so gut« sagte, er fand, das klinge von oben herab. Er folgte mir, stolperte jedoch über seine Jeans und hielt sich am Garderobenständer fest. Beide fielen um.

»Gib zu, dass ich dich nie vergewaltigt habe!«, brüllte er und sah albern aus, auf den Jacken liegend und kurz vorm Explodieren, er stand auf und zog sich die Jeans hoch. Der Gürtel hing wie zwei Zungen zu beiden Seiten des Hosenstalls herab.

»Gib zu, dass ich dich fucking nie vergewaltigt habe«, und ich brüllte zurück:

»Aber das hab ich doch schon!«

Babys Blick veränderte sich. Jede Frau, die mit einem irren Mann zusammenlebt, weiß, dass sie einen Rückzieher machen muss, wenn der Blick plötzlich umschlägt. Als hätte man ihn versehentlich angeklickt. Und wenn man ihn angeklickt hat, kann man ihn nicht mehr steuern. Man drückt also so fest man kann auf das Gemeine, aber nur bis zum Klick, dann dreht man sich um und haut ab. Man haut ab, so schnell einen die Beine tragen, denn wenn ein irrer Mann Fahrt aufnimmt, gibt es kein Halten mehr. Der Klick deckt eine unverkennbare Wahrheit auf, und das ist, dass er hart ist und der andere zerbrechlich. Der andere bin ich, ich bin es, die zerbrechlich ist. Ich senkte die Stimme, um klarzumachen, dass ich ihn nicht herausforderte. Um klarzumachen, dass ich dem Klick gehorchte.

»Schatz, ich hab es doch zugegeben.«

Ich nahm die Hände hoch. Kapitulierte, beide Handflächen zur Decke gestreckt, wie um zu sagen: Nimm alles. Jemand klingelte an der Tür. Wir drehten uns beide um.

DIE DICKE Nina aus Örkelljunga mit dem teuren Erd-beerhaar stand vor der Tür.

»Was willst du?«, fragte ich, noch ehe sie etwas sagen konnte und blockierte den Eingang. Ich wollte nicht, dass sie Baby sah. Aber Baby stellte sich dicht hinter mich und schaute mir über die Schulter.

»Bibbs wollte gerade gehen.« Mir war schlecht.

»Ich bin gerade erst gekommen.«

Baby sagte: »Du warst lange genug da.«

Nina wirkte unglücklich. Als würde sie gleich an-fangen zu weinen.

»Was gibt's da zu heulen?«, fragte ich. Sie begann zu weinen. Ich fasste es nicht. Ich verdrehte die Augen.

»Verdreh du nicht die Augen«, sagte Baby, der mich beiseitegedrängt hatte und jetzt zwischen uns stand.

»Ich verdreh nicht wegen dir die Augen.«

Nina wischte sich die Tränen ab.

»Bibbs, ich wollte nicht ... Ich wusste nicht, dass du hier bist. Ich hasse es, Leute unglücklich zu machen. Entschuldige. Vielleicht ist es am besten, wenn ich gehe.«

»Das ist meine Wohnung«, sagte ich, »also ja, wahr-scheinlich ist es am besten.«

Baby sagte: »Das ist nicht deine Wohnung.«

»Wenn du mir vorhin zugehört hättest, statt hysterisch zu werden« (ich war jetzt wieder mutig, weil Ninas
Anwesenheit Schutz vor seiner gefährlichen Wut bedeutete) »wüsstest du, dass ich das Geld zusammenhabe.
Die Wohnung gehört, wie du versprochen hast, mir.«

Ninas dummes Gesicht und dass es Baby gelang, sich
trotz dieser Verkündung zu kontrollieren, ließen diese
ins Leere laufen. Nina sah nicht aus, als wüsste sie,
wovon ich sprach, und Baby sah nicht aus, als fände
er, dass Geld etwas bedeute. Die Verlegenheit, etwas zu
Ende bringen zu müssen, das man sich vorgenommen
hat, überrollte mich und der Triumph blieb aus. Da
hab ich jetzt vielleicht doch ein bisschen übertrieben,
dachte ich, als ich die beiden leeren Hüllen so vor mir
stehen sah. Der Boden war mit Plastiklaminat ausge-
legt. Nina war schwabbelig. Baby war oberflächlich.
Sie waren meine große Show gar nicht wert. Etwas in
Babys Gesichtsausdruck verriet darüber hinaus, dass
er das mit dem Geld nicht ernst gemeint hatte. Es war
Freitag. Freitags ist Ziehung des Eurojackpots, aber ich
hatte kein Los gekauft und deshalb keine Chance zu
gewinnen. Bald musste die nächste Miete bezahlt werden, und meine letzte Kreditkarte war so gut wie aus-
gereizt. Wir hatten nach bestem Vermögen versucht,
uns ein stinknormales Leben aufzubauen, ein Leben
für zwei stinknormale Idioten, aber vor meinem Mann
und seiner Geliebten klangen einhunderttausend Kronen wie Wechselgeld. Na, und?, dachten sie. Und ich
ebenfalls. Die Sache mit dem Geld ist, dass man sofort,

wenn man welches beschafft hat, Neues beschaffen muss. Es reicht nicht, einmal zu bezahlen. Ich war bereit, mich geschlagen zu geben, und dieses Eingeständnis schmerzte nicht einmal, denn es kam mit der Erkenntnis: Es gab keine Slipgatan ohne Baby.

»Okay, fine. Wenn du nicht gehst, Bibbs, dann gehen wir«, sagte Baby und machte seinen Gürtel zu. »Aber behalt deine hunderttausend. Wir reden später darüber.«

Nina versuchte, nicht auf seine offene Hose zu starren. Ich lachte abgehackt. Haha. Sie war noch nicht für dieses Leben bereit.

»Du bist nicht bereit für mein Leben.«

Nina murmelte etwas. Baby wusste, dass ich es hasste, wenn Leute murmeln.

»Ich will dein Leben gar nicht«, hörte ich heraus.

»Es geht nicht immer nur um dich, Bibbs«, sagte Baby, und ich wusste, dass er recht hatte, aber jetzt gerade ging es um mich.

»Ich habe dich zu dem gemacht, was du bist«, sagte ich zu beiden. Baby wiederholte, ich könne mir aussuchen, wer von uns gehen solle. Was war das für eine Wahl? Das Gewalttätige in ihm war plötzlich ruhig, er war jetzt ein anderer. Ich wusste, wer: Fake-Baby. Zu Beginn war er auch bei mir Fake-Baby gewesen, als wir dachten, wir könnten miteinander neu sein. Als wir dachten, alles Bisherige hätte keine Bedeutung, und als die Verlogenheit noch über uns lag wie eine schützende Hülle. Niemand verlangt Wahrheit von Frischverliebten. Im Gegenteil, sie wird zurückgewiesen.

»Bevor du gehst«, sagte Baby und entschied damit, dass ich es war, die gehen würde, »möchte ich, dass du Nina sagst, was du mir gesagt hast.«

Ich sagte, ich wisse nicht, wovon er rede. Der verrückte Baby klickte in seinen Pupillen an.

Ich sagte: Okay, fine. Baby hat mich nicht vergewaltigt. So. Jetzt könnt ihr euch gegenseitig die Schwänze lutschen oder was auch immer ihr vorhabt.

Nina schrie auf. Ein »Oh« entwischte der Zunge.

»Ich wusste es!« Wusstest du es wirklich? Wie lange schlaft ihr schon miteinander, fragte ich, da wir nun so ehrlich zueinander sind?

»Du brauchst nicht darauf zu antworten«, sagte Baby mit seiner dominanten Stimme. Ich wusste, dass sie noch nicht lange miteinander schliefen, sonst hätte Nina unbefriedigter ausgesehen. Sie trug ein langes Blümchenkleid mit Puffärmeln, und ich konnte nicht einschätzen, ob sie sich so anzog, um Mädchenhaftigkeit vorzutäuschen oder weil sie noch so nah an der Kindheit war, dass es nicht weiter bemerkenswert war. Ihre Schuhe waren aus Stoff. Die Tasche strohgeflochten. Ich sah, was Baby sah, und er sah nicht Nina. Scheiß auf Nina, Baby, ich kenne dich doch. Ich kenne dich doch besser als du dich selbst. Ihre Jugend war seine Chance auf einen Neuanfang. Darauf, noch einmal Fake-Baby auszuprobieren, und diesmal würde es vielleicht sogar klappen. Würde sozusagen Fake-Baby den echten Baby überschreiben. Ein neuer *Fame*, der so sehr leuchtete (bis er es nicht mehr tat). Ums Handgelenk trug Nina ein selbst gemachtes Armband aus bunten Plastikperlen, und ich dachte: »Baby, ich war nie diejenige, die sich nach der Lüge gesehnt hat. Das warst du.« Zwischen uns war von Fake-Baby nichts mehr übrig. Ich hatte zu viel gesehen und gehört. Ich hatte alles gesehen und gehört. Die Wahrheit hatte ihn ausgelöscht. Ich kapierte es, als ich die Sommersprossen auf Ninas Brust sah, sie machte sich keine Sorgen wegen Sonnenbrand oder Falten. Dort würde er ruhen, wie jemand anderes, eine Weile. Vielleicht sympathisierte sogar ein Teil von mir mit ihm, doch eine solche Möglichkeit würde sich mir niemals bieten. Und Baby und ich rechneten immer genau alles genau auf und vergalten ein Unrecht mit einem anderen. Für solche wie mich gab es keinen Neuanfang. Ich konnte nicht so tun, als hätten die vergangenen Jahre nichts mit mir zu tun. Dieser Traum war so unerreichbar, dass er sich nicht einmal träumen ließ.

»Ihr seid lächerlich«, sagte ich, »total albern. Ihr verdient einander.« Ich zog mir die Sandalen an. Nina hatte Boden gewonnen und war in den Flur getreten. Ins Flurherz. Sie nahm ihre hässliche Handtasche ab, die sie quer über der Brust getragen hatte, und stellte sie auf den Rattanstuhl.

»Wie viel wiegst du?«, fragte ich. »Du weißt, dass Baby auf Fette steht?«

»Jetzt halt endlich die Fresse, Bibbs«, sagte Baby.

Alles zerrann mir zwischen den Fingern. Ich wusste nicht, wie ich die Hand schließen sollte. Und ich konnte das Zerrinnen nicht aufhalten.

»Was meinst du damit, wie viel ich wiege?«, fragte Nina. Ihr Blick war schmal und verschlagen.

Ich hatte die ganze Woche schlecht gegessen und überraschte mich selbst, indem ich plötzlich losheulte. Die Augen, die mir wehgetan hatten, hörten auf wehzutun. Ein Knorpel in der Brust, der den Tränenkanal verschloss, löste sich, und das Weinen brach sich mit solcher Wucht Bahn, dass ich es nicht zurückdrängen konnte. Um mich zu sammeln, bückte ich mich und tat, als würde ich die Spange meiner Sandalen richten. Die Tränen tropften auf meinen Fußrücken.

»Ich bin schwanger«, sagte ich und richtete mich auf.

»Falls du findest, ich sehe dicker aus als sonst, dann deswegen«, und Ninas Gefühl, in die Slipgatan zu gehören, verließ sie. Ich konnte regelrecht dabei zusehen. Baby stand hinter mir. Er machte ein Geräusch. Ein Geräusch, das ich nicht kannte, aber es war nicht das Weinen von vorhin. Wenn ich mich umdrehte, würde er meine Tränen sehen, und das gönnte ich ihm nicht. Bestimmt hatte ich während der vergangenen Woche zugenommen, da hatte Nina recht. Noch vor einer Woche hatte ich das mit den Kohlenhydraten so gut im Griff gehabt und hatte Grünkohlsalat gegessen und Vodka Soda getrunken. Die Tränen strömten mir übers Gesicht.

Nina sagte:

»Oh, mein Gott.«

Ja, oh, mein Gott. Warum kehrte ich wohl nach Hause zurück? Um alles zu verlieren oder um es zurückzugewinnen? Natürlich, um es zurückzugewinnen.

UNTEN IM Treppenhaus ging die Haustür, und die Wohnungstür hinter Nina flog vom Luftzug auf. In der Slipgatan musste man die Türen immer ordentlich zuziehen, und so ging ich ins Treppenhaus, um nach der Klinke zu greifen. Doch da kam bereits Yvonne, unsere Nachbarin direkt neben uns, die Treppe herauf. Wir hatten das gleiche Sternzeichen, und sie wurde bald siebzig.

»Bibbs! Ich glaube, eure Wäsche ist vom Balkon geweht worden.«

Ich sagte, nein, das sei ist nicht unsere Wäsche, dann fielen mir die Laken ein, und ich zog die Tür zu, während sie die letzten Stufen bis zu unserem Absatz hinauf nahm.

»Doch«, rief sie schnell, »da liegt ein ganzer Haufen Bettwäsche im Hof, es ist wahrscheinlich besser, du holst sie rauf, bevor sie allzu dreckig wird.«

Ich bedankte mich, aber Yvonne war noch nicht fertig.

»Herzlichen Glückwunsch nachträglich übrigens!«

Yvonne war völlig vernarrt in Baby und freute sich riesig, wenn ich es wieder einmal geschafft hatte abzunehmen. Sie hatte zwei Töchter und fragte regelmäßig, wann Baby und ich denn endlich Kinder kriegen würden. »Wartet nicht zu lange damit«, hatte sie uns bereits kurz nach unserem Einzug gewarnt, als wüsste sie etwas über die Zukunft, von dem ich keine Ahnung hatte. Nachdem wir ein Jahr in der Slipgatan gewohnt hatten, wurde ich tatsächlich schwanger, aber ich konnte es Yvonne nicht sagen. Denn ich hatte es zwar versucht, mich dann aber doch anders entschieden. In der Sekunde, in der Baby in mir kam, spürte ich, dass es sich festsetzte, und ich wusste, dass ich schwanger war. Wir hatten noch nicht darüber gesprochen, Eltern zu werden, aber er schlief mit mir, als sehnte er sich nach etwas, als wollte er mich an sich binden, und meine Pussy sog ihn in sich hinein. Am Tag, nach dem meine Periode hätte einsetzen müssen, machte ich einen Schwangerschaftstest, während Baby noch auf dem Bett lag, und als ich ins Schlafzimmer zurückkehrte und sagte, dass ich schwanger sei, sagte er: »Ach, du Scheiße«, wofür er sich später entschuldigte. Baby wollte Vater werden, war sich aber gleichzeitig sicher, dass er dafür nicht geeignet war. Das glaubte ich ihm sofort, und als das Plus auf dem Stick erschien, war ich mir plötzlich absolut sicher, dass ich mich nicht an Baby binden wollte. Mein Körper offenbarte mir, was mein Herz noch nicht bereit war, einzusehen, nämlich, dass der glückliche Sommer vorbei war.

Sechs Wochen lang war ich schwanger, und wenn niemand zusah, probierte ich aus, wie es sich anfühlte, die Hand auf meinen Bauch zu legen. Die Abtreibung nahm ich bei Marite zu Hause vor, die mir anschließend frittierte Krabben mit süßsaurer Sauce anbot. Ich war sechsunddreißig und dachte, es würden sich weitere Chancen ergeben. Baby schlug sich selbst ins Gesicht, als ich heftig blutete und wir uns wegen der Sache stritten. »Versprich mir, dass du nie wieder abtreibst!«, brüllte er, und ich versprach es.

Yvonne hatte Kinder und Karriere und außerdem einen netten Mann, der gern verreiste. Jetzt entdeckte sie Baby und Nina. »Sie kenn ich doch!«

»Yvonne.« Ich wollte Nina wegschubsen, sodass man sie nicht mehr sah, oder Yvonne sagen, sie hätte sich geirrt, die junge Frau sei überhaupt nicht Nina, sondern eine ganz normale, mittelmäßige Frau. Niemand Besonderes.

»Yvonne, wir waren gerade mitten in einer Diskussion.«

»Sie sind das, Sie sind richtig gut! Nina Samuelsson.«

Nina war zu schwach, um zu widerstehen. »Finden Sie?«

»Ich habe Sie neulich bei SVT Play gesehen. Total lustig war das! Ihr seid euch wirklich ein bisschen ähnlich«, sagte Yvonne und meinte es als Kompliment an mich.

»Danke«, sagte ich. Yvonne hatte die Hand an den Rahmen gelegt, und am liebsten hätte ich die Tür richtig fest zugeknallt.

»Wir waren gerade mitten in einer Diskussion, also ...«

Meine Stimme war angespannt, und Yvonne kam aus

dem Konzept. Sie schaute uns der Reihe nach an, fragend oder abschätzend.

»Jemand muss runtergehen und die Wäsche holen«, sagte sie, und Nina sagte, das kann ich machen, und ich sagte okay, aber Baby sagte, nein, ich mach das, und dann zog er sich die Schuhe an und schloss die Tür hinter sich. Ich hörte seine und Yvonnes Stimme durchs Treppenhaus hallen.

Nina errötete vom Hals bis zum Haaransatz und schüttelte ungläubig den Kopf.

»Wir haben uns doch neulich erst im Tennstopet über Kinder unterhalten. Da wusstest du wohl noch nicht, dass du schwanger bist, oder? Denn dann sind solche Nächte, wie wir sie hatten, jetzt ja erst mal vorbei. Vielleicht ganz gut so.«

Sie wolle ja selbst gern Mutter werden, wiederholte sie unser Gespräch von jenem Abend, immer noch auf der Suche nach Gemeinsamkeiten. Aber eben eine junge Mutter. Frauen müssten füreinander da sein, das glaube, nein, das *wisse* sie. Nur eine Frau könne eine Frau verstehen. Wie es wirklich sei. Nina wollte allen eine Schwester sein. Nina wollte etwas Gutes zur Welt beitragen. Nichts Schlechtes. Das war ihr nicht gelungen, das gab sie zu. Ich merkte, dass ihre Mädchenhaftigkeit nicht gespielt war. Bei ihr war das eine Idiotie, die anhielt. Etwas, das noch nicht zerstört worden war. Vielleicht etwas, das verschont worden war. Ihr rundes Gesicht war penibel geschminkt. »Alle Frauen sind meine Schwestern«, sagte sie, ergriffen von der

Feierlichkeit des Augenblicks. »Wenn ein Kind im Spiel ist ...«, sie weinte wieder. »Entschuldige, ich komme mir so furchtbar dumm vor.«

Ich überlegte, ob sie wohl begriff, dass sie hier das Kind war.

Eines Nachmittags, so Nina, habe sie einen Anruf von einer unbekannten Nummer erhalten. Der Anrufer meinte, er hätte ihre Nummer von einem gemeinsamen Kumpel und behauptete, Nina im ICA Supermarkt gesehen zu haben. Er fände sie schön und würde sie gern zum Essen einladen. Da sei sie geschmeichelt gewesen. Sie verabredeten sich in einem merkwürdigen Lokal. Dort angekommen, habe sie festgestellt, dass sie den Mann kannte. Es war Baby, Bibbs Freund. Zunächst sei ihr das unangenehm gewesen, und sie sei beinahe wütend geworden, aber Baby habe ihr versichert, die Beziehung sei so gut wie beendet. Baby sei da sehr klar gewesen. Alles sei vorherbestimmt. Bibbs und Babys Zukunft sei vorherbestimmt gewesen, und Ninas und Babys Zukunft sei es ebenfalls. Nina war nur ein Mädchen, das sich wünschte, dass jemand sie wollte. Ich sah ihr an, dass das nicht gespielt war. Nina war solche Entschlossenheit bei Männern nicht gewöhnt. Männer in ihrem Alter waren schwer zu bekommen, sie riefen einen nicht einfach an. Sie schrieben auch selten. Außerdem hatte Baby ihr gesagt, mit mir zusammenzuleben, wäre schwierig, außerdem wolle er Familie haben, ich aber nicht, nein, ich weigere mich sogar und hätte abgetrieben, ohne ihn vorher zu fragen. Nina ver- 275 suchte herauszufinden, ob das stimmte, aber darauf ging ich nicht ein. Als Baby sie erblickt habe, meinte Nina, hätte er gewusst, dass sie beide etwas Besonderes wären, als Paar. Sie habe eigentlich gehen wollen, aber dann bestellten sie irgendwie nach jedem Glas gleich das nächste, und dann seien sie zu ihr nach Hause gegangen. Entschuldige. Sie habe sich selbst nie als die jüngere Frau gesehen oder als die zweite Frau. Sie finde außerdem, dass das eine sexistische Bezeichnung sei. Sie kannten sich seit gut einem Monat, und als sie mich zufällig im Tennstopet getroffen habe, habe sie nicht länger die Augen davor verschließen können, dass das, was sie tat, nicht schwesterlich sei. Ich sei schließlich eine reale Person, und sie sei betrunken gewesen und habe gewusst, dass Baby mich verlassen wolle. Baby hätte ihr kurz vorher geschrieben, dies sei der Tag. Schon beim ersten Date habe er ihr einen Antrag gemacht. Ich musste an das erste Mal denken, als er mich angerufen und gebrüllt hatte: »Ich liebe dich.« Da kannte ich noch nicht einmal seinen Nachnamen. Baby hielt um eine Frau an, wenn er abgrundtief betrunken und verzweifelt war. Verzweifelt und panisch und voller Furcht davor, er selbst zu sein.

Als Nina von seinem Antrag erzählte, bekam ich gegen meinen Willen Angst. Ich fragte mich, wie lange er schon nicht mehr den Angelhaken an der Schnur zu seinem Herzen rucken spürte. Ich fragte mich, wie lange er sich schon verlassen fühlte. An jenem Abend im Tennstopet hatte Nina versucht, mir alles zu sagen. Es sei schwierig gewesen, Worte zu finden, meinte sie jetzt. Deshalb habe sie es herausgezögert. Sie habe mich noch zu sich eingeladen, um es dort endlich hinter sich zu bringen. Die Toilette funktioniere übrigens schon lange nicht richtig, beendete sie die Geschichte, man müsse warten, bis das Wasser nachgelaufen sei, dann könne man noch einmal spülen.

»Ich wollte mich nicht zwischen euch drängen«, versicherte Nina. »Oder ... eure Familie kaputtmachen. Baby ist nicht mal ... Er ist nicht mein Typ. Diese Welt ist mir zu ... Es ist einfach nicht meine Welt.«

Meine und Babys Welt, in der wir im Feuer miteinander verschmolzen waren, einem Feuer aus heartbreak und Kummer. Ich hatte immer recht gehabt, wenn ich befürchtet hatte, Baby könnte mich betrügen. Ich war eine Person, die sich selbst trauen konnte.

»Er ist ein Fan«, sagte ich. Nina lächelte, so wie schwache Frauen lächeln. Nichts an ihr war ehrlich.

»Ja«, sagte sie, »ein beschissener Groupie.«

»Aber jetzt ist es so, dass ich ein Kind mit diesem Groupie bekommen werde«, sagte ich. Nina sagte, klar, entschuldige. War nicht böse gemeint.

»Dann hast du den Herpes also von ihm«, sagte ich.

»Baby hat behauptet, er hätte nicht gewusst, dass er Herpes hat«, sagte sie. »Bei manchen sei das irgendwie latent.«

Indem sie es laut aussprach, hörte es auf wahr zu sein. Ich nickte. Es klingelte an der Tür. Baby war zurück, mit der Bettwäsche im Arm, und Nina nahm die Tasche vom Stuhl. Er sagte:

»Scheiße, Bibbs.« Mit der Bettwäsche im Arm. Da war Gras an der Bettwäsche in seinen Armen. Er klang leicht verärgert.

»Ich geh dann wohl mal«, sagte Nina fragend, und einen Moment lang fürchtete ich, Baby könnte sie zurückhalten, aber er sagte: »Ja, das ist wahrscheinlich am besten.«

Wut flammte in ihrem Kindergesicht auf, aber das bemerkte nur ich. Nur Frauen können so etwas sehen, dachte ich. Sie drehte sich um und sagte, schon halb in der Tür:

»Man sieht sich«, und ich echote: »Man sieht sich.«

Der Sturm in Baby hatte nachgelassen, und sein Körper fühlte sich nachgiebig an in meinen Armen. Ich hatte die Krise unterschätzt. Ich hatte unterschätzt, mit welcher Macht er sich selbst vergessen wollte.

»Schatz, bist du schwanger?«, fragte er, und sein Blick war furchtsam und sein Mund wütend und seine Stimme verliebt. Er hielt mein Gesicht in seinen Händen.

»Wie sollen wir das bloß hinkriegen?« Aber er fragte nicht mich. Er fragte eine höhere Macht. Wir küssten uns. Aus dem Augenwinkel sah ich den umgestürzten Garderobenständer. Baby sagte, er wisse nicht, was er sagen solle, sagte dann aber: Du musst aufhören, Pornos mit Schwangeren zu gucken. Wir küssten uns erneut.

»Wir können ja jetzt Pornos mit Schwangeren machen«, tröstete ich mich. Baby nahm meine Hand und führte mich ins Wohnzimmer, und wir setzten uns aufs

Sofa. Pflanzen, deren Namen ich nicht kannte, im Fenster. Baby meinte, wir würden glücklich werden. Wir werden glücklich werden. Baby fragte, seit wann ich es wüsste. Ich antwortete nicht. Er sah müde aus. Für mich waren Lügen immer eine Intention gewesen. Eine Wahrheitsintention.

»Niemand ist wie du«, wiederholte Baby immer wieder. Wie ein Fluch, der sich unmöglich aufheben lässt. Ich ritt ihn auf dem Sofa. Als er kurz davor war, sagte ich ihm, er solle in mir kommen und versuchte zu spüren, ob es sich einnistete. Ich wollte mir einbilden, dass es das tat. Wenn eine Lüge zur Wahrheit aufsteigt, löst sie sich auf und verschwindet.

Der pfirsichfarbene Abend war ein Streicheln vor dem Fenster und erinnerte an die Früchte, die im Garten gewachsen waren, bevor wir uns gekannt hatten. Bevor wir wussten, dass wir ineinanderpassten wie das Messer ins Fleisch. Durchs Wohnzimmerfenster sah ich, wie das Laub sich sanft bewegte, es streichelte den Abend zurück. Als wäre der Abend etwas, in das man sich hineinstreicheln könnte. Baby lag mit dem Kopf auf meinem Schoß und blickte auf. So sah sie aus, die echte Intimität, nach der ich gesucht hatte. Seine Stirn war glatt und seine Augen traurig.

»Gut, dass wir sie losgeworden sind«, sagte ich, und ich weiß nicht, ob der Gedanke richtig stimmt, aber ich dachte, dass echte Intimität ja nichts mit einem Kind zu tun hatte, sondern mit Wahrheit.

»Eigentlich bin ich ja gar nicht schwanger«, sagte ich deshalb. Baby sagte nichts. Ich wiederholte mich:

»Oder ich bin wahrscheinlich nicht schwanger. Ich bin mir nicht sicher. Es fühlte sich an, als hätte sich was eingenistet.«

»Was?«

Ich versuchte, ihn in meinem Schoß zu halten, aber er wand sich aus meinem Arm.

»Aber das Geld habe ich wirklich«, sagte ich und versuchte fröhlich zu klingen.

Die Hunderttausend, von denen ich gesagt hatte, ich würde sie zusammenkriegen, hatte ich wirklich.

Ich wollte, dass Nina geht.

Ich wollte schwanger sein.

Ich bin verrückt nach dir.

Ich will, dass du mich schwängerst.

Ich will, dass du mir verzeihst.

Ich will, dass du in mir kommst, nachdem du meine Beine über meinen Kopf gehoben hast

und während du meine Füße festhältst.

Verlass mich nicht.

Ich verzeih dir.

Nina hat gesagt, du hast ihr einen Heiratsantrag gemacht.

Zuerst hast du mir einen Heiratsantrag gemacht.

Ich mache dir jetzt einen Heiratsantrag.

Keine ist wie ich, das hast du selbst gesagt.

Ich lass dich sein, wie du bist.

Nina ist zu jung, zu glücklich.

Ein Herztyp.

Wir sind Psychotypen.

Ich habe dir alles gegeben. Ich meine, alles-alles.

Ich habe nichts anderes.

Ich habe niemand anderen.

Ich habe zwei von diesen Wohnzimmertischen hier gekauft,

und ich zählte weiteres Unrecht auf, das ich vergeben, und Geschenke, die ich gemacht hatte, und Baby hörte mir zu. Wenig Geld zu haben, war eine Art negatives Gewicht oder Minus-Gewicht, aber auf dem Markt der Gnade hatte ich richtig investiert. Ich hatte alles und allen vergeben. Als Baby sagte: »Ich hasse dich«, antwortete ich: »Aber ich liebe dich.« Als man mir vorgeworfen hatte, ich sei *out*, stimmte ich zu. Als ich Aufträge an Jüngere verlor, sagte ich, bitte sehr, und vergab allen großzügig, denn ich wusste, dass man keine Wiedergutmachung bekam. Wiedergutmachung ist ein Trugschluss. Das hatte sich diese Woche noch mal ganz klar bestätigt. Was es gibt, sind die Tage und das Geld und verschiedene Arten, beide zu verschwenden. Marite meinte, Vergebung wäre gelogen, wenn man alles aufrechnete, so wie ich. Aber ich tat das ja nicht, weil ich kleinkariert war. Ich tat es, um eines Tages tausend Unrechte gegen das eine große aufzurechnen. Heute Abend war die Zeit dafür gekommen.

»Du hast das Geld?«, fragte er, vielleicht erleichtert, heute doch kein schlechter Vater werden zu müssen. Vielleicht überrascht darüber, den Unterschied zwischen Begehren und Bedürfnis erkannt zu haben.

»Ja, hab ich dir doch schon letzte Woche gesagt. Ich habe das Geld.«

»Kannst du jetzt einfach mal ehrlich zu mir sein, Bibbs? Es hat keinen Sinn mehr, sich gegenseitig zu belügen.« Ich sah ein, dass Baby recht hatte. Wir hatten den Pfad der Wahrheit eingeschlagen, zu dem wir ohnehin unterwegs gewesen waren. Weil wir uns bereits all die Male im grellen Licht gesehen hatten. Jetzt aber würden wir die Wahrheit auch aussprechen, und nicht nur sehen. Kein Fake-Baby und keine Fake-Bibbs mehr. In meinem Fall bedeutete das, dass er wusste, dass er von mir stets ebenso leicht die Lüge wie die Wahrheit bekommen konnte.

»Okay, ich hatte das Geld nicht, als ich gesagt habe, ich hätte es. Aber jetzt habe ich es. Ich habe es organisiert, damit du siehst, dass ich das kann.«

»Du hast gesagt, ich hätte dich vergewaltigt, und vor einer Minute warst du noch schwanger. Warum solltest du das Geld haben?«

»Ich liebe dich«, erwiderte ich. »Ich habe das Geld. Du kannst es entweder annehmen, oder wir können … wir können etwas anderes damit machen. Niemand will dich so sehr, wie ich dich will.«

Baby für dich höre ich auf, ich zu sein.

Baby machte das Denk-Gesicht.

»Hast du das alles getan, um mich zurückzugewinnen?«, fragte er. Ich nickte und dachte, das wäre die letzte Lüge.

Baby sagte: »Ach, Baby«, als wäre er erregt. Bestimmt war er erregt. Er wollte immer im Licht stehen, aber nicht in grellem, weißem Licht. Sondern in schmeichelndem, warmem.

»Ich möchte aufhören zu lügen«, sagte ich. »Ich möchte, dass du mich liebst.«

»Natürlich liebe ich dich«, sagte Baby. Und dann laut in den Raum: »Wir zwei gehören wohl zusammen.«

Ich wusste, was er fühlte. Dass uns das Geheimnis noch enger miteinander verbunden hatte.

»Das letzte Mal, als du schwanger warst, hast du mir versprochen nie wieder abzutreiben.«

Ich nahm seine Hand und legte sie auf meinen Bauch, als wäre ich bereits schwanger.

»Ich verspreche dir, nicht abzutreiben.«

»Fass mich nicht an«, sagte er, als ich meine Hand unter sein T-Shirt gleiten ließ. Aber dann überlegte er es sich anders.

»Doch, fass mich an. Ich habe auch viel Scheiße gebaut«, gestand er.

Ich sagte: Ja. Du hast viel Scheiße gebaut. Ich verzeihe dir alles.

»Ich weiß, Bibbs«, sagte Baby.

Wir aßen zu Abend, und ich saß dabei auf seinem Schoß. Die gespielte Mädchenhaftigkeit. Seine Arme um meine Taille. Nebeneinander machten wir unsere Abendtoilette, und während ich das Bild mit dem gesprungenen Glasrahmen aufhängte, bezog Baby das Bett neu. Nachdem wir uns im Bett zurechtgelegt hatten, flüsterte Baby, er wolle ebenfalls, dass ich schwanger würde. Er fühlte sich nicht mehr vertraut an, nachdem er in Nina gewesen war. Es fühlte sich an, als wäre er schmutzig oder verbraucht, dennoch schliefen wir miteinander. Nina und ich waren die Wahrheit über Babys Begehren. Ich wünschte, ich hätte es nicht gewusst. Wenn er auf Dicke stand, war ich entweder dick oder nicht begehrenswert. »Jetzt bist du vielleicht schwanger«, flüsterte Baby. So viel hatten wir seit über einem Jahr nicht mehr gevögelt. Die Jalousien waren heruntergelassen, und im Dunkeln kannten wir uns besser als bei Licht. Ich war neununddreißig. Baby hatte mir nicht gratuliert.

»Morgen musst du eine Richtigstellung schreiben oder so, allen mitteilen, dass wir uns wieder vertragen haben, vielleicht auch, dass die Hormone dich verwirrt haben. Du kannst ja sagen, du bist schwanger, wenn du das sowieso wirst.«

Ich kehrte ihm den Rücken zu, und er schob sich näher an mich heran. Wir wussten, dass wir einander als Geiseln benutzten.

»Das mache ich. Versprochen.«

»Woran denkst du?«, fragte er.

»Nichts.«

Aber ich überlegte, was wohl Mickey und all die anderen sagen würden. Und dass ich mir vielleicht einen neuen Job suchen musste. Oder noch schlimmer: ein Kind kriegen. Um mich aus der Klemme zu ziehen. Meine Kehle schnürte sich zu. Alle würden über mich herfallen und darüber schreiben. Alle waren so viele, und Baby nur ein einziger, und Kenneth würde bestimmt das Geld zurückwollen. Ich versuchte Baby

zu sagen, wie ich an das Geld gekommen war, fand
aber keine Worte, und er hatte ja auch nicht gefragt.
Nun dachte ich, er wolle es bestimmt gar nicht wissen.
Baby schlief zuerst ein. Ich versuchte, nicht verletzt zu
sein deswegen.

EINES TAGES werden alle, die wir kennen, tot sein. Einer von uns wird das erleben, und das ist eine Einsamkeit, die wir in uns tragen. Baby fand, das sei eine lächerliche Art, alles zu relativieren.

Okay, aber ein Begehren besteht darin, sich über sein Begehren zu erheben, und ein anderes besteht darin, ihm nachzugeben, und jetzt gab ich nach. Auch was ich damit meinte, begriff er nicht.

»Es muss etwas übrig bleiben, das nur *meins* ist, wenn alles aufgebraucht worden ist. Lügen können als eine Form von … Schweigen betrachtet werden.« Ich hatte der Welt gegenüber keine Rechtfertigungspflicht, so hatte ich es von Baby gelernt. Das sagte er nämlich immer, wenn er nachts nach Hause kam und ich fragte, wo er gewesen sei.

Baby zog die Jalousien hoch. Entweder war sein tätowierter Körper dünner oder meiner dicker geworden. Diagonal über seinen Bauch verlief eine lange Operationsnarbe aus seiner Jugend. Die Tätowierung auf seiner Brust stellte einen Drachen dar, und er hatte sie sich an dem Tag stechen lassen, an dem seine Schwester Abi machte. Am Abend war er auf die Straße gelaufen, ohne sich umzusehen, und von einem Auto überfahren worden. Angesichts der Leistungen anderer fühlte er sich selbst oft wertlos.

»Was heißt es eigentlich, etwas zu gestehen?«, fragte ich ihn. »Mein Leben ist kein Verbrechen. Das Leben einer Frau ist kein Verbrechen. Und haben wir uns nicht darauf geeinigt, dass ich deine Vergebung mit Hypotheken belastet und wir uns wieder vertragen haben?«

Baby sagte verärgert: »Jetzt schreib doch einfach, dass ich dir nichts getan habe.«

»Das kannst du doch selbst posten, wenn es dir so wichtig ist.«

»Fuck, ich hab kaum hundert Follower, Bibbs, und es ist nicht ganz das Gleiche, eine Tat abzustreiten oder eine Anschuldigung zurückzunehmen.«

»Es ist ja wohl nicht meine Schuld, dass du keine Follower hast«, sagte ich und scrollte durch die Fotos auf meinem Handy. Keins passte zu dem, was er mich zu schreiben zwingen wollte, und so begann ich lediglich einen Entwurf in der Notizapp des Handys. »Ich habe gelogen.« Nein. Niemand will wissen, was zwischen zwei gegensätzlichen Polen liegt. Ich schaltete das Display aus. Seine Bewegungen im Schlafzimmer waren mir so bekannt, als hätte er sie von mir gestohlen. Jeder, der für den Menschen, den er liebt, neben der Liebe auch die Verachtung zulässt, kann sich daran erinnern, durch welches Ereignis das idealisierte Bild zerbrochen ist. Für mich war es der Moment, in dem wir nebeneinander im Taxi gesessen hatten und Baby so besoffen war, dass er laut furzte. Später in der Nacht sagte er, ich sei eine klassische Schönheit. Diese Behauptung verletzte mich. Ich war keine klassische Schönheit. Brauchte ich auch nicht zu sein.

Jetzt ging Baby ins Bad und drehte die Dusche auf. Als er wieder ins Schlafzimmer trat, hatte ich angefangen mich anzuziehen. »Wo willst du hin?«, fragte er. Frühstück einkaufen, Schatz, und ich holte meine Tasche aus dem Flur.

Als ich ein paar saubere Unterhosen einpackte, dachte ich erneut: Was habe ich eigentlich verbrochen? Ich hatte getan, was alle von mir wollten. Ich hatte gesagt, was sie so dringend von mir hören wollten. Ja, ich bin eine scheiß Niete, und jemand hat Dinge mit meinem Körper gemacht. Gegenstände hineingestopft. Sie liebten es, so etwas zu erfahren, und wenn sie uns dann sahen, dachten sie, wir wären schutzlos und nackt, und sie wichsten. Baby und ich hatten einander auf unterschiedliche Weise verraten; all die tausend E-Mails zum Beispiel, auf die ich nie eine Antwort bekommen hatte. All die Male, die er sich umgedreht und gefragt hatte, was mit mir sei. Sicher liebten wir einander richtig-richtig in der Nacht-Nacht. Am Tag dagegen. Möbel und Knoblauchzöpfe dagegen. Das Problem war, dass mir die Routine fehlte, die eine geregelte Arbeit mit sich bringt, an diese Routine lehnen Paare sich an. Man webt ein Leben aus gemeinsamen Verrichtungen. Bitte frag mich nicht noch mal, wie es mir geht, wollte ich ihm jedes Mal sagen, wenn er von der Arbeit nach Hause kam. Die Frage verletzte mich. Er hätte es wissen müssen. Baby war der Erste meiner Liebhaber, der etwas von mir erwartete: Geld, eine Einladung, eine Idee, und diese Erwartung wurde zu meiner Richtschnur im Leben, zu meinem Antrieb. Und so rasierte ich mir im Bad regelmäßig die Beine, um eine Lebensgefährtin zu sein. Manchmal rasierte ich mich zu eilig, und ein Blutstropfen rann herunter und vermischte sich mit dem Wasser. Bevor er sich auflöste, sah er aus wie Rauch. Ich hörte auch mit Rauchen auf. Ich gab alles-alles. Aus der Kommodenschublade nahm ich noch ein paar Unterhosen, damit es reichte.

Baby war schon auf dem Weg in die Dusche, aber ich hielt ihn auf.

»Was ist los, Bibbs?«

»Ich bin nur traurig, das ist los.«

Er schloss die Badezimmertür nicht, bevor er sich unters Wasser stellte. Ich packte die Schminkutensilien ein, die lose in der Kommode im Schlafzimmer lagen. Früher war ich immer wieder zurückgekehrt, aber da war ich auch nicht heimlich gegangen. Als ich letzten Winter am Wasser entlanggeschlendert war und ohne jeden für mich erkennbaren Grund Rauch vom Eis aufsteigen sah, stellte ich mir einen Moment vor, ich würde nie wieder nach Hause zurückkehren. »Wie schön das aussieht«, konnte ich in der destillierten Dunkelheit zu mir selbst sagen. Aber dann kehrte ich doch zurück, in die Slipgatan, und überließ den Stolz denjenigen, die Verwendung für ihn hatten.

»Komm her«, sagte Baby jedes Mal, wenn er mich an der Tür empfing, und ich wusste, dass er es so meinte. Ich war dort willkommen. Ich weiß nicht, wie ich erklären soll, worin ich gut war, weswegen ich willkommen war. Ich war gut darin, glücklich zu wirken.

»Bis gleich«, rief ich Baby jetzt mit Schmerz in der Stimme zu. Unter der laufenden Dusche konnte er die Nuancen nicht erkennen. Tschüs, mein Baby, den ich so sehr geliebt habe. Die Tür fiel hinter mir ins Schloss, und ich hatte meinen Schlüssel nicht mitgenommen. Es spielte keine Rolle. Die Lüge, die ich meinen Freunden erzählt hatte: dass ich es sei, die ihn verlassen hatte, war immer eine Intention gewesen. Lange bevor er mich verlassen hatte, hatte ich beschlossen, es irgendwann zu tun. Ich hatte keinen Umschlag mit Bargeld, den ich auf den Küchentisch legen konnte, aber hätte ich einen gehabt, hätte ich ganz sicher draufgeschrieben: »Danke für die gemeinsame Zeit. Es ist aus.« Jetzt stieg die Lüge zur Wahrheit auf und löste sich auf.

VOR DEM 7-Eleven standen wir Verrückten und Hei-
matlosen herum. Ich bat um eine Zigarette und bekam
sie. Bin ich hässlich?, hatte ich Baby gefragt, bevor ich
gegangen war, und er hatte mich geküsst, durch den
Wasserstrahl der Dusche hindurch. Ja, Schatz. »Pass
auf, du wirst doch nass.« Ich kaufte mir einen Kaffee
und ein Brötchen. Der Morgen posierte, oberflächlich,
und auf den Bänken fläzten sich die Armen und die
Reichen. In der Apotheke am U-Bahn-Eingang kaufte
ich mir die Pille danach und schluckte sie gleich vor
der Tür, mit Kaffee. Mein Geschäftsmodell basierte
vor allem auf einer Sache, und das war meine Glaubwürdigkeit. Dass man glauben konnte, dass ich diejenige war, von der ich behauptete, dass ich sie wäre.
Bibbs musste etwas bedeuten. Bibbs bedeutete, jung
und unbekümmert zu sein, wie ein Überbleibsel aus
den Neunzigern. Bibbs bedeutete nicht Kinder und
Abbitte. Ich ging zur U-Bahn runter, und der warme
Luftzug strich durch den Tunnel, sodass mir das Haar
ins Gesicht wehte. Mein Kapital bestand aber nicht
nur aus Glaubwürdigkeit, sondern auch aus Geständ-
nissen. Ich wurde dafür geliebt, dass ich meine Fehl-
tritte zugab, noch während ich sie beging. Das Problem
war, dass meine Geständnisse und meine Glaubwür-

digkeit in direktem Konflikt miteinander standen, und das hier würde niemand verstehen. Deshalb musste ich mich entscheiden. Ich hatte mir das gründlich durchgerechnet, meine Entscheidung war nichts Persönliches, sondern reine Mathematik.

Zu Beginn unserer Beziehung hatte Baby mich Norma Jean genannt. Er sagte, das sei Marilyn Monroes richtiger Name gewesen. Ich vermute, er dachte, er hätte Zugang zu meinem richtigen Namen. Er postete Fotos von mir und schrieb »Norma Jean« darunter. Als ich auf einem Balkon in Lissabon stand und eigentlich dachte, er liebe Bibbs, machte er das erste. Steilaufragende Häuser im Hintergrund und Kletterpflanzen. Norma Jean, mimte ich für mich selbst, während ich im kalten Portugal-Wasser badete. Baby war schlank auf dem steinigen Strand und die Wellen kräftig. Er winkte. Ich lächelte mit dem ganzen Gesicht, auch dort im Wasser, wo er es nicht sah, tagsüber verliebt, aber wach in den Nächten. Ich hieß nicht Norma Jean. Alle echten Frauen sind immer nur ein blasses Abbild einer Fake-Frau, leider.

Die U-Bahn fuhr ein, und mein Handy klingelte. Statt einzusteigen, ging ich dran. Es war Mickey, der bald heimkehren würde, und dann würden wir einen Fünfjahresplan aufstellen. Ob ich nicht wieder bloggen wolle?, fragte er. Die Türen schlossen sich vor meiner Nase.

»Ich habe voll den brainfuck, Mickey.«

»Was für einen brainfuck?«

»Ich habe Münchhausen by proxy.«

Mickey schwieg. Alles, was wichtig erschienen war, erschien plötzlich nicht mehr wichtig. Das Fundament, auf dem ich mich aufgebaut hatte, existierte nicht mehr, es war unmodern geworden.

»Ich weiß, dass du und Texas immer herumblödelt: Wenn ich am Tag deiner Beerdigung gleichzeitig zum Essen im Riche eingeladen würde, könnte ich leider nicht zu deiner Beerdigung kommen.«

Mickey schwieg immer noch.

»Mickey, ich kann einfach gar nichts. Ich bin hundert Jahre alt. Bis sechsunddreißig konnte ich ein Ei in die Schüssel schlagen, ohne dass Schale mit reinkam, aber in den letzten Jahren war in jedem Omelett, das ich gebacken habe, Eierschale.«

»Wovon redest du, Bibbs?«

»Mir ist einfach alles entglitten.«

Leute kamen mit Plastiktüten voller Wasserflaschen und Melonenhälften auf den Bahnsteig, sie würden später auf der Wiese Kerne um die Wette spucken. Ich hatte keine Freunde.

»Ich meine, was ich gesagt habe ... Über Baby. Das stimmt nicht ganz.«

Mickey holte tief Luft. Wir kannten uns gut, Mickey und ich. Mickey hatte mich entdeckt. Aber nicht sich selbst in mir, sondern als Chance, noch mal von vorn anzufangen. Eine Chance, den Real-Mickey zu transzendieren.

»Bibbs. Vielleicht kann man nicht alles haben.«   293

»Alles? Was meinst du damit?«

»Na ja, vielleicht kann man nicht Mann und Karriere und Leidenschaft und alles erreichen. Vielleicht muss man sich entscheiden.«

»Aber ich habe gar nichts ... Habe ich irgendetwas davon?«

»Nee, stimmt.« Mickey liebte jetzt L.A. Deshalb lohnte es sich für ihn nicht, zu widersprechen. Eine weitere U-Bahn kam, in die ich ebenfalls nicht einstieg. Ich setzte mich auf eine der Bänke und sah sommerlich gekleidete Menschen ihrer Wege gehen. Es würde heute wieder scheißheiß werden. Ein Tag so heiß, dass man wahnsinnig werden konnte. Menschen würden ertrinken und einander betrügen, und alles nur wegen der Hitze.

»Aber du hast immerhin eine Entscheidung getroffen, Bibbs. Das ist mehr als die meisten tun.«

Ich schielte ins Dunkel des Tunnels, vielleicht um zu schauen, ob ein neues Leben auf dem Weg war.

»Ja, das stimmt. Ich habe immerhin eine Entscheidung getroffen.«

Wir beendeten das Gespräch. Ich dachte an meine Oma. Vor zehn Jahren hatten wir uns gemeinsam über meinen Erfolg gefreut. Erst feiert man die kleinen Siege. Man bekommt ein Paar Schuhe mit der Post, man hat so hart gearbeitet, und vielleicht hatte man keine Schuhe, und jetzt laden diese Schuhe zu einer Art Gemeinschaft ein. Man schlüpft hinein. Am Ende hat man zehn Paar Schuhe im Flur stehen, für die man nichts mehr empfindet. Die Tage vergehen. Das, was ich nicht ausdrücken konnte, hatte irgendwas mit dem Alter zu tun. Okay, dachte ich, und dachte an Nina. Sei jung. Auch das wird vorübergehen.

Ein Mann, dem ich anmerkte, dass er mich erkannte, hatte den Bahnsteig betreten. Er war mittleren Alters und sah von weitem etwas mitgenommen aus, viel zu warm angezogen, in Anzughose und grauem Jackett.

»Dich kenne ich doch«, rief er, und ich schaute auf mein vibrierendes Handy. Baby.

»Hoho«, sagte der Mann und kam näher. Ich drückte den Anruf weg und blickte auf. Zu meiner Überraschung erkannte ich den Mann ebenfalls.

»Wir haben uns vor dem Casino kennengelernt!«

Ach, ja. Seine Haut war löchrig vernarbt. Die Armut sichtbarer als auf der Kungsgatan ein paar Tage zuvor. Ihm fehlte ein Zahn, und würde das immer tun.

»Wo willst du hin?«

Die Frage traf mich zutiefst. Ich wusste nicht, wo ich hinwollte. Wohin fuhr man von der Slipgatan aus, wenn man nicht zurück in die Slipgatan fuhr. Die Freundlichkeit umgab ihn wie einen Träumer, aber ich wollte mich wehren.

»Hast du neulich Abend was gewonnen?« Ich lächelte und schüttelte den Kopf, gleichzeitig verharrte mein Blick auf der Anzeigetafel, die den Countdown bis zur nächsten U-Bahn anzeigte, damit er begriff, dass er mich störte. Nein, ich habe nichts gewonnen.

»Du weißt ja, was ich immer sage«, meinte er und zog eine halb aufgerauchte Zigarette aus der Jacketttasche. Trauerränder unter allen Nägeln, und an einem seiner Loafer hatte sich die Sohle gelöst.

»Nein, woher soll ich wissen, was du immer sagst? Wir kennen uns nicht.«

Der Mann legte den Kopf schief.

»Klar kennen wir uns.«

Der Albtraum fiel mich durch einen Spalt im Morgen an, und ich fasste mir an die Brust, völlig überrumpelt. Das Handy in meiner Hand begann erneut zu vibrieren.

»Doch, Liebes, ich sag immer: ›Du hast keine Chance! Nutze sie!‹«

Ich starrte den Mann an, der so breit grinste.

Ich starrte auf das Handydisplay, das Babys Namen anzeigte.

Der Mann steckte sich die Zigarette in den Mund, ohne sie anzuzünden.

»Wollen wir zusammen frühstücken? Ich lad dich ein! Und dann fahren wir ins Casino und spielen zusammen.«

Sorry, sagte ich, aber da muss ich drangehen. Mein Gesicht kribbelte, als würde es taub, und ich stand von der Bank auf. Der Mann wedelte meine Entschuldigung fort.

»Schon gut. Es kommen neue Chancen, oder auch nicht.«

Ich begann Richtung Rolltreppe zu gehen, und der Mann brüllte mir hinterher. »Für uns kommen immer neue Chancen, daran glaube ich!«

Baby klang besorgt.

»Wo bist du denn, Bibbs?«

Ich komme jetzt nach Hause, Schatz. Ich habe nur einen Bekannten getroffen. Baby sagte: Ich komme dir entgegen. Nimm den Weg am Wasser entlang, und ich hörte, dass er mich nie würde gehen lassen.

Also ging ich durch die Absperrung, die Treppen hinauf. Der Gestank nach Pisse schlug mir entgegen. Der Italiener an der Ecke hatte noch nicht geöffnet, und ich setzte mich auf die Bank davor, um ein Bild auszusuchen. Ich nahm eins, auf dem Babys Hand auf meiner Brust zu sehen war, es war entstanden, als wir uns im glücklichen Sommer im Garten sonnten.

»Ich möchte euch für all eure Unterstützung in den letzten Tagen danken«, schrieb ich darunter, und das war leicht.

Dann fuhr ich fort. Ich schrieb, Baby würde sich einer Therapie unterziehen und aufhören zu trinken, alles, um wiedergutzumachen, was er mir angetan hatte. Um der Mann zu werden, von dem wir beide wussten, dass er in ihm verborgen war. Baby sei bereit, Verantwortung zu übernehmen, und ich, ihm zu verzeihen. Das sei unkonventionell, schloss ich, aber wann hätte ich mich je um Konventionen geschert.

»Ihr habt mich immer unterstützt, weil ich ich selbst bin. Ich hoffe, ihr tut das auch in der Zukunft!«

Ohne den Text noch einmal durchzulesen, drückte ich auf »Veröffentlichen« und fühlte mich leicht, vollkommen im Flow. Ich würde zwei Eurojackpot-Scheine kaufen sowie ein Rubbellos. Das hier war das Beste, was ich tun konnte, für das Geld und für Baby. Für die Slipgatan und für uns. Nein, das stimmte nicht, aber es konnte wahr werden. Ich öffnete die App erneut. Zwei Personen hatten bereits kommentiert, aber ich las nicht, was sie geschrieben hatten. Stattdessen betrachtete ich noch einmal das Foto. Die Erinnerung an uns beide, zärtlich im Garten, war vage, wie etwas, das jemand mir erzählt hatte, ein Déjà-vu aus meinem eigenen Leben. Gegen Abend würde sich der Himmel mit Luftballons füllen. Ich hatte hunderttausend Kronen + meinen Namen. Ich hatte Baby.

Statt die Långholmsgatan hinaufzugehen und dann über die Verkstadsgatan nach Hause, bog ich zum Bergsunds-Ufer ab, wie wir vereinbart hatten. Als ich das erste Mal bei Marite gewesen war, hatte sie gefragt, wobei genau ich denn Hilfe suchte, und die Frage war mir jetzt noch fremder als damals. Was für Hilfe konnte man bekommen? Alles, was man getan hat, lässt sich nie wieder ungeschehen machen. Natürlich hätte ich mir gewünscht, dass die Tage sich anders entwickelt hätten. Natürlich hätte ich mir gewünscht, einen stärkeren Charakter zu haben. Wir alle mit schwachem Charakter haben uns das schon mal gewünscht. Aber es ist leicht zu wünschen. Das Schwierige, und das erklärte ich Marite, sei, die Kraft zu finden, die Wahrheit über sein Leben anzunehmen und trotzdem weiterzumachen. Marite meinte, sie verstehe, was ich meine, aber ich fragte mich, ob sie da aufrichtig war.

Auf der anderen Seite des Liljeholmsviken standen die riesigen Betonbauten, über die ich nichts wusste, und etwas weiter die Straße runter sah ich Baby aus den Grünanlagen treten. Obwohl es tierisch heiß war, trug er enge Jeans und hob die Hand zum Gruß, als er mich sah. Ich winkte mit beiden Händen zurück. Plötzlich blieb er stehen, schob die Hand in die Hosentasche und zog sein Handy heraus. Er stand da und las. Wahrscheinlich hatte ihm jemand meinen Post geschickt. So sehr interessieren sie sich für mich. Ein Reiher kreiste in gewagten Schwüngen über den vertäuten Schiffen, und wegen der Entfernung konnte ich nicht sehen, ob in Babys Pupillen der wahnsinnige Blick anklickte. Ich würde es beizeiten erfahren. Ein Jetski zischte vorüber. Es war Sommer, und vom Wasser stieg kein Eisrauch auf. Die Sonne brannte wie eine fucking Pussyapfelsine vom Himmel.

Die Originalausgabe erschien 2020 unter dem Titel
»Dagarna, dagarna, dagarna« bei Norstedts, Stockholm.

Die Übersetzung wurde gefördert durch das Swedish Arts
Council. Der Verlag bedankt sich sehr herzlich dafür.

Penguin Random House Verlagsgruppe FSC® N001967

1. Auflage
Copyright © der Originalausgabe 2020
Tone Schunnesson
Copyright © der deutschsprachigen Ausgabe 2024
Luchterhand Literaturverlag
in der Penguin Random House Verlagsgruppe GmbH,
Neumarkter Straße 28, 81673 München
Umschlaggestaltung: semper smile, München
Umschlagmotiv: plainpicture/Jennifer Rumbach
Satz: Uhl + Massopust, Aalen
Druck und Einband: GGP Media GmbH, Pößneck
Printed in Germany
ISBN 978-3-630-87783-9

www.luchterhand-literaturverlag.de
facebook.com/luchterhandverlag

Johanna Hedman

Das Trio

Roman

448 Seiten, Luchterhand 87764
Aus dem Schwedischen von Paul Berf

Der internationale Bestseller aus Schweden

Thora, einzige Tochter einer charismatischen
Stockholmer Industriellenfamilie. August, angehender
Künstler, seit Jahren ihr bester Freund und manchmal
auch mehr. Hugo, gleichermaßen fasziniert wie
verängstigt von dieser neuen und privilegierten Welt,
in die er als Untermieter von Thoras Eltern gestoßen
wird. Bald sind die drei unzertrennlich. Unter der
Oberfläche lauern starke Gefühle; Themen wie
Identität, Klasse und Liebe brechen auf. Das fragile
Gleichgewicht zwischen ihnen droht schon bald zu
zerbrechen, aber noch ist alles in der Schwebe,
noch ist alles möglich.

»Wie Hedman Stockholms Schönheit und Melancholie
einfängt, ist schlicht betörend.«
Dagens Nyheter

Luchterhand
www.luchterhand-verlag.de

Daphne Palasi Andreades

Brown Girls

Roman

240 Seiten, Luchterhand 87677
Aus dem amerikanischen Englisch von Cornelius Reiber

»Wie ein Rapsong, wie eine Hymne«
The Guardian

Queens, New York. Dort, wo etliche Sprachen durch
die Straßen hallen, die Stadtbahnen über den Dächern
der Billigläden rumpeln und der salzige Geruch
des Ozeans vom Rockaway Beach herüberweht.
Wo die amerikanische Kultur sich an so mancher
Migrationsgeschichte stößt. Wo Mädchen wie Nadira,
Gabby, Naz, Trish und Angelique Freundinnen fürs
Leben werden – oder sich dies zumindest schwören.
»Brown Girls« erzählt mit entwaffnend lyrischem
Sound vom Erwachsenwerden im gegenwärtigen
Amerika.

»Als würde sie über jedes Brown Girl sprechen, das
im letzten Jahrhundert gelebt hat … Furchtlos!«
The New York Times

Luchterhand
www.luchterhand-verlag.de